D1984442

grafit

Wir danken dem Rio-Reiser-Archiv, Berlin für die freundliche Abdruckgenehmigung des Gedichtes *Träume.*

© 2000 by GRAFIT Verlag GmbH
Chemnitzer Str. 31, D-44139 Dortmund
Internet: http://www.grafit.de
E-Mail: Grafit-Verlag@t-online.de
Alle Rechte vorbehalten.
Umschlagillustration: Peter Bucker
Druck und Bindearbeiten: Elsnerdruck GmbH, Berlin
ISBN 3-89425-244-8
1. 2. 3. 4. 5. / 2002 2001 2000

Hiltrud Leenders / Michael Bay / Artur Leenders

Die Schatten schlafen nur

Kriminalroman

grafit

Die Autoren

Hiltrud Leenders, geboren 1955 in Nierswalde (Niederrhein), hat Germanistik und Anglistik studiert. Sie war als Übersetzerin tätig und hat sich als Lyrikerin einen Namen gemacht. Sie ist Mutter von zwei Söhnen.

Michael Bay erblickte 1955 in Rheine (Westfalen) das Licht der Welt und verdient als Diplompsychologe in Bedburg-Hau sein Geld. Er ist verheiratet und hat drei Kinder.

Dr. Artur Leenders, Vater oben genannter Jungen, ist 1954 in Meerbusch (Rheinland) geboren. Als Chirurg im Emmericher Krankenhaus sorgt er für das Überleben seiner Familie.

Alle drei Mitglieder des Trio Criminale wohnen in Kleve. Seit 1988 konspirieren sie in gemeinsamer Wertschätzung von Doppelkopf, Clouseau, Pin Sec und Monty Python's Flying Circus.

Bisher sind von ihnen erschienen: *Königsschießen* (1992; nominiert für den ›Glauser 1992‹, den Autorenpreis deutschsprachiger Kriminalschriftsteller), *Belsazars Ende* (1993), *Jenseits von Uedem* (1994), *Feine Milde* (1995), *Clara!* (1997), *Eulenspiegel* (1998) und *Ackermann tanzt* (1999).

Träume

Träume verweh'n, wenn sie nicht wissen, wo sie schlafen soll'n.
Und bevor der Tag kommt, zieh'n sie mit dem Wind davon.
Die Welten dreh'n.
Wer von uns weiß, wer seine Freunde sind?
Wenn ein neuer Tag kommt, seh'n wir alle anders aus.

Die Zeit vergeht, und so viel bleibt im Straßenstaub,
wird uns fremd wie ein Bild von daheim.
Alles längst verschwunden, alles überwunden,
und doch war da viel mehr als ein Spiel.

Träume erfrier'n, wenn niemand da ist, der sie träumen will.
Und bevor der Tag kommt, sind sie mit der Nacht davon.
Jetzt steh'n wir hier.
Wer von uns weiß noch, welchen Weg er geht?
Wenn ein neuer Tag kommt, ist nichts, wie es einmal war.

Rio Reiser

1

»Jetzt komm schon, verflucht!«

Sie fasste ihn am Ärmel und versuchte, ihn mit sich zur Straße zu ziehen. »Ich will endlich ins Bett.«

»Lass mich los, dämliche Kuh!« Er stieß sie von sich. »Du wolltest doch unbedingt noch mal raus.«

»Du konntest ja selbst nicht pennen«, keifte sie zurück, aber dann ließ sie sich auf einmal hinter dem Gebüsch flach auf den Boden fallen. »Scheiße! Runter!«

Er ging neben ihr in die Hocke. »Was soll das? Drehst du durch, oder was?«

»Schscht … da ist einer.«

Ihm wurde ganz warm, als er angestrengt in die Dunkelheit spähte und lauschte.

Es war totenstill im Dorf.

»Du spinnst ja …«

Aber da fuhr ihr Arm hoch und ihre Hand legte sich auf seinen Mund. »Vorne beim Laden. Guck doch hin!«

Jetzt entdeckte auch er den Schatten, der sich an der Hauswand entlangschob. Ein kleines Licht flammte auf.

Ihre Augen wurden schmal. »Was macht der denn da?«

Er schlug ihre Hand weg und holte scharf Luft. »Ich werd verrückt! Das ist ein Molly! Der hat 'n Molly!«

»Scheiße!« Sie sprang auf. »Lass uns abhauen! Schnell! Weg hier! Schnell, Mensch, bevor uns jemand sieht!«

2

»… alles längst verschwunden, alles überwunden, und doch war da viel mehr …«

Toppe liebte den Song und ließ sich mit ihm treiben. Als Astrid ihm die Hand auf die Schulter legte, fuhr er heftig zusammen. »Ich hab dich gar nicht kommen hören.«

»Kein Wunder!« Sie lächelte, aber es sah ein wenig angestrengt aus.

Er stand auf und drehte die Musik leiser. »Ist sie endlich eingeschlafen?«

Eigentlich hatte er Katharina ins Bett bringen wollen, aber sie war quengelig gewesen und wollte »nur die Mama« bei sich haben.

Astrid kuschelte sich in den zweiten Ohrensessel, zog die Beine an und nickte müde. »Ich hab sie in mein Bett gelegt. Sie hat ein bisschen Temperatur. Wahrscheinlich schießen die Backenzähne ein.«

Toppe reichte ihr sein Rotweinglas und setzte sich wieder. Sie trank einen kleinen Schluck und schloss die Augen. »Und?«, fragte sie. »Was liegt dir auf der Seele?«

»Mir?« Er runzelte die Stirn. »Nichts! Wie kommst du darauf?«

»Wenn du so laut Rio Reiser hörst, dann ist meistens Melancholie angesagt.«

»Die ich ja hin und wieder ganz gerne habe. Das weißt du doch.« Er betrachtete sie zärtlich und ein bisschen besorgt, wie sie dasaß, immer noch mit geschlossenen Augen, und versuchte sich zu entspannen. Sie war so dünn geworden, seit sie wieder Vollzeit im Kommissariat arbeitete. Abends hetzte sie nach Hause, verabschiedete die Kinderfrau, um dann ganz für Katharina da zu sein. Er tat, was in seiner Macht stand, teilte sich mit ihr die Arbeit, so gut es ging. Was er ihr nicht abnehmen konnte, war das schlechte Gewissen, das sie wider alle Vernunft ihrer achtzehn Monate alten Tochter gegenüber hatte, das Gefühl, zu wenig Zeit für das Kind zu haben, eine schlechte Mutter zu sein. Ein Gefühl, über das sie nur selten sprach, das ihr aber sicher oft genug zu schaffen machte.

Toppe streckte die Hand aus. »Komm her.« Er wollte sie auf seinen Schoß ziehen, aber sie schüttelte den Kopf, stellte die Füße auf den Boden und nahm einen Stapel Briefe und Wurfsendungen von der Sessellehne.

»Die Post von den letzten drei Tagen. Ich geh sie eben durch. Holst du mir auch ein Glas Wein?«

Als er aus der Küche zurückkam, war alle Müdigkeit von Astrid abgefallen. Ihre Augen funkelten. »Guck dir das mal an!«

Es war die Telefonrechnung. Toppe blinzelte: 478,40 Mark! »Das gibt's doch gar nicht! Die müssen sich vertan haben.«

»Leider nicht. Sieh dir doch mal die Einzelabrechnung an. Die meisten Gespräche waren vormittags. Da ist keiner von uns zu Hause.«

»Zeig mal her ... Stimmt, 9:11 Uhr, über eine Stunde mit jemandem in Bayern, und dann hier, eine Stunde sechsundvierzig Minuten mit Krefeld um 9:30 Uhr.« Toppe sah auf. »Unsere neue Kinderfrau?«

»Wer sonst? Es kommt kein anderer in Frage. Ich hatte irgendwie die ganze Zeit so ein mieses Gefühl. Morgens um neun! Kannst du mir mal sagen, was die in der Zeit mit Katharina gemacht hat?«

Er seufzte. »Ich werde sie anrufen. Steht die Nummer in unserem Verzeichnis?«

Aber Astrid nahm ihm die Rechnung aus der Hand. »Lass mich das machen. Ich bin gerade so schön in Fahrt.« Damit war sie schon hinaus in die Halle gelaufen, wo das Telefon stand.

Toppe konnte nicht verstehen, was sie sagte, aber er hörte, wie sie zuerst Gift und Galle spuckte und dann Eispfeile abschoss. Als es still wurde, seufzte er noch einmal und folgte ihr. »Das war also Nummer drei. Und dabei machte die Frau eigentlich einen netten Eindruck.«

Astrid stand da, die Hand immer noch auf dem Telefon. Sie war ganz blass.

Er nahm sie in die Arme. »Komm mit in die Küche. Ich mach uns was zu essen und du guckst dabei die Anzeigen in den Käseblättchen durch.«

Sie schaute zu ihm hoch. »Ach, Mensch, da kommt doch nichts bei rum. Was machen wir denn morgen und den Rest der Woche? Ich kann nicht alle vierzehn Tage Migräne vorschieben und deinen letzten Hexenschuss hat dir die Meinhard auch nicht abgekauft.«

»Wir mogeln uns schon irgendwie durch.« Er heuchelte Gelassenheit. »Bis halb zehn ist Gabi hier, danach schicke ich dich auf Außenermittlung. Und vielleicht kann Oliver den Nachmittag übernehmen.«

»Ach!« Astrid machte sich los. »Das funktioniert doch vorne und hinten nicht. Wir werden sie wieder mal zu meiner Mutter bringen müssen.«

Für sie war das der allerletzte Notnagel. Astrids Eltern, Klever Fabrikanten-Hochadel, hatten aus ihrem Unverständnis, was die Berufswahl ihres einzigen Kindes anging, nie einen Hehl gemacht. Noch weniger hatten sie mit ihrer Missbilligung und Abneigung hinterm Berg gehalten, als Astrid eine Beziehung mit ihrem Chef begonnen hatte, der damals noch verheiratet gewesen war und so viele Jahre älter als die kostbare Tochter. Katharinas Geburt hatte die Lage nur insofern verändert, als dass man sich überlegte, das stattliche Erbe vielleicht doch nicht erst der Tochter, sondern gleich der Enkelin zu hinterlassen.

Astrids Mutter liebte Katharina und war gern bereit, als Babysitter einzuspringen – am liebsten hätte sie sich täglich um das Kind gekümmert –, aber sie weigerte sich, das unter Toppes Dach zu tun. Stattdessen hatte sie bei sich zu Hause ein Kinderzimmer eingerichtet, das regelmäßig, dem Alter der Kleinen entsprechend, umgestaltet und ausgestattet wurde.

Astrid sah auf ihre Armbanduhr. »Ich rufe sie nachher an. Vor halb neun kann man sie heute nicht erreichen, Canasta-Nachmittag.« Sie verdrehte die Augen, als draußen vorm Haus der Kies knirschte. Ein Auto rollte heran. »Ich geh duschen.«

Wer konnte das sein um diese Zeit?

Toppe warf einen Blick auf die Pinnwand über dem Telefon. Keiner von uns, dachte er. Da hing eine Nachricht von Gabi, seiner früheren Frau und Astrids bester Freundin: *Bin bei Henry. Gegen Mitternacht zurück. Bitte Einkaufsliste vervollständigen. Fahre morgen in der Mittagspause zum Großmarkt.*

In letzter Zeit war es ziemlich ruhig geworden in ihrer Wohngemeinschaft auf dem Bauernhof an der Esperance. Gabi verbrachte die Hälfte ihrer Freizeit bei ihrem Freund. Christian, Toppes und Gabis ältester Sohn, lebte schon seit einer ganzen Weile in Köln und kam selten heim und auch Oliver, der jüngere, der kurz vor dem Abitur stand, führte sein eigenes Leben. Heute Abend war er beim Segelkurs. So stand es jedenfalls auf dem Zettel am Brett: *Beim Segeln! Danach Pommes essen. Oliver*

Es klingelte. Walter Heinrichs, Toppes langjähriger Mitarbeiter im KK 11, der seit einem Jahr im Vorruhestand war, kam herein und hielt ihm eine prallgefüllte Plastiktüte unter die Nase. Toppe wich einen Schritt zurück.

Heinrichs lachte. »Die beißt nicht.«

»Aber die riecht.«

»Natürlich riecht die. Fisch, aber vom Feinsten! Ackermann hat einen Hilferuf abgesetzt. Seine Kühltruhe ist kaputtgegangen und er wollte nicht, dass alles vergammelt. Mir hat er die ganzen Makrelen in die Hand gedrückt und dir soll ich den Aal bringen.«

Er hielt die Tüte, aus der es plötzlich tröpfelte, am ausgestreckten Arm und lief damit in die Küche. »Muss heute Abend noch gebraten werden, sonst wird er schlecht.«

Toppe folgte ihm langsam. Seit dem hektischen Frühstück hatte er nur von schwarzem Kaffee gelebt. Gebratener Aal – ihm lief das Wasser im Mund zusammen.

Heinrichs hatte den Fisch ins Spülbecken gekippt. »Ist alles schon sauber gemacht.«

Toppe holte die gusseiserne Pfanne aus dem Schrank, gab Mehl in einen tiefen Teller, nahm Butter aus dem Kühlschrank, Salz und Pfeffer vom Bord. »Du isst doch wohl mit? Die Sets liegen in der Schublade. Wo die Teller stehen, weißt du ja.«

Heinrichs spülte sich die Hände ab. »Geht nicht. Ich hab versprochen, dass ich sofort wieder nach Hause komme und auf die Bande aufpasse. Meine Frau muss noch mal weg.«

Er hatte fünf noch ziemlich junge Kinder. Seit er im Ruhestand war, arbeitete seine Frau nicht nur ganztags als Leiterin einer Kindertagesstätte, sie gab auch regelmäßig Volkshochschulkurse. Trotzdem war das Geld noch knapp und Walter Heinrichs hatte vor ein paar Monaten eine Wochenendstellung bei einem Wachdienst angenommen.

»Ach komm, bleib wenigstens auf ein Glas Wein.«

»Na gut, eins auf die Schnelle. Wir haben uns lange nicht gesehen.«

Toppe nickte, goss Wein ein und setzte sich neben Heinrichs auf die Eckbank. »Ist bestimmt zwei Monate her. Du bist noch mehr vom Fleisch gefallen in der Zwischenzeit.« So lange Toppe ihn kannte, war Heinrichs dick gewesen, sehr dick, und dennoch sehr agil.

»Tatsächlich? Na ja, meine Frauen haben mich ja jetzt auch ständig unter Kontrolle. Tut meinem Herzen ganz gut, aber trotzdem, furchtbar, wenn man so unter der Fuchtel steht.« Er guckte verschmitzt. »Ich träume öfter von den alten Zeiten: mal eben zwischendurch rüber zum Steakhaus, Champignonrahmschnitzel, Butterböhnchen! Oder auch bloß unsere Kantine: zwei, drei Mettbrötchen, danach einen Berliner oder diese leckeren Mokkaschnittchen …«

Toppe lachte ein bisschen wehmütig. »Mal eben zwischendurch ist nicht mehr und Kantine auch nicht.«

»Ja, weiß ich doch.« Heinrichs blickte aufmerksam. »Gibt's Ärger?«

»Nicht mehr als sonst auch.«

Man sah Heinrichs deutlich an, dass ihm unbehaglich war; schließlich hatte er selbst das Handtuch geworfen, als die Zeiten des Qualitätsmanagements über sie hereingebrochen waren und das Arbeitsleben ungemütlich wurde.

»Ich dachte, du hättest dich da reingefunden …«

Toppe schnaubte leise. »Hab ich eine Wahl?« Aber dann schüttelte er den Kopf und probierte ein Lachen. »Zu viel Routinekram in den letzten Wochen. Wenn ein richtiger Fall auf dem Tisch liegt, geht es mir besser, aber das weißt du ja.«

Heinrichs antwortete nicht.

»Ich mache mir ein bisschen Sorgen um Astrid«, meinte Toppe schließlich. »Ihr wächst das langsam über den Kopf mit der Arbeit und Katharina.«

»Sie wollte doch eigentlich nur noch halbe Tage arbeiten, oder?«

»Tja, leider sieht die Meinhard, wie sie so schön sagt, ›bei allem guten Willen im Augenblick keine Möglichkeit‹, Astrid irgendwo eine Halbtagsstelle zu geben, nicht einmal in einer anderen Abteilung. Natürlich erwartet sie ›hundertprozentigen Einsatz, Frau Steendijk‹. Und zu allem Überfluss sind wir seit heute mal wieder ohne Kinderfrau.«

Am nächsten Morgen hatte Katharina immer noch Fieber und knatschte herum, als Astrid sie zu ihrer Mutter brachte. »Macht es dir etwas aus, mit ihr zum Kinderarzt zu gehen?«

»Natürlich macht es mir nichts aus. Komm zu Omi, meine Süße.« Frau von Steendijk nahm ihre Enkelin auf den Arm und tätschelte ihr tröstend den Rücken. »Du weißt, ich habe sie gern bei mir, aber eine Dauerlösung ist das nicht. Sie braucht ihre Mutter.«

Nach einem kurzen Blick auf Toppe, der im Auto wartete, senkte sie ihre Stimme. »Kind, wenn es ein finanzielles Problem ist … Du weißt, dass wir dir jederzeit unter die Arme greifen würden. Muss ja keiner wissen.«

»Himmel, Herrgott noch mal«, schrie Astrid. »Wie oft haben wir das schon durchgehechelt? Ich will arbeiten! Ich liebe meinen Beruf!«

»Tja …« Ihre Mutter kniff die Lippen zusammen.

Astrid schossen die Tränen in die Augen. »Ach, Mutti … Bitte entschuldige.« Sie küsste Katharina, die sich erschrocken hatte und bitterlich weinte, auf die dunklen Locken, drehte sich um und lief schnell zum Auto.

Auch im Präsidium war die Stimmung unter dem Gefrierpunkt.

Norbert van Appeldorn und Peter Cox, die beiden anderen Kommissare vom KK 11, warteten schon in Toppes und Astrids kleinem Büro.

»Die Chefin will uns sprechen.« Van Appeldorns Miene war finster. »Uns alle, und zwar sofort.«

Dass es um etwas Wichtiges gehen musste, wusste Toppe, als Charlotte Meinhard sich hinter ihrem Schreibtisch erhob, um sie zur Sitzgruppe zu bitten. Sie kleidete sich normalerweise lässig-elegant. Nur wenn sie sich vorgenommen hatte, amtlich zu werden, bevorzugte sie streng geschnittene Kostüme, Perlenkette und klassische Pumps.

»Kaffee? Bitte bedienen Sie sich selbst. Wir sind ja unter uns.«

Eine Weile rauschte ihr Monolog an Toppe vorbei: »Qualität unserer Arbeit … Effizienz … möglicher Leistungsabfall … Steigerung der Effektivität …«, aber als er »familiäre Beziehung« und »eventuelle Leistungsminderung« hörte und sah, wie Astrid sich aufrichtete, fügten sich die Worthülsen plötzlich zusammen.

»Entschuldigen Sie, Frau Meinhard«, unterbrach er sie barsch. »Ich habe Sie wahrscheinlich missverstanden, aber …«

Sie fuhr ihm mit einer knappen Handbewegung dazwischen. »Ich möchte, dass die Teams neu gemischt werden, weil ich mir davon einiges verspreche. Das ist wohl durchdacht und hat in anderen Einrichtungen zu sehr guten Ergebnissen geführt.«

Astrid versuchte ihrer Empörung Herr zu werden. »Sagten Sie gerade, familiäre Beziehungen führen zu Leistungsminderung?«

Die Meinhard lächelte milde. »Liebe Frau Steendijk, Sie wissen doch, dass ich selbst einen Sohn habe. Ich kann mich sehr gut an die Zeit erinnern, als er ein Kleinkind war, auch wenn es schon eine ganze Weile her ist. Ich denke einfach, wenn Sie und Herr Toppe ...«

Jetzt unterbrach van Appeldorn sie. »Wir sollen uns also neu zusammensetzen: Toppe und Cox, van Appeldorn und Steendijk. Richtig?«

»Ganz richtig.«

»Ich nehme an, das bezieht sich auch auf die Büroräume.«

»Ja, natürlich. Sonst macht es keinen Sinn, das sehen Sie wohl ein.«

»Ist das eine dienstliche Anweisung?«, meldete sich Peter Cox zu Wort.

Die drei anderen sahen ihn verblüfft an. Cox äußerte sich nur höchst selten. Er war erst vor knapp einem Jahr zu ihnen gekommen. Die Meinhard hatte ihn als Computerfachmann eingestellt und ihn den größten Teil der letzten Monate mit entsprechender Arbeit eingedeckt. Erst seit ein paar Wochen führte er, zusammen mit van Appeldorn, seine ersten eigenen Ermittlungen.

Auch Charlotte Meinhard war überrascht. »Wenn Sie es so ausdrücken wollen, Herr Cox, ja. Ja, durchaus.«

»Na dann ...« Cox schaute Toppe an.

Der grinste unvermittelt. »Dann werden wir vier uns mal zu einer Teambesprechung zurückziehen.« Er stand auf. »Wenn Sie uns nicht mehr benötigen, Frau Meinhard ...«

Van Appeldorn hatte sich vom Sofa hochgestemmt und schlenderte zur Tür. Im Vorübergehen wuselte er Astrid durchs Haar. »Na, Steendijk, Baby, meinst du, das könnte klappen mit uns beiden?«

Astrid schluckte immer noch hart an dem Brocken. Sie brachte nicht einmal ein Nicken zustande und hätte doch so gern etwas Passendes gesagt.

3

Jeder andere im Präsidium hätte gefragt, was passiert war, als alle Mitglieder des KK 11, je nach Temperament mit rotem oder kalkweißem Gesicht, aus dem Zimmer der Chefin kamen. Klaus van Gemmern vom Erkennungsdienst, dem sie auf dem Gang in die Arme liefen, runzelte nicht einmal die Stirn.

»Gut«, meinte er nur und drückte van Appeldorn einen Notizzettel in die Hand. »Dich hab ich gesucht. Es war Brandstiftung, wie ich vermutet hatte. Die Kollegen aus Krefeld haben sich gerade gemeldet. Gib mir Bescheid, wenn du mich brauchst.« Drehte sich um und ging.

Van Appeldorn überflog das Papier. »Na prima, dann können wir ja sofort testen, wie die neuen Teams sich bewähren. Bist du bereit, Astrid?«

Aber die hatte sich noch nicht wieder gefangen und schob sich mit störrischem Gesicht an ihm vorbei.

»Dein Arbeitseifer in allen Ehren, Norbert«, sagte Toppe ungewohnt scharf, »aber ich würde schon gern wissen, um was es eigentlich geht. Was für eine Brandstiftung?«

Peter Cox stöhnte. »Kleinen Moment, bitte. Mag ja sein, dass ich ein bisschen langsam bin, aber könnten wir uns nicht wenigstens mal zwei Minuten zusammensetzen und irgendeine Art von Plan machen. Für mich geht hier alles drunter und drüber.«

Doch auch in Toppes Büro fanden sie erst einmal keine Ruhe. Das Telefon klingelte Sturm, als sie hereinkamen. Astrid erbarmte sich und nahm den Hörer ab. Es war Walter Heinrichs. »Morgen, mein Mädchen«, begrüßte er sie fröhlich. »Du hörst dich so gehetzt an.«

»Bin ich auch.«

»Ach so, na denn …« Er zögerte. »Weißt du was? Ruf mich einfach später zurück. Ich glaube, ich habe eine Idee, wie ich dir helfen kann.«

»Wenigstens einer, der glaubt, dass mir noch zu helfen ist.«

»Was sind denn das für Töne? Nun lass mal die Ohren nicht hängen. Ruf mich an, ja? Bis nachher!«

Peter Cox war in die Teeküche gelaufen und hatte eine Kanne Kaffee geholt. Es dauerte eine ganze Weile, bis alle ihrem Ärger Luft gemacht hatten und Norbert van Appeldorn endlich berichten konnte, warum er letzte Nacht zu einem Einsatz gerufen worden war.

»Ein Brand in einem türkischen Lebensmittelgeschäft in Nierswalde, gegen halb zwei. Ich war mit van Gemmern draußen. Dem war die Sache nicht geheuer, deshalb hat er die Brandexperten aus Krefeld anrücken lassen.«

»Jemandem was passiert?«, fragte Toppe.

»Nein, aber schwerer Sachschaden. Laden und Lager sind komplett ausgebrannt und die darüber liegende Wohnung hat auch einiges abgekriegt. Da wohnt ein Geschwisterpaar. Die führen den Laden. Irgendwo hab ich mir auch die Namen aufgeschrieben.«

Er fand seinen Notizblock. »Ah, hier: Eroglu, Ayse und Hüseyin.«

»Eroglu, das ›G‹ wird nicht gesprochen«, korrigierte Astrid ihn. »Und soweit ich weiß, ist das kein türkischer, sondern ein kurdischer Name.«

Van Appeldorn wandte ihr langsam das Gesicht zu. »Vielen Dank, Frau Kollegin«, antwortete er schließlich. »Man ist doch immer wieder froh, wenn man etwas dazulernen darf.«

»Entschuldige«, meinte Astrid wenig überzeugend.

»Schon in Ordnung. Da hab ich wohl tatsächlich ein bisschen geschlampt. Es könnten durchaus Kurden sein. Das Geschäft gehört einem Familienclan aus Wesel. Die haben anscheinend mehrere Filialen am Niederrhein. Sie werden alle von irgendwelchen Verwandten geführt.«

»Schöner Mist«, brummte Cox. »Brandstiftung bei Kurden. Da wird sich die Presse drauf stürzen.«

Die Fahrt nach Nierswalde verlief schweigsam. Astrid starrte ins Leere. Als van Appeldorn sie leicht am Knie berührte, schreckte sie hoch.

»Nun komm mal langsam raus aus deiner Depri-Ecke.«

»Muss ich mir sonst wieder deinen Lieblingsvortrag über Professionalität anhören?«, gab sie patzig zurück.

Van Appeldorn antwortete nicht, fuhr ruhig weiter, aber sie entdeckte ein amüsiertes Lächeln in seinem Mundwinkel. Er hatte sich sehr verändert im letzten Jahr.

Sie schaute aus dem Fenster. Rechts und links der Straße lagen Bauernhöfe. Die Fassaden der Wohnhäuser sahen unterschiedlich aus, manche verklinkert, manche verputzt, aber die Anordnung der Gebäude auf den Höfen war identisch.

»Nierswalde«, überlegte sie. »Ich glaube, hier war ich noch nie. Das ist doch so ein Reißbrettdorf, oder?«

Van Appeldorn nickte. »Hattet ihr in der Schule keine Heimatkunde?«

»Wir hatten Erdkunde. Heimatkunde! Was ist das denn für ein Ausdruck? Muss von den Nazis übrig geblieben sein.«

»Quatsch! Jedenfalls haben wir noch was gelernt über unsere Gegend hier.«

»Und was hast du über Nierswalde gelernt?«

»Dass man nach dem Krieg hier ein Stück Reichswald gerodet und Heimatvertriebene angesiedelt hat.«

»Heimatvertriebene! Noch so ein Wort! Woher kamen die denn?«

»Weiß ich auch nicht so genau, Pommern und so …«

»Aha, Pommern und so. Und wann war das?«

»Irgendwann in den Fünfzigern oder vielleicht auch schon in den Vierzigern …«

Astrid musste lachen. »Hört sich nicht so an, als wäre Heimatkunde dein Lieblingsfach gewesen.«

»Jedenfalls haben die damals hier lauter Gärtnereien aufgemacht, Rosen, Nelken, Orchideen, Gemüse …«

Sie näherten sich dem Dorfkern. An der linken Seite reihten sich spitzgiebelige Siedlungshäuser. In den Vorgärten blühten gepflegte Rosenbüsche, an jedem Fenster prangten Blumenkästen, die Eingänge zierten bepflanzte Kübel und Ampeln, die Wege waren akkurat eingefasst.

Van Appeldorn wich einem Bagger aus, der von rechts auf die Fahrbahn gerumpelt kam. Dort wurde kräftig gebaut, hübsche Einfamilienhäuser mit dunklen Ziegeldächern und Windfängen aus Glas.

Die Straße führte zwischen einer Art Dorfplatz und der gelb geklinkerten Kirche hindurch. Von hier aus sah man schon die Brandruine. Der beißende Geruch drang ins Wageninnere, obwohl sie die Fenster geschlossen hatten. Am Bordstein parkte das Feuerwehrauto der Brandwache, auf der gegenüberliegenden Straßenseite drängten sich ein paar kleine Kinder zusammen und tuschelten. Sonst war niemand zu sehen.

Sie stiegen aus und van Appeldorn gab einen tonlosen Pfiff von sich. In der Nacht hatte es nicht so schlimm ausgesehen und der Gestank war schrecklich. Astrids Augen begannen zu tränen, die Wimperntusche löste sich und brannte wie Feuer. Sie nahm ein Tempotuch, drehte einen Zipfel zusammen und betupfte sich vorsichtig die Augenwinkel.

Der Feuerwehrmann, der unter dem Türsturz gestanden hatte, kam ihnen entgegen.

Van Appeldorn nickte grüßend. »Sind die Experten noch zugange?«

»Nein, die sind vor einer halben Stunde abgefahren.« Der Mann nahm den Schutzhelm ab, sein blondes Haar klebte ihm stumpf am Schädel. »Sie haben zwei Molotow-Cocktails gefunden.«

»Und wo sind die Bewohner abgeblieben?«

»Die sind oben. Denken, sie könnten noch ein paar Sachen zusammenpacken.«

Astrid sah hoch zu den geborstenen Fensterscheiben. Die ehemals weißen Spitzengardinen waren zu bizarren

Gebilden zusammengeschmolzen. Ein junger Mann beugte sich hinaus.

Sie winkte ihm zu. »Guten Morgen. Wir sind von der Kripo. Hätten Sie einen Augenblick Zeit?«

Van Appeldorn zündete sich eine Zigarette an. »Wo ist denn die ganze Sippschaft abgeblieben?«

Noch in der Nacht war die Familie gekommen: Männer, die der Feuerwehr im Weg gewesen waren, weil sie immer wieder versucht hatten, ins Haus zu gelangen, um wenigstens ein paar Dinge zu retten; etliche dick eingemummte Frauen, die nicht aufhören wollten, laut zu weinen und zu klagen.

Der Feuerwehrmann machte ein mürrisches Gesicht. »Sind Gott sei Dank endlich weg. Bis vor einer Stunde kam man sich hier vor wie auf einem Busbahnhof in Anatolien.«

Astrid warf ihm einen missbilligenden Blick zu und ging zur Haustür hinüber. Die Geschwister Eroglu waren herausgekommen. Sie hielten sich an den Händen. Die Frau hatte geweint, eine verschmierte Tränenspur zog sich über ihre linke Wange. Sie war sehr klein und sehr jung, nicht einmal zwanzig. Ihr Bruder war nicht viel älter, aber er straffte die Schultern und brachte ein Lächeln zustande, als er Astrid seine Hand entgegenstreckte. Beide sprachen sie akzentfreies Deutsch.

Man hatte ihnen bereits gesagt, dass es sich um Brandstiftung handelte. Sie waren erschrocken und durcheinander, aber sie zeigten keinerlei Erstaunen. Es war so, als hätten sie damit gerechnet.

Van Appeldorn sah sich um. »Gibt es hier irgendwo eine Kneipe oder ein Café, wo wir in Ruhe miteinander sprechen können?«

Ayse Eroglu schüttelte den Kopf. »Das Restaurant am Dorfplatz da drüben ist nur abends geöffnet.«

Sie schauten auf ein lang gestrecktes Siedlungsgebäude mit einem großen Parkplatz davor. An der linken Seite hing ein Schild *Restaurant – Gaststätte*, rechts schloss sich ein neu gebauter Flügel an mit einer blauen Neonschrift über dem gläsernen Eingang: *Hotel*.

Astrid tupfte noch einmal an ihren Augen herum und knüllte dann entschieden das Taschentuch zusammen. »Wenn die auch Hotelbetrieb haben, muss es ja wohl einen Konferenzraum oder so was geben.«

In der kleinen, plüschigen Halle war kein Mensch, aber aus dem dahinter liegenden Raum drangen Stimmen. »Und zwar sofort!«, keifte eine Frau.

Dann ein hässliches Lachen. »Wenn du glaubst, dass du mir Vorschriften machen kannst, dann …«, hörte man eine Männerstimme. »Guck dich doch mal im Spiegel an, du, du …«

Van Appeldorn schlug mit der Hand auf die nostalgische Klingel an der Rezeption. Es wurde still, dann kam eine Frau gelaufen. Sie war Mitte vierzig. Ihr knapp kinnlanges, blondiertes Haar betonte unvorteilhaft das flächige Gesicht mit den weitstehenden Augen und dem breiten Mund, und der körpernahe, aprikosenfarbene Pullover schmeichelte ihrer Figur nicht.

»Guten Morgen! Kann ich Ihnen helfen?«, trällerte sie und schlüpfte hinter den Tresen.

Ihr Lächeln verblasste, als ihr Blick auf die Geschwister Eroglu fiel.

Astrid legte ihren Dienstausweis auf die Theke. »Wir untersuchen den Brand. Können wir uns hier bei Ihnen irgendwo in Ruhe unterhalten und dabei vielleicht einen Kaffee trinken?«

Die Frau schob den Ausweis weg. »Das Restaurant ist noch geschlossen, tut mir Leid.«

»Gibt es ein Problem, Mechthild?« Der Mann mit dem hässlichen Lachen war dazugekommen.

Er erfasste die Situation sofort. »Von der Kriminalpolizei, ach so. Tja, unser Restaurant ist tatsächlich noch geschlossen, aber wenn Sie mit unserem Frühstückszimmer vorlieb nehmen wollen, ist das überhaupt kein Problem. Sie müssen entschuldigen, aber bei uns geht heute alles ein wenig drunter und drüber.« Er wandte sich lächelnd in die Runde. Seine Frau bedachte er mit einem vor Nachsicht triefenden Blick. Er musste ein paar Jahre jünger sein als sie und wirkte – groß, schlank, mit glattem, gebräuntem Gesicht und glänzendem Schnurrbart – aufdringlich attraktiv.

»Von Bahlow«, stellte er sich vor. »Wenn Sie mir bitte folgen wollen. Hier sind Sie ganz ungestört. Kaffee kommt sofort. Vier Kännchen? Ist das recht?«

Astrid steuerte einen Tisch an der Fensterseite an.

Alles hier war makellos. Kein Fusselchen auf dem Fußboden, keine Krümel auf den gestärkten Tischdecken, zu hochmütigen Schwänen gefaltete Stoffservietten, blanke Fensterscheiben. Über die Farbgebung des Raumes konnte man streiten. Der Teppichboden war rot und rosa gemustert, die Textiltapeten schimmerten rötlich golden und auch die üppigen pink- und cremefarbenen Seidenblumensträuße waren sicherlich nicht jedermanns Geschmack.

Von Bahlow servierte den Kaffee selbst. Umständlich hantierte er mit Kännchen, Tassen und Gebäckteller, bis alles so war, wie er es sich vorstellte.

Hüseyin Eroglu nutzte die Ablenkung und machte seiner Schwester verstohlene Zeichen, dass sie sich die Wange abwischen sollte, aber sie sah ihn nur verständnislos an. Schließlich gab er es auf.

Sie kamen leicht miteinander ins Gespräch, schon nach wenigen Minuten ergab sich ein erstes Bild. Die beiden jungen Leute waren am vergangenen Abend gegen Mitternacht schlafen gegangen. Etwa um halb zwei hatten beide Glas splittern hören und waren fast gleichzeitig in den Flur gelaufen, der schon voller Rauch gewesen war. Sie hatten es buchstäblich im letzten Moment die Treppe hinunter nach draußen geschafft.

Die Familie Eroglu hatte das Haus in Nierswalde vor etwas über zwei Jahren angemietet und den Laden eingerichtet. Das Dorf war schon viele Jahre ohne Lebensmittelgeschäft gewesen und so hatten Eroglus innerhalb von ein paar Monaten eine große Stammkundschaft aufbauen können. Man war sich einig, dass es bei ihnen besonders gutes Gemüse zu kaufen gab, und mit der Zeit waren auch Kunden aus Pfalzdorf und Asperden, teilweise sogar aus Goch zu ihnen gekommen. Die Eroglus hatten am Dorfleben nicht teilgenommen, aber sie waren immer freundlich behandelt worden. Das alles hatte sich seit Anfang dieses Sommers geändert. Ihr Vermieter, ein Rechtsanwalt aus Borken, der seit Jahren selbst in Nierswalde wohnte, hatte das große Grundstück neben der Kirche gekauft, das an ihren Laden grenzte. Im Juli war durchgesickert, dass dort der Bau eines Aussiedlerheimes geplant war.

»Es ist auf uns zurückgeschlagen«, sagte Hüseyin, »obwohl wir nun wirklich nichts damit zu tun haben. Jedenfalls kamen in letzter Zeit immer weniger Kunden.«

»Hat man Ihnen in irgendeiner Weise gedroht?«, fragte Astrid.

»Nein, nein«, beteuerte Ayse, »überhaupt nicht. Aber die Leute sind sehr aufgeregt. Es hat Bürgerversammlungen gegeben. Soweit ich verstanden habe, soll das Heim sehr groß werden und sehr viele Aussiedler aufnehmen, und die Leute glauben, dass ihr Dorf viel zu klein ist für so viele fremde Menschen. Es würde alles ändern.«

»Wie heißt Ihr Vermieter?« Van Appeldorn legte seinen Block auf den Tisch.

»Bruno Schlüter. Er wohnt in dem großen, weißen Haus ein Stück weiter die Königsberger Straße hinunter.«

»Es hat Sie also niemand bedroht«, nahm Astrid den Faden wieder auf. »Aber ganz unter uns, fällt Ihnen jemand ein, der …«

»Nein!«, rief Ayse und hielt dann, erschrocken über sich selbst, inne. »Man hasst uns hier nicht«, fuhr sie leiser fort. »Verstehen Sie, die Menschen sind verwirrt und aufgebracht, aber ich wüsste niemanden, der so etwas tun würde. Es macht doch auch keinen Sinn.«

»Aber irgendjemand, Frau Eroglu«, entgegnete Astrid, »wollte Ihnen Schaden zufügen. Er hat sogar in Kauf genommen, dass Sie beide in dem Feuer umkommen. Wer könnte so etwas tun und warum sollte er so etwas tun? Haben Sie mit irgendwem Streit? Haben Sie private Probleme?«

»Nein, gar nicht.« Ayse goss sich eine zweite Tasse Kaffee ein. Hüseyin sah Astrid direkt in die Augen. »Wir wissen wirklich nichts!«

»Haben Sie gestern etwas Verdächtiges bemerkt?«, fragte van Appeldorn. »War etwas anders als sonst? Haben Sie Geräusche gehört?«

»Nein. Nichts, gar nichts.«

»Tja, dann war's das wohl für heute. Denken Sie noch einmal in Ruhe nach. Vielleicht fällt Ihnen ja doch noch etwas ein. Wir werden sicher noch öfter miteinander reden.« Van Appeldorn nahm seinen Stift wieder auf. »Wo können wir Sie denn in den nächsten Tagen erreichen?«

Hüseyin Eroglu gab eine Adresse in Wesel an.

Sie standen gleichzeitig auf.

»Hoffentlich sind Sie ausreichend versichert«, meinte Astrid, als sie zur Rezeption zurückgingen.

Ayse blickte sie über die Schulter hinweg an. »Natürlich! Wir könnten alles wieder herrichten, aber ich weiß nicht, ob wir hier bleiben werden. Das müssen wir mit der Familie zusammen überlegen.«

Von Bahlow stand am Tresen und sortierte Prospekte.

»Schlimm«, sagte er zu Hüseyin. »Es tut mir sehr Leid, dass Ihnen so etwas passieren musste, Herr Eroglu. Wenn wir irgendwie helfen können ...«

»Danke sehr! Sehr freundlich von Ihnen.«

Die Geschwister gingen hinaus.

Van Appeldorn zog sein Portemonnaie aus der Hosentasche, aber von Bahlow winkte ab. »Lassen Sie nur. Das geht selbstverständlich aufs Haus.«

Er schenkte Astrid ein blitzend weißes Lächeln. »Haben Sie schon einen Anhaltspunkt, Frau Kommissarin?«

»Möglich«, gab sie abweisend zurück. »Durchaus möglich. Vielen Dank für Ihre Gastfreundschaft.«

Er deutete eine Verbeugung an, als sie die Glastür aufstieß und hinausging. Van Appeldorn schlackste hinterher.

Auf dem Parkplatz blieb sie stehen. »Die beiden haben uns nicht alles gesagt. Mit irgendwas halten die hinterm Berg.«

»Klar!«

»Und warum?«

Er hielt ihr sein Zigarettenpäckchen hin, aber sie schob es weg.

»Das werden wir schon rauskriegen«, meinte er. »Es ist doch immer wieder eine Herausforderung, sich mit fremden Kulturen auseinander zu setzen.«

Sie boxte ihn in die Seite. »Hat van Gemmern irgendwas gefunden?«

»In der Zeit, in der ich hier war, nichts. Aber da hat es ja auch noch gebrannt. Wir sollten gleich ins Labor fahren.«

»Gib mir doch mal eine Zigarette und dann dein Handy.«

Er hielt ihr die Schachtel hin. »Was hast du vor?«

»Ich soll Walter zurückrufen.«

Zehn Minuten später saß sie auf dem Beifahrersitz und war ganz aus dem Häuschen.

Van Appeldorn hatte die Füße aufs Armaturenbrett gelegt, die Hände im Nacken verschränkt und döste.

»Wenn das funktioniert ...«, murmelte sie vor sich hin.

Schwerfällig öffnete van Appeldorn die Augen. »Willst du drüber reden?«

»Walter sagt, er möchte gern unsere Tagesmutter werden, allen Ernstes. Er meint, er müsste sich sowieso den ganzen Tag um seine Mareike kümmern und er hätte schließlich eine Menge Erfahrung mit Kindern – was ja auch stimmt – und der Job beim Wachdienst wäre eh Mist und er würde sein Geld lieber mit was Schönem verdienen, woran er Spaß hätte. Das hört sich fast zu gut an, Norbert. Ich frage mich …«

»Jetzt hol doch mal Luft.«

4

Endlich fand sie ihn. Er saß einfach nur da und fummelte an seinem Bart herum.

»Was machst du hier, verflucht? Du weißt genau, was wir heute noch zu tun haben. Komm endlich in die Gänge!«

Er bewegte sich nicht einmal. »Polizei im Dorf.« Seine Stimme war heiser.

»Ja und? Was haben wir damit zu tun? Gar nichts! Nicht unser Problem. Also mach dir nicht ins Hemd.«

»Ich mach mir nicht ins Hemd, keine Sorge. Alles klar?«

»Dann ist es ja gut.«

»Ja, verdammt noch mal. Halt endlich die Klappe! Ich komm ja schon.«

5

Van Gemmern sah aus wie der Tod.

»Ich habe seit zweiundvierzig Stunden nicht geschlafen«, beantwortete er widerwillig van Appeldorns Frage.

»Mensch, dann mach, dass du endlich nach Hause kommst!«

Darauf ging van Gemmern nicht ein. Er hielt nichts von Privatgesprächen im Dienst.

»Ich nehme an, du bist hier, weil du meinen Bericht nicht abwarten willst.«

»Stimmt, erzähl einfach.«

»Da gibt es nicht viel zu erzählen. Mit Schuhspuren und Fingerabdrücken kann ich nicht dienen. Ich kann dir nicht einmal sagen, ob es einer oder mehrere Täter waren.«

»Was ist mit den Molotow-Cocktails?«

»Zwei Limoflaschen, gängiges Fabrikat, ohne Etikett, mit leichtflüchtigem Waschbenzin gefüllt, ein Streifen Baumwollstoff als Lunte. Geschickt postiert, eine im Laden, eine im Lager.«

»Ich begreife nicht, dass die Eroglus nichts gehört haben wollen. Macht so ein Ding nicht einen Heidenlärm?«

»Diese Sorte bloß im Film.«

»Versteh ich nicht.«

»Das waren keine echten Molotow-Cocktails. Das Phosphor fehlte.«

»Aber das Splittern von Glas ist doch auch nicht gerade leise.«

Van Gemmern stutzte. »Ach so«, meinte er dann. »Der Täter hat die Flaschen nicht durchs Fenster geworfen, wie du es dir anscheinend ausgemalt hast. Er ist durch die Hintertür zum Lager reingekommen. Das Schloss war aufgebrochen. Als die Lunten bei den Flaschen runtergebrannt waren, hat es einmal laut ›puff‹ gemacht, mehr nicht.« Er schob die Brille hoch und rieb sich die Augen mit Daumen und Zeigefinger. »Gibt es übrigens irgendeinen Grund, warum Eroglus sich freiwillig rösten lassen sollten?«

»Nö, wieso?«

»Dann verstehe ich deine Fragen nicht. Wenn sie was gehört hätten, wären sie doch bestimmt abgehauen, oder sehe ich das falsch?«

»Ich bin ja schon weg!«

Er fand Toppe und Astrid im Büro.

»Erwische ich euch etwa bei der Erörterung familiärer Probleme?«

Beide lachten, so langsam besserte sich offenbar die Laune.

»Astrid macht sich Sorgen um Walters Herzprobleme«, erklärte Toppe.

»Ich stelle mir die ganze Zeit vor, dass er umkippt,

wenn er allein mit Katharina ist. Oder dass ihm schlecht wird, wenn er Auto fährt.«

»Das kann doch bei jedem anderen auch passieren. Oder habt ihr euch von jedem, der nach eurer Tochter guckt, ein ärztliches Attest vorlegen lassen?« Für van Appeldorn war die Sache damit erledigt.

»Walter geht es besser denn je«, sagte Toppe.

»Du hast ja Recht«, gab Astrid zu. »Und außerdem mag Katharina ihn wirklich gern.«

»Wie sieht es mit dem Bürotausch aus?« Van Appeldorn fand es an der Zeit, endlich zur Tagesordnung überzugehen.

»Ist alles erledigt. Willkommen in deinem neuen Reich!« Toppe zog eine Schublade auf. »Ich habe deine Sachen in meinen Schreibtisch geräumt und ich gehe dann rüber in dein Büro. Es ist am einfachsten so. Sonst hätte Peter mit seinem ganzen Computerkram umziehen müssen.«

»Wo steckt der eigentlich?«

»Sitzt an seiner Höllenmaschine und versucht, etwas über die Familie Eroglu herauszufinden.« Astrid warf ihr Haar zurück. »Ich habe nämlich durchaus nicht nur private Probleme erörtert. Und um vier Uhr sind wir mit Eroglus Vermieter, diesem Bruno Schlüter, in Nierswalde verabredet.«

Auf dieser Fahrt nahm Astrid ihre Umgebung aufmerksamer wahr.

Van Appeldorn fuhr dieselbe Nebenstrecke wie am Morgen. Über Reichswalde, ein Dorf, das 1949 genau wie Nierswalde aus dem Reichswald herausgeschnitten worden war. Helmut hatte ihr das eben noch zwischen Tür und Angel erzählt. Vor ein paar Tagen war ein Artikel über die Siedlungsdörfer in der Zeitung gewesen – es stand schließlich ein Jubiläum ins Haus.

Zeitunglesen, für Astrid fiel das in letzter Zeit in die Kategorie Luxus. Morgens war es unmöglich. Da gab es hundert Dinge zu regeln, Frühstück, Katharina, die »'leine essen« wollte, die Kinderfrau, ihre Mutter, alles immer unter Zeitdruck. Und abends? Sie kam ja nicht einmal dazu, die Post zu öffnen. Vielleicht sollte sie die Zeitung mit ins Präsidium nehmen. Da hatte sie wenigstens manchmal ein paar Minuten Luft. Jammere nicht, schimpfte sie mit sich selbst, du hast es dir schließlich so ausgesucht und es kann nur besser werden.

Heute früh war es ruhig gewesen im Dorf, man hatte kaum Menschen draußen gesehen, jetzt herrschte geschäftiges Treiben. Überall wurden große Wagen geschmückt mit Korngarben, Gemüse, Blumen und glänzenden Bändern.

»Fahr doch ein bisschen langsamer, Norbert. Guck mal!«

Vier Männer waren dabei, eine aus Ähren geflochtene Krone, die ein gutes Stück höher war als sie selbst, auf einen altmodischen Leiterwagen zu hieven.

Van Appeldorn bremste ab. »Erntedankfest«, sagte er. »Die machen hier jedes Jahr einen großen Umzug. Als meine Kinder noch klein waren, haben wir uns das öfter mal angeguckt. War ganz schön.«

Ein paar Leute hatten das langsam rollende Auto bemerkt und winkten stolz.

»Welche Hausnummer hat Schlüter?«

»Siebzehn«, antwortete Astrid. »Das müsste da vorn links sein.«

Das »große, weiße Haus«, wie Eroglu es genannt hatte, sah mit seinen aufgesetzten Türmchen, den Rundbogenfenstern und den buchsbaumgefassten Blumenbeeten vor dem Portal eher aus wie ein Schloss.

Frau Schlüter, die ihnen öffnete, hatte allerdings wenig Adeliges an sich, dennoch war sie eine beeindruckende Erscheinung. Das lange, grau melierte Haar trug sie zu zwei dicken Zöpfen geflochten, ihre braune Haut sah aus wie gegerbt. Sie schüttelte beiden kräftig die Hand, dann drehte sie sich um und rief: »Bruni, Schatz, wo steckst du? Die Menschen von der Kripo sind da!«

»Ich fliege! Sekunde noch«, schallte es aus der oberen Etage zurück.

»Er ist gerade erst nach Hause gekommen und war noch im Habit«, erklärte sie, während sie die beiden Besucher vor sich her in den Wohnbereich dirigierte.

Auch hier machte sich Wohlstand breit: sparsam ausgestattet mit ausgewählten Möbelklassikern, honigfarbenes Parkett, an den Wänden großformatige, monochrome Gemälde. Nur die ausgefransten Wolldecken, die besabberten, alten Schuhe und die Plastiknäpfe, die überall herumflogen, passten nicht ins Bild.

Frau Schlüter hatte ihre Verwunderung bemerkt. »Ich züchte Retriever. Im Augenblick haben wir neun Welpen. Sie können sich trotzdem setzen. Auf die Polster dürfen die nämlich nicht.«

Dann schlug sie die Hände zusammen. »Ist das nicht unglaublich? Ich kann es nicht fassen, wirklich nicht. Meine armen Eroglus! Sie haben sich solche Mühe gegeben. Fast schon immer ein wenig zu freundlich. Wer tut denen so etwas an, frage ich Sie.«

»Eigentlich wollten wir Ihnen diese Frage stellen«, sagte van Appeldorn. »Unter anderem.«

In diesem Moment kam Bruno Schlüter herein. Auch er schätzte den kräftigen Händedruck, auch er sah mit seinen ausgebeulten Cordhosen und dem verwaschenen T-Shirt nicht aus wie ein Schlossherr. Bedächtig stopfte er sich eine Pfeife. »Was können wir für Sie tun?«

»Ich habe gerade gesagt, wie scheußlich diese Brandstiftung ist«, fing seine Frau wieder an. »Ich bin völlig fertig davon.«

»Es nimmt uns beide mit«, bestätigte Schlüter »Aber meiner Frau geht das besonders an die Nieren. Sie kennt die Eroglus schon sehr lange. Der Laden war quasi ihre Idee. Seit unsere Kinder aus dem Haus sind, kümmert sich Lore intensiv um unsere ausländischen Mitbürger.«

»Ja, richtig, ich bin seit etlichen Jahren schon Mitglied in der ›Meile‹. Das ist ein Verein, der …«

»Schon gut«, meinte Astrid schnell, »den kennen wir.« Ihre Erinnerung an die ›wohltätigen‹ Leute war nicht nur angenehm.

»Also, ich hatte in den letzten Wochen schon immer ein schlechtes Gefühl. Nicht wahr, Bruni? Ich hab's dir doch gesagt: Da liegt was in der Luft. Da braut sich was zusammen.«

»Jetzt mal der Reihe nach.« Van Appeldorn wurde dienstlich, indem er seinen Kugelschreiber zückte. »Ihnen gehört das Haus, in dem die Eroglus ihren Laden hatten.«

Schlüter klemmte die Pfeife in den Mundwinkel. »Ja, das Gebäude und das angrenzende Grundstück neben der Kirche zur Stettiner Straße hin.«

»Seit wann?«

»Seit Anfang 97. Meine Frau hatte, wie gesagt, die Idee, das Haus an die kurdische Familie zu vermieten.«

»Weil ich das gerade für dieses Dorf wichtig finde«, bestätigte sie. »Wir sind ja selbst erst vor acht Jahren hergezogen. Da hat man einen ganz guten Blick von außen drauf. Die Leute scheinen zu vergessen, dass sie selbst einmal als Fremde hierher gekommen sind. Gerade deshalb passt ja auch das Heim so gut.«

»Neben der Kirche habe ich ein Heim für Aussiedler geplant.« Schlüters Ton zeigte, dass er daran gewöhnt war, die Ausführungen seiner Frau zu erläutern.

»Davon haben wir schon gehört«, meinte Astrid. »Und nicht alle im Dorf scheinen damit einverstanden zu sein.«

»Es ist empörend!« Frau Schlüter regte sich weiter auf. »Lächerlich und empörend!«

Ihr Mann nahm die Pfeife aus dem Mund. »Als mein Vorhaben bekannt wurde, hat es vereinzelte Proteste gegeben, aber mittlerweile scheint sich das ganze Dorf zusammengerottet zu haben. Man hält sogar Bürgerversammlungen ab und sucht nach Rechtswegen.«

»Und wie weit ist das Projekt inzwischen gediehen?«

Bruno Schlüter lächelte. »Hängen Sie es bloß nicht an die große Glocke! Es ist alles längst genehmigt und abgesegnet. Am Montag rücken die Bagger an. Das weiß noch niemand im Dorf, und das sollte auch so bleiben. Morgen findet wieder eine Bürgerversammlung statt, auf der wir noch einmal gesteinigt werden sollen.«

»Wir werden Rede und Antwort stehen«, sagte seine Frau bestimmt. »Wie die letzten Male auch. Das wäre ja noch schöner! Irgendwer muss diesen Menschen schließlich klarmachen, wie vernagelt sie sind.«

»Wer beruft eigentlich so eine Bürgerversammlung ein?«, wollte van Appeldorn wissen.

»Ich nehme an, von Bahlow, oder?« Schlüter wandte sich Hilfe suchend an seine Frau. Die zuckte die Achseln. »Irgendeiner aus dieser alten Clique auf jeden Fall.«

»Von Bahlow?«, fragte Astrid. »Der Hotelbesitzer?«

»Ach was«, schnappte sie. »Der doch nicht! Sein Vater.«

»Und wo finden wir den?«

»Überall.« Schlüter grinste. »Dem gehört doch das halbe Dorf.«

Und die andere Hälfte dann bald dir, dachte Astrid, der die beiden langsam auf die Nerven gingen.

»Von Bahlow wohnt am anderen Ende unserer Straße Richtung Asperden.« Schlüter war wieder ernst geworden. »Die größte Gärtnerei weit und breit. Die kann man gar nicht verfehlen.«

»Sehen Sie einen Zusammenhang zwischen den Bürgerprotesten gegen das Wohnheim und der Brandstiftung?«

»Na, das liegt doch wohl auf der Hand«, brauste Frau Schlüter schon wieder auf, aber ihr Mann bremste sie. »Ich bin da vorsichtig. Bei der aufgeheizten Stimmung im Dorf sind den Eroglus in letzter Zeit zwar Kunden weggeblieben, aber richtige Feindseligkeit hat es nicht gegeben. So sind die Leute hier auch nicht. Ich habe erst vorgestern noch mit Hüseyin darüber gesprochen.«

»Hast du es sehr eilig?«, fragte van Appeldorn, als sie eine knappe halbe Stunde später wieder im Auto saßen.

»Nicht besonders. Helmut wollte Katharina abholen. Warum?«

»Ich muss mal durchatmen. Typen wie die kann ich auf den Tod nicht ab: bezopfte Altachtundsechziger mit Sozialtick, aber dann die dicke Knete, vermutlich auch noch Schwarzgeld! Lass uns ein Stück durch den Wald gehen.«

»Du machst Spaziergänge? Mit mir?« Astrid konnte es nicht glauben. »Da vorn geht ein Weg rein. Fahr einfach rechts ran.«

Der Pfad führte durch eine dichte Fichtenschonung, aber er war breit genug, dass die Spätnachmittagssonne goldenes Licht zaubern konnte. Es roch nach schönen Erinnerungen und es war warm. Astrid zog ihre Lederjacke aus und hängte sie sich über die Schulter.

»Du bist so umgänglich geworden. Was ist los? Macht es dir keinen Spaß mehr, mich runterzuputzen? Früher hast du jede Gelegenheit dazu genutzt. Du warst ein richtiges Ekel.«

Van Appeldorn blieb stehen und sah sie an. »Vielleicht, weil ich selbst scharf auf dich war ...?«

Für einen Augenblick war sie sprachlos. Sein Gesichtsausdruck machte ihr zu schaffen.

»Ach komm, hör auf!« Sie lachte. »Du warst höchstens eifersüchtig, auf irgendeine schräge Art.«

»Kann auch sein.« Er ging weiter.

Sie lachte wieder. »Ulli tut dir gut, weißt du das?«

»Stimmt.« Mehr sagte er nicht.

Vor einem Jahr hatte sich van Appeldorn Hals über Kopf verliebt in Ulli Beckmann, eine Sozialpädagogin, die er bei Ermittlungen kennen gelernt hatte. Innerhalb von ein paar Wochen nur war er aus einem unerträglich gewordenen Eheleben ausgestiegen und hatte sich eine eigene, kleine Wohnung genommen. Dass seine Adoptivtochter Anna lieber bei ihm als bei ihrer Mutter leben wollte, hatte er nicht ahnen können, und so war es in seinem neuen Zuhause reichlich beengt. Aber er war schon auf der Suche nach einer größeren Wohnung oder einem Haus für Ulli, Anna und sich.

»Vielleicht können wir vier uns ja mal treffen«, meinte Astrid. »Einfach so zum Essen und Erzählen.«

Van Appeldorn brummelte irgendwas Unverständliches.

»Was?«

»Warum nicht? Wir waren mal ganz gut befreundet, Helmut und ich.«

»Ja, weiß ich doch. Aber dann hab ich dazwischengefunkt. Die Yoko Ono von Kleve, gewissermaßen.«

»Genau!« Er blieb wieder stehen und schmunzelte. »Es könnte natürlich auch daran gelegen haben, dass Helmut und ich beide in einer Art Dauerkrise gesteckt haben. Aber ich will deine Bedeutung auf keinen Fall schmälern.«

Zum zweiten Mal an diesem Tag boxte Astrid ihn in die Seite.

»Lass uns mal zur Sache kommen. Wir gehen doch wohl morgen Abend auf diese Bürgerversammlung?«

»Auf alle Fälle. Und vorher werden wir wohl Eroglus Nachbarschaft abklappern müssen und herausfinden, ob jemand etwas beobachtet hat.«

»Ja, das ist schon klar.«

»Dann ist es ja gut, Yoko.«

Ulli hatte versprochen, heute Abend noch zu kommen, aber van Appeldorn wusste, dass es spät werden würde. Sie leitete das Jugendheim in Materborn und musste oft bis nach Mitternacht bleiben. Die Arbeit hatte ihr immer Spaß gemacht, aber in letzter Zeit war sie ein bisschen müde geworden. Sie hatte einfach genug von den unregelmäßigen Arbeitszeiten, den immer wiederkehrenden Problemen mit Drogen und Gewalt und wollte etwas Neues, hoffentlich Erfreulicheres, beginnen. Heute Morgen war sie bei einem Bewerbungsgespräch gewesen. Die Stadt Goch suchte eine neue Leiterin für einen Vorschulkindergarten.

Anna war offenbar zu Hause. Van Appeldorn hörte den Fernseher in ihrem Zimmer. Er klopfte an.

»Komm rein!« Der Raum war nicht größer als eine Abstellkammer. Nur mit viel gutem Willen hatten sie ein Bett, einen Schreibtisch und einen Stuhl darin untergebracht. Der Fernseher stand auf einem Brett, das van Appeldorn neben dem Fenster an die Wand gedübelt hatte.

Anna schaltete ihn sofort aus. »Hallo, Norbert! Hast du Hunger?«

»Du hast doch nicht etwa schon wieder gekocht?«

Sie freute sich über sein Gesicht. »Heute gibt es nur einen Salat und Brote. Aber ich hab mich entschieden: Ich such mir nächstes Jahr eine Lehrstelle als Köchin. Sigrid findet das auch gut.«

»Wie war's denn?« Sigrid war Annas Bewährungshelferin und heute hatte das monatliche Gespräch stattgefunden.

»Ganz gut, glaub ich.« Sie krabbelte vom Bett und fuhr sich durch das kohlschwarz gefärbte Haar. »Kommt Ulli heute noch?«

»Hoffentlich.«

Sie warf ihm einen kecken Blick zu. »Ich bin sowieso nicht da …«

»Wohin gehst du? Wann bist du zurück?«

»Papa, ej! Bist du irgendwie krass drauf, oder was? Das haben wir doch wirklich alles durch. Ich gehe zu Daniel.«

»Ist das dieser Grottenolm?«

»Hör auf, Mensch! Der ist total süß. Wir gucken Videos. Ja, und seine Eltern sind zu Hause. Und ich bin gegen zwei zurück, okay? Ja, ich weiß, dass ich morgen Schule habe. Aber erst zur dritten Stunde. Alles klar?«

»Alles klar!« Doch er musste sich gewaltig zusammenreißen.

Sie hatten beide eine schlimme Zeit hinter sich: Anna, die in eine böse Sache verwickelt gewesen war, und er, der als Ermittler die ganze Schweinerei auch noch aufgedeckt hatte. Am liebsten hätte er sie in ihrem Zimmer angekettet.

Eine Stunde später, nachdem sie gemeinsam gegessen und abgewaschen hatten, machte sich Anna auf den Weg und van Appeldorn ging in sein Zimmer.

Als er bei Marion ausgezogen war, hatte er nur das mitgenommen, was er in die Ehe gebracht hatte: seine Kleider, seine Fußballpokale, ein paar Fotos und Bücher. Er wollte einen anderen Neuanfang als Toppe damals, der monatelang provisorisch vor sich hin gelebt hatte, mit einer alten Matratze als Bett und ein paar wackeligen Möbeln, die niemand mehr haben wollte. Also hatte van Appeldorn sein Sparkonto aus Junggesellenzeiten geplündert, sich einen Transporter gemietet und war zu Ikea gefahren.

In diesen 1 ½ ZKB war alles neu – und sehr unpersönlich gewesen, bis Ulli ihm auf die Sprünge geholfen hatte. Jetzt gab es hier Bilder und Vorhänge, einen Paravent um sein Bett, sogar ein paar Pflanzen, die ihm gefielen und die merkwürdigerweise gediehen, dabei hatte er überhaupt keine Ahnung von solchen Dingen. Das hatte er jedenfalls immer geglaubt.

Ulli kam schon um Viertel nach elf. Obwohl sie einen Schlüssel hatte, klingelte sie. Das tat sie meistens.

Er küsste sie ausgiebig. Sie reichte ihm gerade bis zur Schulter und ihr Haar war kürzer als seins.

»Müde?«, fragte er, die Lippen an ihrem Mund.

Sie bog den Kopf zurück. »Kein bisschen mehr, wenn du so guckst. Anna?«

»Ist bis mindestens zwei Uhr weg.«

Er hob sie hoch und sie schlang ihre Beine um seine Hüften und presste sich an ihn.

»Hm«, wisperte sie und fuhr ihm mit der Zunge ins Ohr. »Höchst beeindruckend.«

Später lagen sie auf seinem Bett.

»Erzähl, wie ist das Bewerbungsgespräch gelaufen?«

Sie rieb ihre Nase in seiner Achselhöhle. »Ich kriege die Stelle.«

Van Appeldorn nickte – er hatte nichts anderes erwartet.

Dann stützte er sich auf den Ellbogen und widmete sich ihren Brüsten.

Sie keuchte. »Neben dir, und wenn du so weitermachst, gleich auf dir, liegt die neue Leiterin der Vorschule in Nierswalde.«

»Nierswalde«, murmelte er. »Da war ich heute auch.«

»Van Appeldorn?«

»Hm?« Er schaute auf.

»Ich liebe dich, weißt du das?«

»Ja, das weiß ich. Und ich liebe dich, Beckmann … Ulli?«

»Ja?«

»Komm über mich.«

6

Die Bürgerversammlung sollte um zwanzig Uhr beginnen.

Astrid und van Appeldorn waren pünktlich, aber als sie an der alten Dorfschule ankamen, die heute den Gemeindesaal, zwei Vorschulklassen und Räume für die verschiedenen örtlichen Vereine beherbergte, war die Veranstaltung offenbar schon im Gange. Die Fenster waren erleuchtet, Stimmengemurmel drang nach draußen.

Auf dem Fahrradständer neben dem Eingang saß Bruno Schlüter und rauchte.

Astrid blieb vor ihm stehen. »Sieht ganz so aus, als wären wir zu spät. Guten Abend!«

»Guten Abend. Sie sind überhaupt nicht zu spät. Aber bei denen gibt es nie eine Tagesordnung oder so etwas. Um zwanzig vor waren alle da, also haben sie angefangen.«

»Scheint mir recht gesittet zuzugehen.« Van Appeldorn hatte durchs Fenster gelinst.

»Das ist hier immer so.«

»Und was tun Sie hier draußen? Wollten Sie nicht Rede und Antwort stehen?«

Schlüter machte eine wegwerfende Handbewegung. »Als Erstes haben die beiden Anwälte, die beauftragt waren, berichtet, dass mit dem Bau des Aussiedlerheimes alles rechtens und in Ordnung ist. Daraufhin habe ich mir erst mal ein Piepken genehmigt. Nicht, dass es daran irgendeinen Zweifel gegeben hätte! Was soll's. Meine Frau macht sich bei solchen Veranstaltungen sowieso viel besser als ich. Mit Ihnen gehe ich aber gern wieder rein.« Er klopfte seine Pfeife an der Schuhsohle aus und verstaute sie in der Tasche seiner braunen Lederweste.

»Was mir eben eingefallen ist«, meinte van Appeldorn. »Von wem haben Sie das Grundstück damals eigentlich gekauft?«

»Von der Kirche. War übrigens äußerst günstig.«

»Und die wussten, was Sie vorhatten?«

»Natürlich. Da sollte was Soziales hin, sonst hätte ich das Stück Land gar nicht gekriegt.«

Sie blieben hinter der gläsernen Schwingtür zum Saal stehen, einem rechteckigen Raum mit kahlen, weiß gestrichenen Wänden. Nur an der Stirnseite hing ein schlichtes Kreuz aus hellem Eichenholz. Die Tische waren in einem Oval angeordnet, in der Mitte gähnte ein Loch, das unüberwindbar schien, weil die Gruppe der Anwesenden ziemlich groß war: vierzig bis fünfzig Leute, zwei Drittel davon Männer.

Der Mann, der gerade sprach, hatte ihnen den Rücken zugewandt. Er schien um die passenden Worte zu ringen, denn sie sahen, wie er seine herabhängenden Hände immer wieder zu Fäusten ballte. »Es geht uns doch einzig und allein darum, dass die Anzahl der Leute zu groß ist«, hörten sie. »Zwischen fünfzig und hundert Menschen, die integriert werden müssen …«

»Jelinek«, flüsterte Schlüter. »Auch ein Zugezogener, aber vor zwanzig Jahren schon. Hat sich gerade verbessert.«

Astrid entdeckte den Hotelbesitzer, der nicht so recht bei der Sache schien. Neben ihm, direkt unter dem Kreuz, saß ein knochiger, alter Mann mit vollem, weißem Haar, das streng nach hinten gekämmt war. Er fixierte sie aus hellen Augen.

»Waldemar von Bahlow«, raunte Schlüter. »Ehemals Besitzer eines Rittergutes in Brandenburg. Rechts neben ihm seine drei Söhne, links von ihm der Pastor.«

Jetzt hatten auch andere im Saal sie bemerkt und fingen an zu tuscheln. Viele kannten sie schon von den ergebnislosen Befragungen, die sie den ganzen Tag in Eroglus Nachbarschaft geführt hatten.

Jelinek verstummte und drehte sich zur Tür.

Van Appeldorn schob sie auf.

»Entschuldigung?« Der Pastor hatte eine weiche Stimme. »Ich höre gerade, dass Sie von der Kriminalpolizei sind. Können wir Ihnen helfen?«

»Nein, danke, im Moment nicht«, antwortete Astrid kühl. »Machen Sie ruhig weiter. Wir werden dann sehen.«

Keiner sagte etwas, man schaute betreten vor sich hin, nur von Bahlow musterte sie immer noch.

Frau Schlüter ließ die Gelegenheit nicht ungenutzt verstreichen. Sie saß dicht beim Ausgang und stand jetzt entschlossen auf. »Es ist mir unbegreiflich«, rief sie, »dass ich gerade Ihnen hier in diesem Dorf diese Dinge immer wieder sagen muss! Sie alle sind selbst als Fremde hierher gekommen. Sie alle sind mit offenen Armen von den Menschen empfangen und angenommen worden! Und da wagen Sie es heute …«

Weiter kam sie erst einmal nicht. Das Gemurre wurde zu laut.

»Wir waren alle deutsch«, rief jemand.

»Aber das sind die Menschen aus Kasachstan und Wolhynien doch auch!«, konterte Lore Schlüter.

Waldemar von Bahlow schlug kurz mit der Faust auf den Tisch und stand auf, erstaunlich schnell und sicher für sein Alter. »Aber wir, Frau Schlüter, wurden nicht in ein Wohnheim gesteckt und kriegten das Geld vorn und hinten reingeschoben. Wir bekamen nichts als ein Stück Acker, Brachland, das wir mit unserer Hände Arbeit zum Blühen bringen mussten. Und das haben wir geschafft, alle gemeinsam. Und es war, weiß Gott, nicht leicht. Wir haben es geschafft, auch wenn es Blut und Tränen gekostet hat, auch wenn viele von uns aus ihrer Heimat nicht nur einmal, sondern sogar zweimal vertrieben worden waren. Dies hier ist unser Werk, auf das wir zu Recht stolz sein dürfen. Und ich schwöre Ihnen, wir werden es verteidigen.«

Er erntete weder Zustimmung noch Protest, es blieb ganz still, und Astrid fragte sich, ob das an ihrer Anwesenheit lag.

Von Bahlow schob seinen Stuhl so heftig zurück, dass er gegen die Wand schlug, und wandte sich zum Gehen.

»Aber Herr von Bahlow!« Der Pastor stand auf und fasste den alten Mann beim Arm. »Wir alle haben Verständnis, dass Sie erregt sind, aber wir dürfen uns nicht von Bitterkeit und Hass leiten lassen.«

»Halten Sie den Mund!« Von Bahlow machte sich frei. »Sie Grünschnabel!«

Jetzt hatten sich auch seine Söhne erhoben, aber ein kurzes Kopfrucken des Alten hielt sie davon ab, ihm zu folgen. Er verließ den Raum aufrecht und ohne jemanden anzuschauen.

Lore Schlüter fand ihre Sprache wieder. »Was soll das denn heißen? ›Wir werden es verteidigen?‹ Was haben Sie vor?«, schrie sie hinter ihm her und drehte sich dann wieder zum Saal. »Weiß hier eigentlich irgendeiner, was die Menschen, die bei uns Aufnahme finden, alles mitgemacht haben? Welche Schicksale dahinter stecken? Die Russlanddeutschen, die jetzt aus Kasachstan kommen, sind seit 1941 immer nur Verfolgte gewesen, Ausgestoßene, Geächtete in einem Land, in das man sie verschleppt hat, dessen Sprache sie nicht einmal sprechen. Und seit dem Zusammenbruch der Sowjetunion haben diese armen Kreaturen nicht einmal mehr genug zu essen! Und da stellen Sie sich hin, da erdreisten Sie sich …«

»Einen Augenblick, Frau Schlüter.« Der Pastor legte die Hände ineinander. »Wir sollten uns alle erst einmal wieder beruhigen, nicht wahr? Und …« Er machte eine Pause und sah einen nach dem anderen an. »… wir sollten einander zuhören, miteinander sprechen und gemeinsam eine Lösung finden.« Jetzt lächelte er. »Wir wollen nun die Hand unseres Nachbarn nehmen und ein Gebet sprechen: Herr, wir bitten dich um Besonnenheit. Gib unserem Geist Klarheit und erfülle unsere Herzen mit Wärme. Amen. Und jetzt lassen Sie uns die große Runde auflösen und die Tische zu kleinen Gruppen zusammenschieben. Von Angesicht zu Angesicht redet es sich leichter. Ich habe in der Küche etwas zum Knabbern vorbereitet und Getränke kühl gestellt. Die beiden Beamten sind selbstverständlich herzlich gebeten, unsere Gäste zu sein.«

»Ohne mich«, zischte Schlüter van Appeldorn ins Ohr, während im Saal Geschäftigkeit ausbrach. Die Gemeinde schien solche Aktionen gewöhnt zu sein. Ohne weitere Anweisungen wurden Tische und Stühle gerückt, ein paar Frauen liefen in die Küche und kamen mit Tabletts voller Gläser und Schüsselchen wieder zurück. Zehn Minuten später brannte auf jeder Tischgruppe eine Kerze, die Frauen schenkten Weißwein aus, der Pfarrer verteilte Servietten.

Nicht nur Schlüters hatten sich aus dem Staub gemacht. Mehrere, hauptsächlich ältere Leute waren hinausgegangen. »Besorg mir auch ein Glas Wein, ja?«, flüsterte Astrid. »Ich bin gleich wieder da.«

Van Appeldorn nickte, er hatte dieselbe Idee gehabt. Aber draußen war niemand zu sehen. Anscheinend hatten sich alle unverzüglich auf den Heimweg gemacht.

Als Astrid in den Saal zurückkehrte, stand der Pastor neben van Appeldorn. »Ich sagte gerade zu Ihrem Kollegen, wie bestürzt wir alle sind über die Brandstiftung. Sie waren heute den ganzen Tag im Dorf. Haben Sie schon einen Anhaltspunkt?«

»Leider nicht.« Astrid nahm van Appeldorn das Weinglas aus der Hand.

»Glauben Sie denn, dass es jemand aus dem Dorf war?« Zwei Frauen mittleren Alters hatten sich zu ihnen gesellt.

»Bei unserer Arbeit kommt es nicht darauf an, was wir glauben«, entgegnete van Appeldorn schroff, aber die Frau ließ sich nicht beirren.

»Niemals, das schwör ich Ihnen, niemals hat das einer von uns getan! Wir sind doch alle froh, dass wir endlich wieder ein Geschäft im Ort haben. Und die Eroglus, das sind doch wirklich sympathische Leute.«

»Ja!« Die andere lächelte versonnen. »Neuerdings reißt sich sogar mein Sohnemann darum, einkaufen zu gehen. Aber nur wenn die Ayse hinter der Theke steht.« Sie zwinkerte ihrer Freundin zu. Die kicherte. »Und da ist er nicht der Einzige! Das Mädchen ist ja auch eine kleine Schönheit.« Dann wurde sie wieder ernst. »Herr Pfarrer, die Frauenhilfe hat sich überlegt, dass wir den Eroglus einen Brief schreiben wollen. Wie Leid es uns tut und dass sie doch bitte den Laden wieder öffnen sollen. Vielleicht könnte man auch ein bisschen was sammeln.«

»Das ist eine ganz ausgezeichnete Idee!«

Van Appeldorn und Astrid blieben noch über eine Stunde. Sie lernten eine Menge über die Bedeutung des Erntedankfestes in Nierswalde, erfuhren, dass der Pastor die Erntekrone segnen würde, dass man sich Psalm 23 wünschte, hörten Müttern zu, die sich darüber austauschten, wie man für die Kindergruppe im Umzug Broschen aus grünen Böhnchen und Ohrgehänge aus jungen Karotten bastelte. Noch etliche Male bedauerte man Eroglus Schicksal, beteuerte, dass es keiner aus dem

Ort gewesen sein konnte. Nur über das Aussiedlerheim sprach niemand mehr.

7

»Das Ding ist längst gegessen. Der baut.« Sie saß nackt auf der Bettkante und suchte unter dem Kopfkissen nach ihrem Nachthemd.

»Seh ich auch so«, sagte er und drehte sich weg. »Warum ziehst du dich eigentlich aus? Wir haben noch was zu erledigen.«

»Bist du krank? Doch nicht heute! Das halbe Dorf ist auf den Beinen.«

»Nicht wenn wir erst gegen Morgen anfangen.«

»Sag mal, tickst du das nicht? Wir brauchen Stunden. Frühestens Montag, wenn alles wieder ruhig ist. Also, mach keine Panik.«

8

Am Samstag fuhren Astrid und van Appeldorn nach Wesel, um noch einmal mit Ayse und Hüseyin zu sprechen.

Bis zum Schluss fanden sie nicht heraus, wie viele Menschen eigentlich in dem großen Haus an der Sandstraße lebten. Unzählige Kinder liefen herum und machten Lärm, da waren Frauen, die anscheinend kein Wort Deutsch sprachen, alte und junge Männer und mittendrin Ayse und Hüseyin, ernst und still.

Das Zimmer, in das man sie führte, war überladen mit Teppichen und Polstermöbeln, aus einem billigen Kassettenrekorder plärrte unerträglich laut orientalische Musik.

Man brachte ihnen Gläser mit süßem Tee, lächelte, aber sie fühlten sich nicht willkommen. Unter dem aufmerksamen Blick des Onkels, der auf dem Sofa thronte, wurden die Antworten der beiden Eroglus immer einsilbiger.

Niemand schien ein Interesse daran zu haben, den Brandstifter zu finden.

Schließlich bestellte van Appeldorn die Geschwister für Dienstag aufs Präsidium – allein.

Auch Peter Cox machte Überstunden.

Es wäre nicht das erste Mal, dass ein Brandanschlag sich als Racheakt zwischen verfeindeten Familien entpuppte.

Schon gestern war Cox auf ein Problem gestoßen: ›Eroglu‹ war ein ausgesprochen häufiger Name. »Fast noch schlimmer als ›Jansen‹ am Niederrhein!«, hatte er geschimpft. Aber er war ein langmütiger Mensch und so verbrachte er den halben Samstag allein damit, mögliche Verwandtschaften zu entschlüsseln. Zur Überprüfung von aktenkundigen Fällen familiärer Auseinandersetzungen kam er nicht mehr.

Am Sonntag trat Walter Heinrichs seinen Dienst als Tagesvater an. Es stand außer Frage, dass er Katharina bereits als sein sechstes Kind adoptiert hatte. Er würde von jetzt an jeden Morgen um Viertel vor acht kommen und, je nachdem, was in seiner eigenen Familie anlag, die Zeit mit der Kleinen entweder bei sich in Goch oder auf der Esperance verbringen.

»Schon möglichst viel hier bei uns zu Hause, ja?«, bat Astrid, aber sie war glücklich. Zum ersten Mal seit Monaten hatte sie das Gefühl, richtig atmen zu können.

Toppe ertappte sich bei einem dumpfen Grollen im Bauch, als er sah, wie begeistert seine Tochter auf Heinrichs' Knien herumhüpfte, aber es gelang ihm, darüber zu lachen.

In der Nacht wurde er gerufen. In einer Bar in Kevelaer war eine Prostituierte erstochen worden. Es gab mehrere Zeugen und Toppe konnte den Täter schon wenige Stunden später festnehmen, aber es dauerte lange, bis alle Zeugenaussagen aufgenommen waren, und noch länger, bis der betrunkene Mann in der Lage war, ein Geständnis abzulegen.

Astrid und van Appeldorn begannen die Woche mit einer weiteren Fahrt nach Nierswalde. Einige von Eroglus Nachbarn waren am Freitag nicht zu Hause gewesen und mussten gefragt werden, ob ihnen in der Brandnacht oder vorher etwas Ungewöhnliches aufgefallen war. Weder van Appeldorn noch Astrid versprachen sich viel davon. Erinnerungen waren flüchtig und es war entscheidend, mögliche Zeugen, so schnell es irgend ging, zu befragen. Heute, vier Tage nach der Tat, hatte vermutlich jeder mit jedem geredet und spekuliert, und viele würden nicht mehr auseinander halten können, was sie selbst beobachtet hatten oder nur vom Hörensagen und Zusammenreimen kannten.

Das ganze Dorf schien auf den Beinen zu sein. Auf dem Parkplatz vor dem Hotel standen mehrere Container mit Grünabfällen. Erntewagen rollten heran und luden Korngarben, verwelkte Blumengirlanden, Äste und Zweige ab.

Van Appeldorns Auto war eingekeilt zwischen zwei Traktoren mit Hänger und es ging nur langsam voran. Dann bewegte sich gar nichts mehr.

Nach zehn Minuten stieg Astrid schließlich aus und lief die Kolonne entlang. An der alten Schule standen mehrere Wagen quer, auch in der Dorfstraße und zum anderen Ende der Königsberger Straße hin stauten sich Zugmaschinen mit geschmückten Anhängern.

Es dauerte einen Moment, bis sie merkte, was so seltsam war. Alle Motoren waren ausgeschaltet, die Männer saßen in ihren Fahrzeugen und rührten sich nicht, einige grinsten. Nur von der Kirche her waren aufgebrachte Stimmen zu hören. Ein Mann kam um die Ecke gelaufen und wedelte drohend mit der Faust. Als Astrid die Straße überquerte und auf ihn zuging, entdeckte sie die beiden roten Bagger weit hinten am Ende des Staus.

»Dat is' doch 'n abgekartetes Spiel! Dat kann mir doch keiner erzählen!«, brüllte der Mann. »Aber ich hab die Bullen schon angerufen.«

Als der erste Streifenwagen auftauchte, wurden plötzlich Motoren gestartet und man fing an, sehr langsam und übervorsichtig das Knäuel zu entwirren.

Die Bauarbeiter machten Mittagspause.

Gegen zwei Uhr hakte Astrid die letzte Person auf ihrer Befragungsliste ab. Sie hatten etliche Tassen Kaffee getrunken, freundliche Menschen kennen gelernt und – waren keinen Schritt weitergekommen.

Auf dem Grundstück an der Kirche, auf dem jetzt die Bagger standen, hatten sich neben einem kleinen Holzhaus ein paar Leute zusammengeschart. Auch der Pastor war dabei und winkte. »Haben Sie endlich eine Spur?«, rief er, als sie näher kamen.

Der Bauleiter schäumte immer noch vor Wut. »Der erste Tag un' schon aussem Zeitplan. Dat muss man sich ma' wegtun!«, schrie er auf den Baggerführer ein.

Der blieb ganz gelassen. »Und wenn du dich auf den Kopf stellst, ich fang nicht mehr an zu schachten. Heute klopp ich dir höchstens noch die Bude hier weg und dann mach ich Feierabend.«

»Wat ist das eigentlich für eine Scheißhütte? Die steht in keinem Plan, verdammich!«

»Das ist ein Spielhaus«, gab der Pfarrer bereitwillig Auskunft und zeigte dabei auf den angrenzenden Spielplatz. »Soweit ich weiß, haben das vor Jahren mal ein paar Eltern gebaut. Ist allerdings vor meiner Zeit gewesen.«

»Das war ein Projekt der Gemeinde«, sagte der Mann neben ihm. Es war der unbeholfene Redner von der Bürgerversammlung. »Wir haben das damals für die Jungschargruppen gebaut, in Eigenleistung.« Er schüttelte wehmütig den Kopf. »Muss das denn unbedingt abgerissen werden? Die Kinder lieben es. Das kann man ihnen doch nicht einfach wegnehmen.«

Der Bauleiter tippte sich an die Stirn und stapfte davon. »Leg los, Mario!«

Das Telefon klingelte gegen Mitternacht, als van Appeldorn gerade zusammen mit Ulli unter der Dusche war. Es fiel ihm nicht schwer, das Gebimmel zu ignorieren, schließlich hatte er heute keinen Dienst, aber dann bollerte Anna gegen die Badezimmertür. »Norbert! Das Präsidium!«

Er fluchte, schüttelte das Wasser aus den Haaren, schlang sich ein Handtuch um die Hüften und küsste Ulli noch einmal.

Sie lächelte verschmitzt. Er folgte ihrem Blick und fluchte wieder. Das Handtuch half nicht viel.

Anna stand im Flur und hielt ihm den Telefonhörer entgegen.

»Ein falsches Wort, Mädchen«, knurrte er.

Sie starrte an die Decke. »Ich hab keine Ahnung, was du meinst …«

»Wir haben hier einen Herrn Schlüter in der Leitung«, meinte der Diensthabende. »Der will unbedingt dich sprechen.«

Van Appeldorn fluchte zum dritten Mal und hörte sich dann Schlüters Geschichte an.

»Wir gehen gerade noch mal mit den Hunden und gucken auch eben am Bauplatz vorbei und da treiben sich doch tatsächlich ein paar Typen herum. Sind natürlich sofort abgehauen, als sie uns gesehen haben.«

»Haben Sie jemanden erkannt?«

»Ach was! Es ist doch stockfinster. Auf alle Fälle haben die an den Maschinen rumgemacht. Die Baggerschaufel hängt ganz schief und hier ist auch überall so ein stinkendes Zeug. Machen Sie schnell! Ich stehe hier mit meinem Handy und warte.«

»Was heißt, machen Sie schnell? Meinen Sie etwa, wegen so ein paar Vandalen rückt mitten in der Nacht die Kripo an?«

»Davon gehe ich doch nach den Vorkommnissen der letzten Tage aus, Herr Kommissar.«

Den Anwaltston hatte er also auch drauf.

»Ich schicke einen Streifenwagen.«

»Und was ist mit Spurensicherung?«, blaffte Schlüter.

»Die Beamten werden den Bereich absperren und morgen früh sehen wir dann weiter. Gute Nacht.«

Van Appeldorn legte auf. Natürlich musste van Gemmern sich die Sache ansehen. Er würde ihn mit Astrid hinschicken. Morgen früh kamen die Eroglus zur Vernehmung und diesmal musste man sie härter anfassen. Darauf verstand er sich besser, auch wenn Astrid das nicht gern hörte.

Wenn die Streife eine weiträumige Absperrung machte und regelmäßig Kontrolle fuhr, reichte das für heute Nacht.

Er fröstelte und wählte schnell die Nummer der Zentrale.

9

Über Nacht war das Thermometer um fast zehn Grad gefallen und Astrid hatte ihre lammfellgefütterte Jacke aus dem Schrank geholt. Mit dem schönen Altweibersommer war es endgültig vorbei, schwarze Wolkenberge türmten sich auf, und als sie am Bauplatz ankam, setzte ein Platzregen ein.

Ein paar Arbeiter sprinteten zum Bauwagen.

Durch den Wasserschleier sah sie van Gemmern hektisch mit einer Plane hantieren. Sie zog sich die Kapuze über den Kopf und stieg aus.

»Brauchst du Hilfe?«

Van Gemmern drückte ihr einen Zipfel der Plane in die Hand. »Fix«, sagte er. »Abdecken! Der Regen spült mir die ganzen Spuren weg.«

Seine tausendmal gewaschene Zimmermannshose und der ausgeleierte schwarze Pullover klebten ihm am Leib.

Wie immer trug er keine Jacke. Er fror nie, obwohl er spindeldürr war.

»Was stinkt denn hier so?« Astrid rümpfte die Nase.

»Karbolineum. Das haben die hier literweise ausgekippt.« Endlich hatten sie die letzte Ecke der Folie fixiert.

»Der Kompressor ist hinüber«, fuhr van Gemmern fort. »Und am großen Bagger ist herumgeschraubt worden. Der kleinere scheint in Ordnung zu sein.«

»Brauchbare Spuren?«

»Reichlich.«

Langsam ließ der Regen nach. Astrid schob die Kapuze nach hinten und blickte sich um. Das nächste Haus war nur fünf Meter entfernt. Vielleicht hatten die Bewohner ja etwas gehört. Sie ging hinüber und klingelte, aber nichts rührte sich. Auch bei den beiden Nachbarhäusern öffnete keiner. Sie seufzte. Dann musste sie wohl oder übel bei Schlüters beginnen.

Inzwischen waren die Bauarbeiter wieder aufgetaucht. Das Holzhäuschen war verschwunden und sie hatten begonnen, das Betonfundament zu entfernen, was nicht einfach zu sein schien.

Der Bauleiter war mal wieder in Rage. »Wat für 'n Arsch hat den Speis gemacht? Dunkelblau! Eisenmatte! Ich glaub, et hackt. Dat muss mir 'n Experte gewesen sein! Wie 'n Elefantenkäfig. Weg, Jungs, so wird dat nix! Mario, komm mit dem Bagger! Un' der Rest nimmt die Brecheisen. Wär doch gelacht!«

Dann entdeckte er Astrid. »Na endlich, wurd ja auch langsam ma' Zeit! Nehmen Sie meine Anzeige auf.« Mehr konnte sie nicht verstehen, denn Mario hatte den Bagger gestartet. Die Betonplatte gab endlich nach, wurde hochgehoben und zur Seite gekippt. Da fuhren die Arbeiter auseinander. »Wat is' dat denn? Da!«

Astrid sah entsetzte Gesichter.

Sie spähte in die Grube und schrie auf. Aus dem Schlamm ragte ein schwärzlicher Arm.

»Klaus!«

Er war schon neben ihr.

»Was ist das?«, flüsterte sie. »Eine Mumie?«

Van Gemmern lief zu seinem Wagen und zog sich Overall, Stiefel, Haube, Mundschutz und mehrere Paar Handschuhe an. Dann stieg er vorsichtig in die Gruft hinab.

Er arbeitete behutsam und legte nach und nach einen monströsen Körper frei.

»Was ist das?«, fragte Astrid wieder. Das konnte doch kein Mensch sein!

»Eine Fettwachsleiche.« Van Gemmerns Augen glänzten. »Ich habe zwar noch nie eine live gesehen, aber ich bin sicher. Toppe soll kommen.«

Toppe wunderte sich, dass der Anblick des Leichnams ihm so wenig ausmachte. Normalerweise fiel es ihm schwer, einen Toten anzuschauen, und wenn er bei Sektionen dabei sein musste, wurde ihm regelmäßig schlecht.

Dieses Wesen hier hätte ein Exponat in einem Museum sein können, eine Moorleiche vielleicht, nur war es wesentlich bizarrer. Die Haut war schwarzbraun verfärbt, das Gewebe darunter gedunsen, aufgequollen, wulstig deformiert. Besonders das Gesicht hatte nichts Menschliches mehr. Nur mit Mühe konnte man erkennen, dass der Unterkiefer fehlte.

Als van Gemmern, der ungewöhnlich aufgeregt wirkte, vorsichtig einen weiteren Schlammplacken entfernte, sahen sie, dass die Kreatur einmal ein Mann gewesen war.

»Ich brauche meine Kamera.« Van Gemmern krabbelte aus der Grube. »Sie können den Bestatter schon anrufen. Dauert nicht mehr lange hier. Ach ja, ich wäre übrigens gern dabei, wenn Bonhoeffer die Sektion macht. Sagen Sie mir Bescheid?«

Toppe nickte.

Astrid stand ein Stück weiter weg und kümmerte sich um einen Arbeiter, der noch immer am ganzen Körper zitterte. Der Bauleiter sorgte dafür, dass die Schaulustigen, die sich inzwischen eingefunden hatten, nicht näher kamen. Es waren nur drei Leute, viel weniger, als Toppe gewöhnt war. Gerade in einem so kleinen Ort sprachen sich Ereignisse pfeilschnell herum und normalerweise hielt man seine Neugier nicht im Zaum.

Als van Gemmern zurückkam und anfing zu fotografieren, ging Toppe zu Astrid hinüber. »Geht's wieder?«

Sie hob die Schultern. »Muss wohl ... Ich weiß auch nicht, warum ich in letzter Zeit so empfindlich bin.« Dann sah sie sich um. »Es ist irgendwie komisch hier, findest du nicht?«

»Das hab ich auch gerade gedacht ... Mist!«

»Was ist?«

»Es fängt wieder an zu regnen.«

Van Gemmern brüllte schon und sie liefen los, um ihm mit der Abdeckplane zu helfen.

Toppe folgte dem Leichenwagen, der den Toten in die Pathologie nach Emmerich bringen sollte. Als sie auf den Klever Ring einbogen, ließ er sich über die Zentrale eine Verbindung zu Arend Bonhoeffer, dem Chefpathologen, herstellen.

»Eine Fettwachsleiche!« Bonhoeffer verlor mit einem Schlag all seine übliche heitere Besonnenheit.

»Ja, Fettwachs, sagt van Gemmern wenigstens.« Toppe erkannte den Mann, mit dem er seit über zwanzig Jahren befreundet war, kaum wieder. »Was habt ihr denn bloß alle?«

»Das erkläre ich dir, wenn du hier bist. Wo seid ihr jetzt?«, fragte Bonhoeffer ungeduldig.

Er wartete schon an der Einfahrt zur Prosektur, zusammen mit seinem Assistenten Henry, den Toppe mittlerweile auch schon ganz gut kannte. Schließlich war er der Geliebte seiner Exfrau und ging bei ihnen auf der Esperance ein und aus.

Mehr denn je erinnerte Henry ihn an einen Indianer aus einem alten Western, wie er da stand, über zwei Meter groß, breit, das schwarze, lange Haar heute mal nicht zum Pferdeschwanz gebunden. Er war Belgier, Flame, und wenn er den Mund aufmachte, hatte er gar nichts Indianisches mehr. Er redete gern, laut und viel.

»Da bringst du uns ja endlich mal was richtig Feines«, kollerte er und riss die Türen am Leichenwagen auf. Auch er schien es gar nicht erwarten zu können.

»Ich geh mal kurz zur Toilette«, murmelte Toppe und Bonhoeffer zwinkerte ihm verständnisvoll zu. Sein Freund kam am liebsten erst herein, wenn der Leichnam bereits auf dem Sektionstisch lag.

Henry klopfte mit den Fingerknöcheln auf dem Oberschenkel des Toten herum. »Mann, da werden wir ganz schön ackern müssen. Ohne Hammer und Meißel läuft hier nichts.«

Toppe schüttelte sich. »Jetzt klärt mich doch mal auf.«

Arend Bonhoeffer ging langsam um den Tisch herum, tastete, schnupperte.

»Adipocire«, sagte er dann, »Fettwachs. Gibt es nur bei Leichen, die im Wasser liegen oder in besonders feuchten Erdgräbern. Sauerstoffmangel ist eine Voraussetzung und feuchte Wärme. Oft findet man diese Form bei Leichen in der Mitte von Massengräbern.« Er schaute fragend hoch.

»Nein«, meinte Toppe, »danach sah es nicht aus. Aber ich überprüfe das noch mal.«

»Wie auch immer, das subkutane Fett wird in wachsiges Material hydrolysiert, in so genanntes Leichenwachs.«

»Was schätzt du, wie lange ist der schon tot?«

Bonhoeffer rieb sich das Kinn. »Ein paar Monate mit Sicherheit, vielleicht Jahre …«

»Monate?« Toppe machte große Augen. »Ich hatte eher an Jahrhunderte gedacht.«

»Ach was, nein.« Bonhoeffer betastete den Brustkorb des Leichnams. »Trocken, mörtelartig … eher Jahre als Monate, würde ich auf den ersten Blick sagen. Das Muskeleiweiß bleibt zunächst einmal erhalten, aber nach einer gewissen Zeit … Einfach fantastisch!« Er richtete sich wieder auf. »Genaues kann ich dir wirklich erst nach der Sektion sagen, tut mir Leid. Na, was ist, Helmut? Brauchst du einen Calvados?«

Toppe grinste. »Heute nicht, danke.«

Henry hatte den Toten auf die Seite gedreht und untersuchte den Hinterkopf. »Arend!« Bonhoeffer ging um den Tisch herum. »Interessant! Das könnte den fehlenden Unterkiefer erklären.«

Toppe wusste, dass es keinen Sinn hatte weiterzubohren. »Wann kriege ich eure Ergebnisse? Morgen Nachmittag?«

Beide schauten ihn befremdet an.

»Morgen?«, meinte Bonhoeffer schließlich. »Nein, auf keinen Fall. Eine Fettwachsleiche … das musst du verstehen. In dieser Ausprägung bekommt man so etwas fast nie zu Gesicht. Ich bin sicher, dass zumindest die Kollegen aus Wien und Bologna dabei sein möchten, wenn wir den Leichnam öffnen. Aber ich werde ein bisschen Druck machen, dann hast du deine Ergebnisse vielleicht schon am Wochenende.«

Henry drehte den Toten wieder auf den Rücken. »Sieht ganz so aus, als wäre Fatty erschossen worden, oder was meinst du?«

10

Die Nase dicht vor dem Badezimmerspiegel, schnippelte er mit der Nagelschere an seinem Bart herum, als sie hereinkam.

»Wir hätten das früher ticken müssen, aber wir haben gepennt, uns selber eingelullt.«

»Baby, mach keine Panik!« Sie lachte, ihre Blicke begegneten sich im Spiegel. »Keiner kann uns was. Die Pigs schnallen das nicht.«

»Scheißbullen!«

»Baby …« Sie schob sich zwischen ihn und das Waschbecken und presste ihre Brüste gegen seine Rippen. Mit einer Hand zog sie seinen Kopf zu sich hinunter, mit der anderen fuhr sie ihm in den Schritt. »Ich will ficken.«

Er wich angewidert zurück, aber sie rieb und knetete.

Als er ihre Brüste umfasste, stöhnte sie und warf den Kopf zurück.

Er kniff so fest zu, dass sie schrie.

»Ich hab keinen Bock mehr auf alte Fotzen, kapiert?«

Sie hielt sich die rechte Brust. »Du hast keine Wahl, Baby«, sagte sie kalt.

11

Charlotte Meinhard wurde nervös. Nierswalde war in aller Munde. Schon der Brandanschlag auf das kurdische Geschäft hatte für eine Menge Wirbel in der Presse gesorgt, aber seit dem Fund des *Monsters aus dem Schlamm*, wie eine überregionale Zeitung getitelt hatte, stand das Telefon im Büro der Chefin nicht mehr still. Am schlimmsten waren für sie die Fragen nach dem Sinn und Zweck einer Musterbehörde, die nicht in der Lage war, eine simple Brandstiftung aufzuklären. Der Modellversuch ›Kundenorientiertes Steuerungsmodell‹ am Klever Präsidium war schließlich ihr Kind.

Beim zweiten Treffen, zu dem sie das KK 11 zusammenrief, verlor sie zum allerersten Mal für eine Weile die Fassung. »Ich verlange, dass Sie gemeinsam an beiden Fällen arbeiten, und zwar mit doppeltem, wenn nicht dreifachem Einsatz! Ist das klar? Und ich muss Ihnen ja wohl nicht sagen, wie man so etwas koordiniert.«

Van Appeldorn zog die Augenbrauen hoch. »Korrigieren Sie mich bitte, wenn ich falsch liege, aber haben Sie nicht erst vor einer knappen Woche darauf bestanden, dass wir in zwei getrennten, neuen Teams arbeiten?«

Die Meinhard riss an ihrer Perlenkette, als wäre sie ihr zu eng geworden. »Ihr Sarkasmus, Herr van Appeldorn, bringt uns nicht weiter. Und im Übrigen vergreifen Sie sich im Ton!«

Er legte die Handflächen gegeneinander und verneigte sich schweigend. Sie sah gar nicht hin. »Und Sie, Herr Cox, wieso haben Sie über das Netz immer noch nichts über diese kurdische Familie herausgefunden? Zeit genug hatten Sie ja wohl!«

Peter Cox blieb ganz freundlich. »Ich verbringe pro Tag exakt fünf Stunden am PC und keine Minute länger. Es gibt genügend arbeitsmedizinische Untersuchungen, die belegen, dass damit bereits die Strahlungstoleranz überschritten ist. Aber das wissen Sie doch schon seit meiner Einstellung.«

Toppe fing an, sich auf die Zusammenarbeit mit diesem Mann zu freuen. Bisher hatte er ihn nur als reichlich verschroben abgetan.

Peter Cox trug grundsätzlich dunkle Maßanzüge mit kragenlosen Hemden und teure italienische Schuhe. Wenn er nach draußen ging, hüllte er sich in einen fast bodenlangen Mantel und setzte einen breitkrempigen Hut auf. Er rauchte täglich exakt dreizehn Zigaretten: zehn filterlose Lucky Strike und nach den Mahlzeiten gestattete er sich je eine Philip Morris. Außerdem nahm er dreimal täglich genau zwei Stücke Toblerone-Schokolade zu sich. Die Portionen waren säuberlich in Alufolie abgepackt. Er bot niemals jemandem etwas an, es wäre ihm nicht in den Sinn gekommen.

»Ach, Herrgott noch mal!« Charlotte Meinhard brauste noch mal auf, aber dann hatte sie sich urplötzlich wieder im Griff. »Ich schlage vor, Sie kümmern sich alle einstweilen ausschließlich um den Brandanschlag. Die Öffentlichkeit ist dabei, uns zum Popanz zu machen, und weder Ihnen noch mir steht diese Rolle. Sollte es nötig sein, bin ich gern bereit, Ihnen einen zusätzlichen Mann zur Verfügung zu stellen, damit die Sache endlich vom Tisch kommt. Auf Herrn Ackermann können wir diesmal allerdings nicht zurückgreifen. Der hat kurzfristig Urlaub genommen, weil er dringende Reparaturen an seinem Haus vornehmen muss.«

»Da sind wir aber traurig«, murmelte van Appeldorn, der ein höchst gespaltenes Verhältnis zu diesem Kollegen vom Betrugsdezernat hatte, aber wieder beachtete die Meinhard ihn nicht. »Herr Toppe, bitte übernehmen Sie die Koordination. Sie haben meine volle Unterstützung.«

Sie trafen sich an Cox' Computer und zündeten sich erst einmal alle eine Zigarette an. Nur Cox verzichtete, nachdem er die Kippen in seinem Aschenbecher gezählt hatte.

»Übrigens«, sagte er, »ich habe meine Überprüfungen abgeschlossen. Nichts zu finden, die Eroglus sind sauber.«

»Na, dann koordiniere ich mal«, meinte Toppe, setzte sich und nahm ein Blatt Papier. Wenn er nachdachte, machte er sich meistens Notizen und oft entdeckte er später darin den roten Faden. »Was haben wir oder vielleicht besser: Was haben wir nicht? Wir haben bisher keinen Anhaltspunkt dafür, dass der Brandstifter aus Nierswalde kommt, richtig? Und es gibt keinen konkreten Hinweis auf einen Zusammenhang zwischen dem Vandalismus an der Baustelle und dem Brandanschlag. Im Grunde haben wir bisher nicht einmal ein stichhaltiges Motiv. Vielleicht sollten wir da noch einmal ansetzen. Du hast doch gestern wieder mit den Geschwistern Eroglu gesprochen, Norbert. Ist was dabei rumgekommen?«

»Nichts Neues. Aber wenn ihr mich fragt, die haben vor irgendwas Angst, besonders Ayse.«

Astrid wickelte sich eine Haarsträhne um den Zeigefinger. »Mir geht die ganze Zeit im Kopf herum, was die beiden Frauen in Nierswalde erzählt haben: Ihre Söhne würden freiwillig einkaufen gehen, wenn Ayse im Laden ist, und sie wäre so ein hübsches Mädchen. Vielleicht hat sie denen ja nicht nur schöne Augen gemacht.«

»Daran habe ich auch schon gedacht«, erwiderte van Appeldorn. »Aber selbst wenn, das erklärt doch den Brand nicht.«

»Doch, doch«, meinte Cox. »Wie soll ich das ausdrücken? Ist das eine traditionelle Familie? Ich meine, ist das Mädchen vielleicht irgendwem versprochen?«

Astrid sah van Appeldorn an. »Keine Ahnung ...«

»Also gut«, beschloss Toppe. »Es lohnt sich auf jeden Fall, in der Richtung zu suchen. Zwei von uns fahren nach Wesel. Ruf doch mal an und guck, ob die da sind.«

Astrid ging zum Telefon.

In diesem Augenblick klopfte es und van Gemmern kam ins Zimmer. »Ich habe meine Ergebnisse ausgewertet. Interessiert das im Moment?«

Er hatte schöne, klare Fingerabdrücke am Bagger gefunden, die weder vom Baggerführer noch von den Arbeitern stammten. Die gleichen Fingerspuren gab es auf einem Schraubenschlüssel, der am Tatort gelegen hatte. Leider waren die Abdrücke nicht registriert. Weiter gab es Spuren von Gummistiefelsohlen. »Wenn Sie mir die Stiefel bringen, kann ich sie problemlos abgleichen. Da gibt es ein paar eindeutige Merkmale. Außerdem müssten Reste von Karbolineum in den Profilrillen sein.«

Mit der Auswertung des Erdreiches aus der nassen Gruft unter dem Betonfundament war er noch nicht fertig. Bisher hatte er ein paar Fasern gefunden, die von Kleidung stammen konnten, und einen hellblauen Knopf, der vermutlich einmal zu einem Hemd gehört hatte. »Ich kann allerdings mit Sicherheit feststellen, dass es sich nicht um ein Massengrab handelt«, sagte van Gemmern mit einem seltenen Anflug von Humor in der Stimme. »Die Sektion ist übrigens für Freitagmorgen um 6 Uhr angesetzt. Ich habe vor einer halben Stunde mit Bonhoeffer gesprochen.«

Toppe nickte ergeben. Mittlerweile war er an diese unchristlichen Zeiten gewöhnt. Pathologen hatten, was Leichenöffnungen anging, ihre ganz eigene, jahrhundertealte Tradition. »Sollen wir uns hier um Viertel nach fünf treffen? Dann können wir zusammen hinfahren.«

Astrid hatte ihr Telefonat beendet. »Ayse ist nicht da. Sie macht Urlaub in der Türkei. Der Brand habe sie seelisch doch sehr mitgenommen, sagt ihr Bruder.« Sie sah wütend aus. »Der Onkel, den ich dann plötzlich ungefragt an der Strippe hatte, meint, Ayse hätte einen schweren Schock und sie wäre bei Verwandten, um sich zu erholen. Mindestens für ein paar Wochen, aber es könnte auch sein, dass sie gar nicht mehr nach Deutschland zurückkommt.«

Die Tür klappte, van Gemmern war gegangen.

»Prima!« Peter Cox rieb sich die Hände. »Wir scheinen endlich auf der richtigen Spur zu sein. Hut ab, Astrid!«

»Ich schätze, wir müssen wohl zunächst mal diesen einkaufenden Söhnen auf den Zahn fühlen«, meinte van Appeldorn säuerlich.

»Wie ist dieser Hüseyin?«, wollte Toppe wissen. »Kriegt man den geknackt?«

Van Appeldorn zuckte die Achseln. »Auf die Dauer bestimmt.«

»Okay, dann versuche ich mal mein Glück. Ich fahre mit Peter nach Wesel. Für euch heißt das …«

»… schon wieder Nierswalde«, vollendete Astrid den Satz.

Van Appeldorn streckte seine langen Glieder. »Vielleicht sollte ich mich wegen unserer neuen Wohnung mal in diesem beschaulichen Dorf umtun. Würde eine Menge Kilometer sparen. Und wenn jetzt meine Liebste auch noch da arbeitet …«

Diesmal bemühte sich die Familie Eroglu gar nicht erst, ihre Ablehnung zu verbergen. Auch die paar Brocken Kurdisch, die Peter Cox zusammenstoppelte, halfen nicht. Hüseyin war offenbar verunsichert, weil er es plötzlich mit anderen Polizisten zu tun hatte, er kriegte die Zähne nicht mehr auseinander. »Ich muss Sie bitten, noch einmal mit uns ins Präsidium zu kommen«, forderte Toppe ihn auf.

»Bin ich verhaftet?«

»Nein, natürlich nicht. Wir werden Sie nur noch einmal vernehmen müssen.«

»Aber ich kann Ihnen nichts anderes sagen!«

Der Onkel, der wieder schweigend die Szene beherrscht hatte, zischte ein paar Worte und Hüseyin fügte sich. Mit hängenden Schultern folgte er ihnen zum Wagen.

Astrid konnte es gar nicht glauben, dass sie auf Anhieb Glück hatten, und auch van Appeldorn wirkte ein wenig vor den Kopf gestoßen. Keiner von beiden war wohl davon ausgegangen, in Nierswalde jemals auch nur irgendeine Antwort zu bekommen.

Der Pastor hatten ihnen die Adressen der Damen von der Frauenhilfe gegeben und glücklicherweise entpuppte sich die forschere der beiden als Klatschbase. Ihr Sohn sei nicht zu Hause, Nachmittagsunterricht, so sei das nun mal auf dem Gymnasium, da könne man nichts machen. Aber wo dachten Sie denn hin? Sie hätte doch am Freitag nur einen Scherz gemacht! Ihr Junge sei doch gerade erst sechzehn geworden und er wäre sowieso viel zu schüchtern. Doch sie hätte da so einiges munkeln hören, was den Ältesten von Naujocks anging. »Ich müsste mich schon sehr täuschen, wenn der sich nicht abends immer mit der Ayse auf dem Spielplatz rumdrückt. Tja, jetzt ist das Häuschen ja nicht mehr da. Pech! Aber bitte, ich habe nichts gesagt! Den Stefan müssen Sie nicht lange suchen. Der ist bei uns in der Lehre.«

Stefan Naujock bündelte Baccara-Rosen. Der Duft im Binderaum nahm einem im ersten Moment den Atem.

»Van Appeldorn, Kripo Kleve. Wir hätten Sie gern gesprochen.«

»Mich?« Der schmale, semmelblonde Junge lief dunkelrot an.

»Ja, Sie! Und zwar in Zusammenhang mit dem Brandanschlag auf Eroglus.«

»Was?« Fahrig streifte er sich die Handschuhe ab. Nun war sein Gesicht weiß, nur am Hals glühten rote Flecken.

»Wo waren Sie in der Nacht zum 30. September?«

»Ich?«

»Ganz recht, Sie!«

»Ich weiß nicht … Wieso denn?«

Van Appeldorn machte einen Schritt auf ihn zu. »Es wäre höchst erfreulich, wenn Sie sich langsam zu einer Antwort durchringen könnten.«

»Vielleicht sollten wir uns erst einmal hinsetzen«, meinte Astrid beschwichtigend und zeigte auf die schmale Bank an der Wand.

Der Junge schlurfte hinüber, ließ sich nieder und starrte auf die Kappen seiner Arbeitsschuhe. Astrid setzte sich neben ihn, van Appeldorn blieb stehen.

»Also wird's bald? Wo waren Sie in der besagten Nacht?«

»Zu Hause.«

»Zeugen?«

»Meine … meine Mutter. Und mein Bruder Alf.« Auf einmal sah er hoch. »Wir schlafen im selben Zimmer.«

»Sie sind mit Ayse Eroglu befreundet?«, fragte Astrid.

Er drehte sich zu ihr um, seine Unterlippe zitterte.

»Oder drücken wir es doch genauer aus«, sagte van Appeldorn. »Du hast ein Verhältnis mit ihr.«

Stefan schüttelte nur den Kopf.

»Ach so! Sie hat dich nicht rangelassen.« Van Appeldorn grinste. »Und deshalb hast du ihr die Bude abgefackelt.«

»Nein!«, schrie der Junge und fasste die Bank so fest, dass seine Finger weiß wurden.

»Sie lieben Ayse, nicht wahr?« Astrid sprach leise.

Stefan nickte gequält.

»Und Ayse? Liebt die Sie auch?«

Er nickte wieder und fing an zu schluchzen. »Das darf

aber niemand wissen«, presste er schließlich hervor. »Ayse ist doch Kurdin und ...«

»Und?« Van Appeldorn baute sich breitbeinig vor dem Jungen auf.

Plötzlich hörte Stefan auf zu weinen und wischte sich den Speichel aus dem Mundwinkel. »Nach meiner Prüfung wollten wir zusammen weg, heimlich. Ihre Familie, die hätte das nie erlaubt, nie. Die lassen mich auch jetzt nicht an sie ran. Ich hab schon hundertmal angerufen. Ich bin sogar schon hingefahren. Ich muss sie sehen!«

»Das dürfte schwierig sein«, meinte van Appeldorn. »Ayse ist nämlich in der Türkei.«

Astrid hätte ihn am liebsten getreten, aber Stefan nahm die Neuigkeit hin, als hätte er nichts anderes erwartet.

»Ayse ist verlobt mit einem Kurden, schon lange.«

»Wie heißt der Mann, wo wohnt er?«, schoss van Appeldorn wieder seine Fragen ab.

»Deniz ...«

»Deniz, fein, und weiter?«

»Deniz Eroglu.«

»Blödsinn!«

»Doch, aber sie sind nicht richtig verwandt.«

»Stefan?« Astrid fasste nach seiner Hand. »Wusste Deniz von dir und Ayse?«

»Nein! Ich weiß nicht.« Jetzt liefen wieder die Tränen. »Sie wollte ihm sagen, dass sie ihn nicht heiraten kann, aber ich habe sie danach nicht mehr gesehen.«

»Wann wollte sie mit ihm sprechen?«

»Letzten Mittwoch ...«

Astrid stürmte voraus zum Auto.

»Perfekt gelaufen!« Van Appeldorn rieb sich die Hände. »Als hätten wir ein Drehbuch gehabt. Du hast deine Mamirolle wunderbar gespielt.«

»Ach, hör auf! Ich finde dich zum Kotzen, wenn du dich so aufführst, immer noch.« Sie winkte heftig ab, als er den Mund aufmachte. »Danke, die Predigt kenn ich schon.«

Dann versuchte sie, Toppe über sein Mobiltelefon zu erreichen, aber die Leitung blieb tot. »Verflucht! Wahrscheinlich hängt er wieder in einem Funkloch.«

»Versuch's später noch mal«, meinte van Appeldorn. »Jetzt komm, lass uns rüber zu Naujocks und das Alibi überprüfen.«

»Du gehst«, antwortete Astrid störrisch. »Ich hab's mir anders überlegt. Ich bleibe und nehme Stefans Aussage zu Protokoll.«

»Hier?«

»Klar! Warum soll der arme Kerl extra ins Büro kommen? Dem geht's sowieso schon mies genug.«

Hüseyin hatte wieder und wieder beteuert, dass er wirklich alles gesagt hätte, dass er sonst nichts wüsste. Jetzt saß er Cox und Toppe am Schreibtisch gegenüber und sagte gar nichts mehr. Er wollte weder etwas zu essen noch etwas zu trinken. Als van Appeldorn hereinkam, bat er gerade darum, auf die Toilette gehen zu dürfen.

»Tja, mein Junge, da musst du wohl ein bisschen aufhalten. So spielt das Leben. Komm mal raus, Helmut!«

Toppe runzelte die Stirn über van Appeldorns barschen Tonfall, folgte ihm aber auf den Flur. Als Astrid berichtete, hellte sich Toppes Gesicht nach und nach auf.

»Hüseyin weiß etwas«, beschied van Appeldorn. »Aber das war ja von Anfang an klar. Lass mich mal ran. Ich bin heute ziemlich gut in Form.«

»Such dir diesmal einen anderen für die Mamirolle!«, schnippte Astrid.

Van Appeldorn lachte. »Steendijk, Baby, wann lernst du das endlich? Es ist ein Spiel.«

»Für heute habe ich genug gespielt. Ich geh in unser Büro und mach den Bericht fertig«, sagte sie ein bisschen versöhnlicher.

Toppe und van Appeldorn brauchten lange, fast eine Stunde, aber dann wollte Eroglu auf einmal gar nicht mehr aufhören zu reden. Sie verstanden beide nicht so richtig, warum das so war, aber sie spürten, dass er seine Schwester liebte und dass sie ihm offensichtlich eine Last von der Seele genommen hatten.

Hüseyin hatte gesehen, wie sich die Beziehung zwischen Naujock und Ayse entwickelt hatte, und die ganze Zeit versucht, seiner Schwester ins Gewissen zu reden. Aber die hatte nicht hören wollen. Am Ende war sie sogar bereit gewesen, mit ihrer Familie zu brechen. Seit vielen Jahren schon war sie Deniz Eroglu versprochen und im Dezember sollte die Hochzeit sein. Am Mittwoch hatte Ayse Deniz angerufen, obwohl Hüseyin mit Engelszungen auf sie eingeredet hatte. Deniz war dann auch tatsächlich gegen Mittag gekommen und Ayse hatte ihm mitgeteilt, dass sie ihn nicht heiraten würde. Deniz war überzeugt gewesen, dass ein anderer Mann dahinter stecken musste. Es hatte einen schlimmen Streit gegeben und er war schließlich, völlig außer sich, wieder abgefahren. Ayse und Hüseyin hatten Angst gehabt, sich aber nicht getraut, die Familie zu verständigen. Natürlich nicht! Erst nach dem Brand hatten sie alles erzählt. Mehr gab es nicht zu sagen.

Als die Polizisten wissen wollten, wie die Familie reagiert, ob sie etwas unternommen habe, versiegte Hüseyins Redefluss und alle weiteren Fragen wurden mit einem Achselzucken quittiert.

Während van Appeldorn weiterbohrte, hatte Peter Cox Deniz Eroglus' Adresse im Computer gefunden und die Weseler Kollegen hingeschickt. Schon kurze Zeit später kam die Antwort: Eroglu war nicht zu Hause und auch sonst nirgends anzutreffen.

Schließlich verfrachteten Toppe und van Appeldorn Hüseyin in einen Streifenwagen, der ihn nach Hause bringen sollte. Bevor der Junge abfuhr, schaute er sie eindringlich an und sagte laut und deutlich: »Seien Sie klug und schnell.«

Sie kehrten in Cox' Büro zurück. Astrid hatte inzwischen Kaffee gemacht. Geistesabwesend goss Toppe sich einen Becher ein. »Seien Sie klug …«, murmelte er.

»… und schnell? Scheiße!«, brüllte van Appeldorn. »Die Flughäfen dichtmachen, Bahnhöfe, alles. Der haut uns ab! Peter, mach, such die gängigen Verbindungen in die Türkei raus. Passagierlisten von Flügen, oder was weiß ich.«

»Nun mal ganz ruhig und eins nach dem anderen.«

»Ich warn dich! Komm mir jetzt bloß nicht mit deiner Fünf-Stunden-Kacke!«

Sechsundzwanzig Minuten später war Deniz Eroglu in einem grün-weißen Fahrzeug auf dem Weg vom Düsseldorfer Flughafen nach Kleve.

»Na bitte!« Van Appeldorn legte die Beine auf den Schreibtisch. »Da muss die Chefin nur mal so richtig auf den Putz hauen und im Handumdrehen ist der Fall gelöst.«

»Gelöst ist hier noch gar nichts«, gab Toppe missmutig zurück. »Van Gemmern hat nicht eine einzige handfeste Spur am Tatort gefunden.« Sein Magen knurrte laut. Bis auf die zwei Scheiben Toast zum Frühstück und das gummiartige Käsebrötchen, das er sich auf der Fahrt nach Wesel an einer Tankstelle gekauft hatte, hatte er heute noch nichts gegessen.

Astrid legte ihm die Hand auf den Bauch. »Soll ich ein Pizzataxi rufen?«

»Lass nur, fahr du lieber nach Hause. Es reicht, wenn sich drei Leute die Nacht um die Ohren schlagen.«

12

Es wurde gerade hell, als Toppe nach Hause kam. Die Türen zu seinem Zimmer und zum Kinderzimmer waren offen, also lag Astrid vermutlich in seinem Bett. Er machte kein Licht und schlich auf Zehenspitzen, aber Astrid hörte ihn trotzdem und setzte sich auf. »Wie ist es gelaufen?«

Toppe zog sich aus und ließ die Kleider einfach auf den Boden fallen. »Schlaf weiter. In zwei Stunden müssen wir schon wieder aufstehen.«

»Sag schon, wie ist es gelaufen?«

»Er denkt nicht dran zu gestehen. Da wäre er ja auch schön blöd«, antwortete Toppe grimmig und zog sich die Decke übers Ohr.

»Helmut?«

»Hm?«

»Ich bin ganz wach.«

»Wie wach?« Er kam wieder unter der Decke hervor.

»Sehr wach. Willst du mal fühlen?«

»Was ist denn das hier für ein Lotterleben?«

Walter Heinrichs stand im Zimmer und lachte.

Mit einem Satz war Toppe aus dem Bett gesprungen und in seine Hosen gefahren. Sein Herz stolperte und ihm war schwindelig.

Astrid schnappte nach Luft und zog sich die Decke bis zum Hals. »Gütiger Himmel! Wie spät ist es?«

»Halb acht. Tut mir Leid, wenn ich euch erschreckt habe«, meinte Heinrichs reumütig. »Ich habe geklopft, aber es hat sich nichts gerührt. Da hab ich halt meinen Schlüssel benutzt. Die Lütte schläft noch. Soll ich schon mal Kaffee kochen?«

Toppe raffte seine restlichen Kleider zusammen. »Danke Walter, mindestens einen Liter.«

Keine halbe Stunde später rief van Appeldorn an. »Gut, dass ich euch noch erwische. In Nierswalde haben letzte Nacht wieder die Vandalen zugeschlagen. Eine Streife ist schon vor Ort und van Gemmern fährt gerade los. Wer von uns soll das denn jetzt übernehmen?«

Es war nicht schwer zu erraten, was van Appeldorn sich vorstellte, und Toppe hatte nicht die geringste Lust auf eine Diskussion. »In Gottes Namen, häng du dich weiter in deine Vernehmung, wenn es dich glücklich macht. Astrid und ich fahren gleich von hier aus ins Dorf.«

»Du hast verpennt.«

»Wieso?«

»Weil du dann immer so besonders gut drauf bist. Bis später.«

Van Gemmern hatte schon mit der Arbeit begonnen und ließ die beiden Streifenbeamten springen.

»Schläft der eigentlich irgendwann mal?« Toppe war immer noch vergrätzt.

»Helmut?«

»Was?«

»Komm mal her.« Astrid umarmte ihn. »Das war schön heute früh.«

Er küsste sie, dann lächelte er. »Ist schon gut. Ich reiß mich zusammen.«

Sie sahen sich die Bescherung an. Man hatte die Baugrube ausgehoben und gestern war eingeschalt worden. Die Täter hatten die gesamte Verschalung wieder herausgerissen.

»Da muss aber jemand über Bärenkräfte verfügen«, stellte Toppe fest.

»Kaum«, antwortete van Gemmern. »Die haben ein Auto benutzt. Sehen Sie die Reifenspuren hier? Vermutlich hatten die ein Seil am Wagen befestigt.« Er fiel auf die Knie und kroch, die Nase knapp über dem Boden, langsam vorwärts. »Ich korrigiere mich: Es war kein Seil, es war eine Kette. Damit haben sie dann den ganzen Rummel rausgerissen.«

»Ein Auto?« Astrid schlüpfte in ihre Jacke. »Wenn in einem Dorf nachts ein Auto herumkurvt, das muss man doch meilenweit hören. Von dem Scheppern dieser Eisenstangen hier mal ganz zu schweigen. Diesmal kann man uns nicht erzählen, man hätte nichts gehört und gesehen.«

Aber man konnte.

Am ersten Nachbarhaus öffnete mal wieder keiner, auch die Hintertür war verschlossen. In einem Gewächshaus trafen sie auf einen polnischen Arbeiter. Er radebrechte etwas von »Herr und Frau auf Markt«.

Im nächsten Haus trafen sie lediglich eine alte Frau an, die nicht nur stocktaub, sondern auch ziemlich verwirrt war.

»Wann kommt Ihr Schwiegersohn denn wieder?«, brüllte Toppe.

»Wiese? Wir haben keine Wiese mehr. Alles unter Glas.«

Auch Nachbar Nummer drei brachte sie nicht weiter. »Ich hab nichts gehört. Wenn Sie den ganzen Tag hart arbeiten würden, dann würden Sie nachts auch schlafen und nicht andere Leute ausspionieren.«

Seine Frau nickte bekräftigend nach dem Motto: Wenn mein Mann nichts hört, höre ich auch nichts.

Als sie wieder draußen waren, ging es mit Astrid durch. »Jeden Einzelnen von denen bestellen wir zur Vernehmung ein und dann wollen wir mal sehen. Irgendeiner geht dabei schon in die Knie, das schwör ich dir.«

Toppe war auch nicht gerade in Hochstimmung, aber er musste doch schmunzeln. »Du hörst dich an wie Norbert.«

»Du hast gut lachen. Du machst das hier ja heute auch zum ersten Mal mit.«

Rechtsanwalt Schlüter war gekommen und redete auf van Gemmern ein. Der ignorierte ihn völlig.

Toppe reichte Schlüter die Hand und stellte sich vor.

»Na endlich! Ich kenne Sie aus der Zeitung. Sie scheinen mir ja kompetent zu sein. Was haben Sie bisher ermittelt?«

»Es tut mir Leid«, antwortete Toppe verbindlich. »Wir sind noch nicht so weit, dass wir mit unseren Ergebnissen an die Öffentlichkeit gehen können.«

Schlüter guckte erst verdutzt, dann lachte er schallend. »Hervorragend formuliert, muss ich mir merken. Hören Sie, ich sehe ein, dass die Polizei nicht die ganze Nacht ein Auge auf meine Baustelle haben kann, deshalb habe ich jetzt einen privaten Wachdienst beauftragt. Ab heute wird die ganze Nacht ein Mann im Bauwagen sitzen. Wir wollen hoffen, dass das im Dorf nicht durchsickert. Vielleicht ertappen wir die Burschen dann ja auf frischer Tat.«

»Eine gute Lösung.« Toppe ließ seinen Blick über den Dorfplatz schweifen. »In dem Hotel dort«, fragte er, »gibt es da einen Nachtportier?«

»Einen Nachtportier? Ach so, Sie denken, dass der vielleicht was beobachtet hat! Ich weiß nicht, kann ich mir kaum vorstellen.«

Astrid und Toppe hörten die Stimmen deutlich, noch bevor sie die Eingangstür geöffnet hatten: »Beweg endlich deinen faulen Arsch! Nachts den starken Mann markieren und dann ...«

»Du kannst mich mal! Weißt du, was du für mich bist? He? Soll ich dir mal sagen, was du für mich bist?«

»Die zoffen sich schon wieder«, flüsterte Astrid und zog die Tür auf. »Guten Morgen!«

Von Bahlow schenkte ihr eines seiner Reklamelächeln. »Frau Kommissarin, wie nett!«

Seine Gattin winkte ihr zu wie einer alten Bekannten und verschwand dann im Hinterzimmer.

Einen Nachtportier hatten sie nicht. Wenn die Gäste erst nach 23 Uhr ins Hotel zurückkehren wollten, bekamen sie einen Schlüssel. Und von Bahlows selbst hatten nichts gehört. »Wir haben einen langen Arbeitstag, verstehen Sie, und außerdem schlafen wir nach hinten raus.«

»Wenn wir hier weiterkommen wollen«, meinte Astrid erschöpft, als sie wieder vor der Tür standen, »müssen wir bei dem alten von Bahlow anfangen. Laut Schlüter hat der die Bürgerversammlungen einberufen und nach dem, was der am Freitag so von sich gegeben hat ... Aber der Mann scheint mir ein harter Knochen zu sein und ich weiß nicht, ob ich heute noch daran nagen will.«

»Nächste Woche«, entschied Toppe. »Am Montag, wenn van Gemmern uns Näheres sagen kann. Erst mal muss ich morgen die Obduktion hinter mich bringen.«

Dieser Kurde machte ihn fertig mit seinem selbstherrlichen Getue, seinem überheblichen Grinsen, dabei hockte ihm doch die Angst im Nacken, und der arrogante Anwalt, der die ganze Zeit dabeigesessen hatte, brachte ihn erst recht zur Weißglut.

Noch vor einem Jahr wäre Norbert van Appeldorn nach so einem Tag schnurstracks in seine Stammkneipe gegangen und hätte sich betrunken. Aber jetzt gefiel es ihm besser, mit Ulli auf dem Bett zu liegen, sich den Frust von der Seele zu reden und sich trösten zu lassen.

»Wir müssen beide irgendwie masochistisch veranlagt sein oder warum sucht man sich sonst solche Berufe aus?« Sie strich ihm das Haar aus dem Gesicht. »Ich freu mich richtig auf die neue Stelle.«

Wieder mal klingelte das Telefon, aber sie hörten, dass Anna ranging.

»Ulli, für dich!«, rief sie.

»Für mich?« Für einen Augenblick wurde Ulli ganz steif, aber dann erhob sie sich doch.

Van Appeldorn stand auf und öffnete das Fenster. Endlich hatte es aufgehört zu regnen. Seine Zimmerlinde sah aus, als hätte sie Dünger nötig.

Er konnte hören, dass Ulli sich mit jemandem herumstritt.

Als sie gleich darauf zurückkam, weinte sie. »Dieses Arschloch! Dieses verdammte, gemeine, gewissenlose Arschloch!«

»Dein Vater?« Er zog sie in seine Arme. Sie konnte kaum sprechen. »Erzählt mir was davon, dass meine Mutter schwer auf Turkey ist und dass ich die einzige Rettung bin. Nur tausend Mark und dann würden sie auch nie mehr… Und wenn nicht, dann hätte ich sie auf dem Gewissen.«

Er hielt sie ganz fest. »Und diesmal hast du nein gesagt?«

Sie stemmte die Hände gegen seine Brust. Ihr Haar stand ihr in Büscheln vom Kopf ab, sie sah aus wie ein kleiner Igel. »Und wie ich nein gesagt habe! Das war's, Norbert. Das war's endgültig! Die kriegen mich nicht mehr.«

Er rieb seine Nase durch ihr Haar. »Herzlichen Glückwunsch, Süße.« Dann lachte er leise. »Dass Eltern Probleme mit ihren drogenabhängigen Kindern haben, das hört man ja nicht selten, aber dass Kinder sich um ihre Junkie-Eltern kümmern, das klingt schon ziemlich merkwürdig.«

»Von mir aus können die noch heute Nacht verrecken, alle beide.« Sie schluchzte wieder.

»Komm her. Du hast es richtig gemacht, und das weißt du. Komm, es ist gut.«

13

Im Angesicht der internationalen Koryphäen in ihren nagelneuen Kitteln wirkte die kleine Prosektur noch schäbiger als sonst, aber Toppe stellte fest, dass die Männer aus Leiden, Wien, Bologna und Düsseldorf sich herzlich wenig für ihre Umgebung interessierten. Die meisten hatten nicht einmal bemerkt, dass Klaus van Gemmern und er an der Wand standen und das Spektakel beobachteten.

Arend Bonhoeffer führte die Sektion durch und kam ein paar Mal ins Schwitzen. Henry hatte Recht behalten, teilweise musste er mit Hammer und Meißel arbeiten. Die ganze Zeit wurde lebhaft debattiert. Man verständigte sich, mehr oder weniger flüssig, in englischer Sprache.

Nach zweieinhalb Stunden schloss Bonhoeffer endlich die Versammlung mit einer souveränen Geste und wohlgesetzten Worten. Dann suchte er Toppes Blick. »I am awfully sorry«, wandte er sich kurz der Runde zu, »but I have to leave you for a couple of minutes. Chief Inspector Toppe – the gentleman over there – needs some information immediately. So, would you please be so kind as to follow Henry to the lounge? We have prepared a little refreshment for you there. I shall be with you in no time.«

Er streifte Handschuhe und Kittel ab und nahm die beiden Polizisten mit in sein kleines, fensterloses Büro. »Heute brauche *ich* einen Calvados«, meinte er. »An so einem Tag weiß ich dann wieder, warum ich mich für die kleine Karriere entschieden habe. Ständig könnte ich diesen Auftrieb nicht ertragen.« Er entkorkte die Flasche und goss drei Wassergläser halb voll. »Reden wir mal wieder wie normale Menschen. Es handelt sich also um eine männliche Leiche, zum Todeszeitpunkt zwischen fünfzig und sechzig Jahre alt. Um genauer zu sein, müssen wir erst den Zahnstatus haben. Der Tod ist vor acht bis zwölf Jahren eingetreten. Auch das kann ich nach weiteren Analysen genauer eingrenzen. Mit großer Sicherheit ist der Mann ermordet worden. Gestorben ist er jedenfalls an einem Genickschuss und der Schusskanal weist darauf hin, dass es kein Selbstmord gewesen ist. Mich erinnert das Bild an die Art von Hinrichtung, die bei der SS beliebt war. Es handelt sich um ein 9-mm-Geschoss und der Schuss war aufgesetzt.«

Toppe staunte. »Das kann man heute noch feststellen?«

»Wenn wir nur ein Skelett hätten, ginge das vermutlich nicht, aber wir haben ja eine Fettwachsleiche. Bei einem aufgesetzten Schuss kommt es zu Temperaturen von über 1.000 °C und wir konnten im Nacken des Toten eindeutige Verbrennungsspuren ausmachen. Die Luftsäule vor dem Geschoss trifft mit zirka 2.000 bar auf das Gewebe auf. Wenn man einen Schuss aufsetzt, kann sogar eine Platzpatrone tödlich sein. Beim Austritt des Geschosses ist jedenfalls der Unterkiefer weggerissen worden. 9 mm, also. Ihr solltet die Kugel suchen, damit wir die Waffe zuordnen können.«

Van Gemmern stellte den Schnaps, an dem er nicht einmal genippt hatte, auf dem Schreibtisch ab. »Die Fundstelle ist eindeutig nicht der Tatort. Es gibt dort keine Kugel, keine Hülse und vor allem keinen Unterkiefer, nicht einmal nennenswerte Blutspuren.« Er dachte nach. »9 mm Parabellum, Vollmantelgeschoss vermutlich, weil ausschließlich der Kiefer weggerissen worden ist. Da kommen so einige Waffen in Frage. SS-Methode, haben Sie gesagt ... Die Wehrmachtswaffe damals war eine 9 mm Walther P 38. Die gleiche benutzt die Bundeswehr heute noch. Man hat sie nur umbenannt in Walther P 1. Aber da gibt es noch eine ganze Reihe anderer. Die Glock beim österreichischen Heer, die P 7 bei der bayerischen Polizei, unsere P 5, die Heckler & Koch ... Über die Waffe kann man nichts einkreisen, fürchte ich.«

An diesem Freitag machten sie alle pünktlich Feierabend und Toppe zündete zum ersten Mal in diesem Herbst den Kamin in seinem Zimmer an. Katharina wollte unbedingt helfen, aber die Holzscheite waren zu sperrig für ihre kleinen Hände. Als Toppe mit anfassen wollte, wurde sie böse: »Lass sie! 'leine machen!« Dann zog sie ein Schüppchen.

Astrid kniete sich vor sie hin. »Sollen wir baden gehen?«

So leicht ließ sich Katharina nicht von ihren Plänen abbringen, man konnte sehen, wie sie überlegte. »Mama mit!«, entschied sie schließlich.

Astrid lachte. »Ja, Mama kommt mit in die Wanne.«

»Lapplappen?«

»Natürlich kriegst du deinen Entenwaschlappen.« Sie nahm ihre Tochter auf den Arm und ging mit ihr zu Walter Heinrichs hinüber. »Kriegt Walter einen Kuss?«

»Nein! Lapplappen!«

»Aber von mir kriegt er einen«, lachte Astrid und küsste Heinrichs herzhaft auf den Mund. »Danke für alles. Danke, dass es dich gibt.«

Heinrichs wurde ganz heiser. »Was ist das eigentlich für ein Haushalt hier? Alle naselang wird einem Wein aufgedrängt, aber wenn man wirklich welchen möchte, fragt einen keiner. Heute habe ich Zeit. Also?«

Toppe sputete sich. Er wusste, dass Heinrichs neugierig war und dass er sich freute, wenn er noch ein kleines bisschen an der Arbeit teilhaben konnte, die so viele Jahre sein Leben bestimmt hatte.

»Feiner Tropfen!« Heinrichs schlürfte genüsslich und machte es sich im Sessel bequem. »Eine Fettwachsleiche! Ist das nicht fantastisch?«

Toppe schlug die Augen gen Himmel. »Ich kann's nicht mehr hören, ehrlich. Für mich ist das in erster Linie ein Mensch, der getötet worden ist, und wir haben die aparte Aufgabe, einen zehn Jahre alten Mord aufzuklären.«

»Ja, ja, das musst du mir nicht erzählen, aber ich kann mich jetzt dem Luxus hingeben und in aller Ruhe meinen spinnerten Ideen nachgehen.« Er nahm noch einen Schluck Bordeaux und kaute darauf herum. »Glaubst du etwa, ich wüsste nicht, wie oft ich euch in all den Jahren auf den Geist gegangen bin?«

Toppe grinste nur. Heinrichs und seine Begeisterung für historische Kriminalfälle. Ständig hatte er Parallelen gesehen und obskure Theorien entwickelt. Natürlich war er ihnen damit auf die Nerven gefallen, aber oft genug hatte er, wenn sie mal wieder auf der Stelle traten, mit seinen Ideen den Ermittlungen die entscheidende Wendung gegeben. »Was hast du vor?«, fragte er jetzt.

»Was wohl?«, entgegnete Toppe und griff nach seiner Zigarettenschachtel, aber Heinrichs kam ihm zuvor.

»Ja, Chef«, leierte er herunter, »ich weiß, ich darf nicht rauchen. Ja, Chef, ich hatte einen Herzinfarkt. Ja, Chef … gib mal dein Feuerzeug.«

Toppe warf es ihm zu. »Im Moment können wir nur die Listen aller vermissten Personen von etwa 1987 bis 1992 durchgehen. Reine Fleißarbeit.«

»Mit den vagen Angaben, die ihr habt? Wie sieht denn

das Gesicht des Toten aus? Könnte man ein Foto davon in der Presse veröffentlichen?«

»Ganz bestimmt nicht!«

»Ich würde mir den schon gern mal angucken«, meinte Heinrichs versonnen und Toppe ahnte, dass nun eine Heinrichs'sche Eingebung folgen würde. Und so war es dann auch. »Mir ist da gerade was eingefallen … Also, an deiner Stelle würde ich mal mit Henry sprechen.«

»Henry?« Mit allem Möglichen hatte Toppe gerechnet, aber das versetzte ihn nun doch in Erstaunen.

»Sag bloß, du weißt das nicht! Henry hat ein ganz exklusives Hobby, Anthropometrie, wenn dir das was sagt. Und er ist verdammt gut darin.«

Toppe musste einen Augenblick nachdenken. »Ich wusste gar nicht, dass es das noch gibt. Das macht man doch inzwischen bestimmt am Computer, oder?«

»Am Computer!« Heinrichs war empört. »Das ist doch Stümperkram!«

»Du willst doch nicht allen Ernstes behaupten, dass es noch Leute gibt, die Köpfe vermessen und Gesichter nachmodellieren wie in *Gorki Park.*«

»*Gorki Park*«, meinte Heinrichs herablassend. »Die Ursprünge dieser Methode liegen bei der Sureté in Paris im letzten Jahrhundert, aber richtig weiterentwickelt hat sie Cesare Lombroso, und das Ganze hat durchaus wissenschaftlichen Anspruch. Henry macht das sehr gut. Er arbeitet mit Plastilin. Ich habe so einiges von ihm gesehen. Der ist ein echter Künstler.«

Toppe stellte sein Weinglas ab. »Lass uns mal konkret werden.«

»Wie ich diesen Satz vermisst habe!«

Sie lachten beide.

»Du meinst also, Henry könnte das Gesicht des Mannes rekonstruieren.«

»Bestimmt! Ich glaube sogar, dass das bei einer Fettwachsleiche einfacher ist als sonst. Soweit ich weiß, ist da noch Muskelgewebe vorhanden und dergleichen.«

»Ja«, nickte Toppe, »das habe ich inzwischen auch gelernt. Ich werde Henry fragen. Ich glaube, er kommt heute Abend sowieso her. Wenn er die Rekonstruktion hinkriegt, könnten wir Fotos machen und sie veröffentlichen.«

»Mit der Frage: Wer kennt diesen Mann?«, führte Heinrichs den Satz weiter. »Genau, versuchen muss man's, obwohl mir die Chance, dass sich jemand nach so langer Zeit darauf meldet, ziemlich gering scheint.«

»Ich weiß nicht«, meinte Toppe. »Wir haben den Vorteil, dass das Dorf sehr klein ist. Dort kennt praktisch jeder jeden und Fremde fallen mit Sicherheit auf. Du kommst doch aus der Gegend. Erzähl mir mal was über dieses Nierswalde.«

Heinrichs hatte schon immer gern erzählt. »Im Krieg war die ganze Ecke dort noch ein zusammenhängendes Stück Reichswald. Mich wundert eigentlich, dass nicht schon viel öfter eine Leiche ausgegraben wurde. 1945 ist es da an der Frontlinie unheimlich zur Sache gegangen. Die toten Soldaten, und das waren nicht wenige, kann ich dir sagen, hat man gleich vor Ort in Gräben verscharrt. Der Wald war durch den Krieg natürlich ziemlich in Mitleidenschaft gezogen, die Engländer und die Holländer haben eine Menge abgeholzt, und dann hat es ein, zwei Jahre später auch noch schlimm gebrannt. Also stellte man sich die Frage, sollte man aufforsten oder roden. Man hat sich dann fürs Roden entschieden. Schließlich waren das Hungerjahre und man brauchte dringend Ackerland. Außerdem gab es eine Menge Heimatvertriebener aus dem Osten, Bauern, die irgendwo angesiedelt werden mussten. Lübke war damals bei uns Landwirtschaftsminister und hat die Sache ins Rollen gebracht. Eine Siedlungsgesellschaft, das Rheinische Heim, hat die Durchführung übernommen und die Ortschaften geplant: A, B und C. Namen haben die erst später bekommen: Nierswalde, Reichswalde und Rodenwalde. Richtige Dörfer mit Kirche und Schule sind nur die ersten beiden geworden. Um Geld zu sparen, hat man in Reichswalde nur Katholiken angesiedelt und in Nierswalde die Evangelischen. So brauchte man jeweils nur eine Kirche zu bauen. Es hat hier damals eine Menge böses Blut gegeben. Schließlich hatten viele einheimische Bauern ihre Pachthöfe verloren und brauchten ebenfalls eine neue Existenzgrundlage. Letztendlich hat man sich darauf geeinigt, dass zumindest ein Drittel der Siedlerstellen an Niederrheiner gehen sollte. Beim Kreis konnte man sich um so eine Stelle bewerben. Die Ackerfläche, die den einzelnen Bauern zugeteilt wurde, berechnete sich nach der Größe des Grundbesitzes, den die Vertriebenen in ihrer jeweiligen Heimat verloren hatten. Da gab es dann den nächsten Aufstand. Die meisten Flüchtlinge hatten ja keine Papiere mehr und konnten nichts beweisen. Wenn sie sagten, in Pommern hätten sie ein Landgut von 200 ha gehabt, dann konnte man das glauben oder nicht.«

Toppe erinnerte sich. »Das habe ich als Kind mitgekriegt. Meine Mutter hat sich darüber amüsiert, aber mein Onkel meinte immer, wenn man das Land, das die Flüchtlinge besessen haben wollten, zusammenrechnet, dann hätten die deutschen Ostgebiete flächenmäßig so groß sein müssen wie die gesamte Sowjetunion.«

»Hier hat man sich darüber überhaupt nicht amüsiert. Das war ein ganz schönes Hauen und Stechen. Aber dann sind die Dörfer doch in Rekordzeit aus dem Boden gestampft worden. Es gab nur zwei Häusertypen, die von einer Uni entworfen worden waren. Man konnte also fix bauen, jeder half jedem und die Leute sind sehr schnell, so verschieden sie auch waren, zu einer Gemeinschaft zusammengewachsen. In Nierswalde hat man schon 1950 das erste Erntefest gefeiert, da waren noch nicht mal alle Häuser fertig und eine Kirche gab es auch noch nicht. Man war stolz auf die neue Heimat, aber man war gleichzeitig auch wirklich dankbar. Mit den Jahren haben manche ihre Betriebe aufgegeben und sind weggezogen, neue Bürger sind gekommen, aber die wurden sofort integriert. Ich bin schon lange nicht mehr dort gewesen, aber soweit ich mich erinnern kann, ist es in dem Dorf immer ruhig und gesittet zugegangen. Oder hatten wir je einen Fall in Nierswalde?«

»Nicht in meiner Zeit«, antwortete Toppe, »aber dafür kommt es jetzt Schlag auf Schlag und knüppeldick.«

»Ich kann dir am Montag ein Buch über die Siedlungsgeschichte mitbringen, mit dem Dorfmotto: ›Aus Not und Tod zu Heim und Brot‹. Dann kannst du dir selbst ein Bild machen. Ist allerdings ein bisschen viel Blut und Boden drin und für deinen Geschmack wahrscheinlich auch zu viel vom lieben Gott.«

Toppe stand auf und legte Holz nach. »Macht nichts, ich werd's überleben.«

In der Halle hörte er Astrid leise mit Katharina sprechen – Zeit fürs Gutenachtschmusen.

Henry war geradezu begeistert, als Toppe ihn fragte. »Ich habe nicht damit gerechnet, dass mein Hobby mal irgendwann der Polizei helfen könnte. Guck nicht so skeptisch, Helmut, ich bin ganz sicher, dass ich ein gutes Ergebnis hinbekomme.«

»Daran zweifele ich ja gar nicht, ich fühle mich nur nicht wohl, wenn du dafür deine Freizeit opferst. Und es gibt nicht einmal Geld dafür.«

»Geld! Wer braucht schon Geld?« Henry breitete theatralisch die Arme aus. »Ich muss wohl nicht fragen, wie schnell du die Rekonstruktion brauchst.«

Entschuldigend hob Toppe die Hände.

»Dann lass mich mal überlegen … eine Woche wird es wohl dauern, wenn ich heute Abend gleich anfange und wenn ich einen habe, der mir assistiert. Wie sieht es mit dir aus, Gabischatz?«

»Mit mir?« Gabi guckte verdutzt. »Du willst mich mit in deinen Leichenkeller nehmen?«

»Dich am allerliebsten, das weißt du doch. Ich erkläre

dir auch alles ganz genau, kein Problem. Und es ist überhaupt nicht eklig. Es wird dir Spaß machen, glaub mir.«

»Warum nicht?«, antwortete Gabi langsam. »Warum eigentlich nicht?« Sie strahlte Henry an und Toppe wunderte sich einmal mehr über seine frühere Frau. Sie genoss es, sich an diesen Bären anzulehnen und ihn das Tempo bestimmen zu lassen. Gleichzeitig traute sie sich Dinge zu, an die sie früher nicht im Traum gedachte hatte oder vor denen sie weggelaufen war.

Am nächsten Morgen kämpfte er sich mühsam aus einem bleischweren Schlaf. Er fühlte sich wie ein schlaffer Ballon.

Aus der Küche kamen muntere Töne. Astrid schmetterte »Siehst du die kleinen Matrosen?« und Katharina unterstützte sie mit fröhlichem Krähen. Es roch nach gebratenem Speck.

Er bekämpfte den Impuls, sich noch einmal in den Kissen zu vergraben, und tapste ins Badezimmer. An Tagen wie diesem wollte er sich nur irgendwo einigeln und allein sein, aber er hatte sich geschworen, seine alten Fehler nicht zu wiederholen. Und Fehler waren es doch wohl gewesen …

Beim Rasieren schnitt er sich zweimal.

»Morgen, meine beiden!«, rief er, als er in die Küche kam. »Mm, riecht das guut!«

Astrid hielt in der Bewegung inne und schaute ihn an. Dann verteilte sie den Speck auf den Tellern und setzte sich.

»Du? Wär's ein Problem, wenn ich gleich mit Katharina für zwei, drei Stündchen zu meinen Eltern fahre? Sie haben sich im Garten einen Whirlpool bauen lassen und den würde ich gern ausprobieren.«

Toppe schüttelte den Kopf. »Ach, komm, das musst du wirklich nicht, nur weil ich mal wieder …«

Aber sie legte ihm schnell die Hand auf den Arm. »Es ist in Ordnung, ehrlich. Mir geht es gut.«

Und er wusste, dass es stimmte.

Meistens half es ihm, wenn er einfach aus dem Haus und zwei Stunden im Wald oder auf dem Truppenübungsplatz spazieren ging. Aber sonntags tummelten sich dort die Klever Hunde nebst ihren Herrchen und Frauchen und vermutlich würden etliche Leute da sein, die zum ersten Mal in diesem Jahr ihre Drachen steigen ließen.

Schließlich setzte er sich ins Auto und fuhr an den Rhein. An dieser Stelle war er schon einmal gewesen, als eine Wasserleiche angetrieben worden war.

Wie viele schöne Orte in der Gegend hatte er nur im Zusammenhang mit dem Tod kennen gelernt?

Er schob die Bilder beiseite, ignorierte das Autogerippe, das im Buschwerk klemmte, achtete nicht auf den Müll bei den Ölwerken, sondern wandte sich nach links, wo sich ein breiter, heller Sandstreifen am Ufer entlangzog und Trauerweiden geheimnisvolle Lauben bildeten.

Der Fluss war träge heute, es waren kaum Schiffe unterwegs.

Toppe setzte sich ans äußerste Ende einer Buhne und atmete ein paar Mal tief durch. Zwischen den Steinblöcken unter seinen Füßen schwappte schwarzes Wasser.

Er versuchte an nichts zu denken, aber wie so oft schossen ihm willkürliche Gedankenfragmente durch den Kopf: »Mir ist es hier zu kalt. Ich gehe nach Südamerika.« Das waren Sätze aus einer Geschichte von Peter Bichsel, die er mochte und oft gelesen hatte. Er schalt sich selbst kitschig und wehleidig.

Vielleicht wäre er besser nach Nierswalde gefahren, durchs Dorf gewandert und hätte versucht, die Atmosphäre dort zu erfassen?

Er zündete sich eine Zigarette an und begann zu sortieren: Wenn Deniz Eroglu kein Geständnis ablegte – und das würde er nicht tun –, mussten sie die Brandstiftung aus Mangel an Beweisen zu den Akten legen.

Was den Vandalismus anging, hatten sie genug Spuren, die jederzeit als Beweis reichen würden, wenn man die Verdächtigen gefunden hatte. Aber konnten sie von jedem Dorfbewohner Fingerabdrücke nehmen oder alle Gummistiefel kontrollieren? Wenn es sich um ein Kapitalverbrechen gehandelt hätte, würden sie zu jedem Mittel greifen, aber bei einer simplen Sachbeschädigung?

Es widerstrebte ihm aufzugeben.

Wie viele Einwohner hatte Nierswalde? Wenn die Chefin ihnen einen zusätzlichen Mann bewilligte, konnten sie wahrscheinlich in zwei bis drei Wochen jeden Dörfler überprüft haben.

Schade, dass Ackermann nicht da war. Der hätte sich mit Feuereifer auf so eine Aufgabe gestürzt.

Und wenn die Täter gar nicht aus Nierswalde kamen? Wenn das Motiv hinter all dem, genau wie bei der Brandstiftung, gar nicht Fremdenhass war, sondern ein interner Zwist? Vielleicht wollte irgendjemand Schlüter in den Karren fahren. Rechtsanwälte machten sich Feinde.

Und schließlich war da noch der Tote, der weder etwas mit der Brandstiftung noch mit dem Vandalismus zu tun hatte. Oder? Ein Mord, der zehn Jahre zurücklag.

Bizarr war nicht nur die Leiche, bizarr war auch das, was Henry machte. Wieso hatte er sich gestern bloß so schnell von Walters Enthusiasmus anstecken lassen? Wurde er langsam ein bisschen wunderlich, spleenig? Dieser Beruf veränderte einen. Es gab genug ältere Kollegen, die der Welt nur noch mit Zynismus gegenübertraten. Und sie wussten es nicht einmal.

Nun ja, zumindest war der Versuch einer Rekonstruktion des Gesichtes spannender als das, was in den nächsten Tagen Routine sein würde: Vermisstenlisten heraussuchen und überprüfen, Fotos anschauen, mit Leuten reden. Vielleicht war van Gemmern erfolgreich und fand noch mehr als nur den hellblauen Hemdknopf, und man konnte den Toten über seine Kleidung identifizieren. Wenn die denn bei der Vermisstenmeldung angegeben worden war …

Sollten sie den Toten tatsächlich identifizieren, blieb

immer noch die zentrale Frage: Wer hatte den Mann mit einem aufgesetzten Genickschuss getötet, ihn gewissermaßen hingerichtet? Warum richtete man einen Menschen hin? Wer richtete einen Menschen hin?

Und wo war es passiert? Nicht an der Fundstelle, das wussten sie.

In der Nähe? In Nierswalde? Diesem Dorf, in dem die Siedler auf Gedeih und Verderb zusammenhielten. *Aus Not und Tod zu Heim und Brot …*

Empfand man das heute noch so?

Der Mann hatte unmittelbar unter dem Fundament des Spielhauses gelegen. Wann war das Haus gebaut worden? Wer genau war am Bau beteiligt gewesen?

Sie würden nicht nur die Vermisstenlisten überprüfen, sie würden auch mit den älteren Dorfbewohnern sprechen müssen, mit denen, die gesiedelt hatten, die sich alle noch kannten.

Von Bahlow war kein schlechter Anfang. Einer der ersten Siedler, der Mann, der anscheinend den Bürgerprotest organisiert hatte. Wie ging so etwas eigentlich zusammen mit dem Motto: *Aus Not und Tod …?*

Er würde es herausfinden.

Toppe stand auf, kletterte zum Ufer zurück und sammelte ein paar flache Steine. Er bückte sich leicht und fitschte den ersten übers Wasser.

»Achtmal, gar nicht schlecht«, sagte jemand hinter ihm.

Es war ein Pärchen, jung noch, vielleicht siebzehn.

»Ja.« Toppe lächelte und drückte dem Jungen die restlichen Steine in die Hand. »Ja, finde ich eigentlich auch.«

14

Bei der Frühbesprechung am Montag ging es ihm besser und auch die anderen waren ausgeruht. Jeder hatte sich anscheinend übers Wochenende so seine Gedanken gemacht.

»Ich glaube schon, dass die Vandalen aus dem Dorf kommen«, meinte Astrid. »Warum sonst sollten uns alle vormachen, dass sie nie etwas gesehen oder gehört haben? Die decken sich doch gegenseitig.«

»Wieso seid ihr denn so sicher, dass die Leute lügen?«, fragte Cox.

Toppe zögerte. »Intuition«, antwortete er dann. »Gefühl, Erfahrung. Nenn es, wie du willst.«

Cox rümpfte die Nase, sagte aber nichts.

»Schlüters Wachmann scheint es jedenfalls zu bringen.« Van Appeldorn saß breitbeinig auf dem Stuhl und fühlte sich sichtlich wohl. »Am Wochenende ist auf der Baustelle alles ruhig geblieben. Was hast du jetzt vor, Helmut?«

Toppe schob einen Aktenstapel zur Seite und setzte sich auf die Fensterbank. »Bevor wir uns in größere Aktionen stürzen, würde ich gern mal mit diesem alten von Bahlow sprechen.«

»Ja, der interessiert mich auch.« Astrid drückte ihre Zigarette aus. »Ich fahre mit.«

»Na, na.« Van Appeldorn drohte ihr mit dem Zeigefinger. »Kommt da etwa wieder die alte Yoko zum Vorschein? Du bleibst schön bei mir, sonst muss ich das der bösen Tante sagen.«

Astrid tippte sich an die Stirn. »Manchmal hab ich richtig Sehnsucht nach deiner schlechten Laune.«

Cox sah so verwirrt aus, dass Toppe sein Lachen lieber herunterschluckte. »Kommen wir zu unserem geheimnisvollen Toten. Ich muss euch da gleich noch was beichten. Bonhoeffers detaillierten Bericht kriegen wir morgen erst, aber wir haben die groben Daten. Hat sich van Gemmern gemeldet?«

»Bei mir«, antwortete Cox. »Ich war noch nicht ganz durch die Tür, da rief er schon an. Hat dieser Mensch eigentlich kein Zuhause? Na, egal, irgendwann werde ich den Betrieb hier hoffentlich durchschauen. Van Gemmern redet zwar immer ein bisschen seltsam, aber ich habe verstanden, dass er mit dem Durchsieben der Erde am Leichenfundort fertig ist und dass er bis auf zwei weitere hellblaue Plastikknöpfe und eine Metallschließe, die von einem Hosenbund stammen könnte, nichts gefunden hat.«

»Schade ...« Toppe richtete den Aktenstapel neben sich ordentlich aus.

»Sollen wir dann jetzt an die Vermisstenlisten gehen?«, fragte Cox.

»Moment!« Van Appeldorn schlug die Beine übereinander. »Du wolltest uns noch was beichten, Helmut.«

Toppe brachte es kurz und bündig hinter sich.

»Henry macht was?«, rief van Appeldorn. »Mein Gott, ich bin ja so einiges gewöhnt in dem Laden hier, aber eigentlich hatte sich das doch etwas normalisiert, seitdem Walter weg ist. Dachte ich jedenfalls bis gerade eben noch.«

»Das ist doch hoch interessant, Mensch!« Cox bekam blitzende Augen. »Da gibt es tolle neue Programme. Habe ich erst neulich was drüber gelesen.«

»Tja«, meinte Toppe entschuldigend. »Davon hält Henry nicht so viel. Er zieht die klassische Methode vor.«

Cox kaute eine Weile daran herum. »Wenn ihr meint«, sagte er schließlich resigniert. Er gewöhnte sich langsam daran, dass er der Einzige im Team zu sein schien, der einem Computer wirklich vertraute. »Wir fangen aber trotzdem zunächst mit den Vermisstenlisten an, oder? Wie gehen wir vor? Wenn der Mann seit acht bis zwölf Jahren tot ist, beginnen wir wohl 1987 und arbeiten uns langsam nach vorn. Zuerst Kreis Kleve, dann NRW, dann Bundesrepublik ...«

»1987 auch noch die DDR«, warf Astrid ein. »Und vergiss Holland nicht.«

»Prima«, knurrte van Appeldorn. »Belgien vielleicht auch noch. Wo sollen wir denn aufhören? Was ist denn, wenn der Mensch aus, sagen wir mal, Südafrika kam, weil er sich in Nierswalde besondere Fachkenntnisse über die Orchideenzucht holen wollte? Ich liebe meinen Job!«

Von Bahlows Schwiegertochter ließ Toppe und Cox ins Haus.

»Ich wollte Vater sowieso gerade sein zweites Frühstück bringen. Kommen Sie doch gleich mit.«

Auf dem Tablett, das sie in den Händen hielt, standen ein Teller mit zwei Scheiben Rosinenstuten, dick mit Butter bestrichen, ein Becher Milchkaffee und ein Glas Schnaps.

Durch einen verglasten Gang führte sie die Beamten in ein kleines Nebengebäude. »Vater, du hast Besuch«, rief sie, noch bevor sie die Zimmertür öffnete. »Bitte sehr!« Sie ließ den beiden Polizisten den Vortritt. »Die Kriminalpolizei, Vater.«

Ein brauner Jagdhund kam bellend auf sie zugeschossen. Peter Cox sprang zurück, stolperte über seine eigenen Füße und konnte sich gerade noch an der Türklinke festhalten.

Ein scharfer Pfiff ertönte. »Freya! Platz!« Der Hund gehorchte sofort.

Von Bahlow saß in einem wuchtigen Sessel, neben sich einen runden Tisch mit einer dicken Brokatdecke. Das ganze Zimmer war altdeutsch eingerichtet. Ein großer eichener Schrank, in dem sich ledergebundene Bücher aneinander reihten, eine schwere, dunkelgrüne Polstergarnitur, über dem Sofa ein goldgerahmtes Ölgemälde: eine Bauernfamilie beim Essen, der Vater verteilte das Brot.

Toppe entdeckte ein Portrait von Bismarck neben der Pendeluhr und mehrere Jagdtrophäen: ein ausgestopfter Dachs, zwei Rehschädel und ein Hirschgeweih.

Es roch durchdringend nach Möbelpolitur.

Der alte Mann blickte ihnen argwöhnisch entgegen. Seine Augen waren von einem sehr hellen Blau, sein Gesicht kantig und streng. Am linken Nasenflügel hatte er eine braune, etwa kirschgroße Geschwulst. Er war groß und grobknochig und saß dort mit kerzengerade aufgerichtetem Rücken. Toppe sah die knotigen Hände auf den Sessellehnen. Gicht oder Rheuma, dachte er. Und er hat Schmerzen.

»Guten Morgen, Herr von Bahlow«, begann er, aber er war noch nicht an der Reihe.

»Antonia!« Der Ton war so messerscharf wie eben, als er dem Hund den Befehl erteilt hatte.

Die Schwiegertochter eilte zu ihm, breitete eine weiße Serviette über der Brokatdecke aus und stellte Teller, Becher und Schnapsglas auf den Tisch. »Geht es dir gut, Vater? Soll ich dir noch ein Kissen für den Rücken holen?«

Der Alte antwortete mit einem harten Abwehrlaut. »Lass uns allein!«

Er wartete, bis sie das Zimmer verlassen und die Tür geschlossen hatte.

»Was wollen Sie?«

»Dürfen wir Platz nehmen?«, fragte Cox und hatte sich schon auf dem Sofa niedergelassen.

»So lange wird es nicht dauern.«

»Ich fürchte, das entscheiden wir«, sagte Toppe so ruhig wie möglich und setzte sich von Bahlow gegenüber in einen Sessel. »Sind Sie verantwortlich für den Vandalismus auf der Baustelle?«

Peter Cox sah Toppe entgeistert an, von Bahlow lachte trocken auf. »Mir fehlt die Geduld für billige Scherze. Ich frage Sie noch einmal: Was wollen Sie?«

»Hat unsere Frage das nicht deutlich gemacht?«, erwiderte Cox.

Toppe nahm seinen Notizblock aus der Innentasche seiner Jacke und blätterte ein paar Seiten hin und her. »Sie sind verantwortlich für die Bürgerproteste, Sie haben die Versammlungen einberufen.«

»Einberufen!«, fiel von Bahlow ihm ins Wort. »Wir sind eine fest gefügte Gemeinschaft, da muss man nichts einberufen. Und um auf Ihre unglaubliche Unterstellung zurückzukommen: Wir alle lehnen Gewalt ab.«

Toppe sah ihn kühl an. »Es gibt ausreichend Zeugen dafür, dass Sie auf der letzten Versammlung gesagt haben, Sie würden Ihr Dorf verteidigen. Erklären Sie uns bitte, in welcher Art und Weise …«

Wieder unterbrach ihn von Bahlow. »Ich muss Ihnen gar nichts erklären! Ich bin Christ, ich bin Protestant. Ich lebe meinen Glauben. Und wenn ich mich für einen Gedanken oder für einen Satz rechtfertigen muss, dann mache ich das mit meinem Gott ab und nicht mit der Polizei.«

»Hoffentlich bleibt das auch so«, meinte Cox. »So etwas kann sich manchmal ganz schnell ändern.«

»Ich wüsste nicht, warum. Ich habe keine Straftat begangen und ich weiß von keiner Straftat, um Ihrer nächsten Frage zuvorzukommen. Mehr habe ich Ihnen nicht zu sagen.«

»Vielleicht können Sie uns in anderer Hinsicht weiterhelfen«, sagte Toppe. »Wie alt sind Sie?«

»Zweiundachtzig.«

»Sie sind verwitwet?«

»Seit fünfzehn Jahren.«

»Die Gärtnerei hier, leiten Sie die noch?«

»Mein Sohn.«

»Ein schöner Betrieb …«

»Die größte und lukrativste Orchideen- und Anthurienzucht im Kreis.«

»Wie viele Kinder haben Sie?«

»Drei Söhne.«

»Leben die alle in Nierswalde?«

»Alle! Mein Ältester hat den Betrieb übernommen, der mittlere ist Besitzer der örtlichen Tankstelle und meinem Jüngsten gehört das Hotel. Und jetzt erklären Sie mir bitte endlich, warum Sie mich mit diesen Fragen belästigen?«

»Sie wohnen von Anfang an in Nierswalde?«

»Ich habe das Dorf 1949 mitbegründet! Ohne mich und meine Generation, ohne unseren Fleiß, unsere Arbeitskraft und unsere grenzenlose Zuversicht gäbe es die Reichswaldsiedlung nicht.«

»Sie wissen, dass wir einen Toten gefunden haben.«

Von Bahlow grunzte und deutete auf den Zeitungsständer vor der Heizung. »Über die Geschichte ist ja genug geschmiert worden.«

»Der Mann wurde vor ungefähr acht bis zehn Jahren ermordet und hier im Dorf verscharrt.«

»Sie brauchen gar nicht erst zu fragen. Ich habe mir selbst schon meine Gedanken gemacht. Schließlich ist dies mein Dorf und ich verabscheue es, dass unser Name so in den Dreck gezogen wird. Ich weiß nicht, wer der Mann ist.«

»Können Sie uns sagen, wann das Spielhaus gebaut wurde?«

»Spielhaus? Was soll das sein?«

»Das kleine Haus neben dem Spielplatz, unter dem der Tote gefunden wurde.«

»Da müssen Sie andere fragen. In meinem Alter wird man vergesslich.«

»Wer hat es gebaut?«

»Eltern, Kinder, die Gemeinde. Wir haben unser Dorf mit unseren eigenen Händen gestaltet und wir tun es noch heute. Für Gottes Lohn, und mehr braucht hier auch keiner.«

»Ich habe gedacht, Menschen wie den gäb's schon lange nicht mehr.« Peter Cox wühlte in seinen Manteltaschen. Sie standen wieder vor dem Haus.

»Schön wär's«, sagte Toppe. »Ich fürchte sogar, solche sterben nie aus. Suchst du was?«

»Ich glaube, ich habe meine Zigaretten im Büro vergessen.«

Toppe grinste. »Darfst du denn schon wieder eine rauchen?«

»Jeder hat so seine Marotten«, entgegnete Cox milde.

»Ich hab mich nicht beklagt.«

»Ich beklage mich auch nicht. Hör mal, Henrys Rekonstruktion geht mir nicht aus dem Kopf. Wann arbeitet er denn daran? Abends? Wenn's dir nichts ausmacht, würde ich mir das nach Feierabend gern mal anschauen. Oder hätte er was dagegen?«

»Henry? Bestimmt nicht. Der freut sich.«

»Ich kenne ihn kaum.«

»Keine Sorge.« Toppe war erleichtert und das sagte er auch. Er wäre sonst selbst wohl oder übel abends in die Pathologie gefahren, weil sein Gewissen schlug. Schließlich tat Henry ihm einen persönlichen Gefallen.

»Das übernehme ich gern«, meinte Cox. »Erstens finde ich die Sache hoch interessant und zweitens habe ich keine Familie, die auf mich wartet.« Er nahm seinen Hut ab, drehte ihn hin und her, bürstete einmal mit dem Mantelärmel über die Krempe und setzte ihn wieder auf. »Was jetzt?«

»Wir müssen herausfinden, wann das Spielhaus gebaut worden ist. Lass uns den Pastor besuchen. Der war bis jetzt immer hilfsbereit.«

»Wenn ich mir die Berichte angucke, scheint er der Einzige zu sein.«

Der Pastor war weichstimmig und beflissen wie immer. Er konnte Toppes Frage aus dem Stegreif nicht beantworten – schließlich war das, wie gesagt, alles vor seiner Zeit gewesen –, aber er nahm die beiden Kripoleute mit in den Raum hinter der Sakristei der Kirche, in der sich anscheinend das Dorfarchiv befand. Eine Ordnung unter den zahlreichen Büchern, Bänden und Aktendeckeln war auf den ersten Blick nicht auszumachen, aber der Pastor fand sich zurecht. »Hier habe ich zumindest schon einmal das Datum des Richtfestes: Quasimodogeniti 1989, der erste Sonntag nach Ostern. Wer allerdings am Bau beteiligt war, das ist nicht festgehalten. Wie ich die Menschen in unserem Dorf kenne, werden es viele gewesen sein. Wenn es der Aufklärung eines Mordes dient und ich Ihnen helfen kann, werde ich mich aber gern für Sie umhören.«

Das Buch über die Reichswaldsiedlungen war vierzig Jahre alt und nicht besonders dick, aber wenn man zwischen den Zeilen der Vertriebenenschicksale zu lesen verstand und die ausführlichen Aufstellungen der Siedler im Anhang dazunahm, bekam man ein erstaunlich lebendiges Bild.

Toppe las bis nach Mitternacht. Irgendwann fing er an, Listen zu machen und verschiedene Dinge zuzuordnen. Das Sortieren dauerte eine Weile und er musste ein paar Dinge im Lexikon nachschlagen, zum Beispiel wie viele Morgen ein Hektar hatte. Wenn man davon ausging, dass die Angaben der Vertriebenen über ihren Grundbesitz in der alten Heimat der Wahrheit entsprachen, hatten sich die meisten in der neuen Heimat nur wenig verschlechtert. Ein paar hatten im Osten gar keinen landwirtschaftlichen Besitz gehabt, sondern in anderen Berufen gearbeitet, in Nierswalde aber dann doch kleinere Gärtnereien aufgebaut. Im Großen und Ganzen hatten sich offenbar alle darum bemüht, in etwa derselben Größenordnung, die sie gewohnt waren, neu zu beginnen. Es gab nur einen Ausreißer: Waldemar von Bahlow. Nach eigenen Angaben war er Besitzer eines 380 ha großen Rittergutes mit entsprechender Landwirtschaft in Brandenburg gewesen. In Nierswalde hatte er sich nicht etwa um einen Bauernhof, sondern nur um eine Intensivstelle von zirka 3,8 ha beworben. Warum? Bescheidenheit passte überhaupt nicht zu dem Mann, den Toppe kennen gelernt hatte.

Heute Morgen hatte von Bahlow stolz darauf hingewiesen, dass seine Familie die lukrativste Gärtnerei im Kreis hatte. Weil sie Orchideen züchtete? Aber das taten doch andere in Nierswalde auch. Wenn man dem Büchlein glauben konnte, hatten die meisten Orchideen- und

Anthuriengärtner 1950 mit deutlich mehr Grund und Boden angefangen. Verfügte von Bahlow einfach über einen gesünderen Geschäftssinn? Hatte er mehr Glück gehabt als die anderen, den besseren Boden, keine Schädlinge, keine schwachen Jahre, keine Missernten wie viele andere, von denen er hier las? Aber auch von Bahlows Söhne schienen im warmen Nest zu sitzen, eine Tankstelle, ein Hotel. Dafür brauchte man Startkapital. Schlüter hatte Astrid erzählt, das halbe Dorf gehöre von Bahlow. Wie hatte der so viel Geld machen können? Und warum hatte ausgerechnet dieser Mann sich mit einem so kleinen Betrieb zufrieden gegeben, nicht einmal mehr gefordert? Da passte so einiges nicht recht zusammen.

15

»Zur Hölle noch mal! Guck dir das an, mir fallen alle Haare aus durch die ständige Färberei.«

Sie lachte. »Quatsch, du kriegst bloß 'ne Glatze, wie die meisten Typen in deinem Alter. Rasier doch einfach alles ab.«

»Soll ich rumlaufen wie einer aus dem KZ? Das könnt' dir so passen. Ich habe die Schnauze sowieso gestrichen voll.«

»Hör auf zu flennen«, kreischte sie. »Gestrichen voll sind bei dir die Hosen. Die Regression, die bei dir abläuft, ist total zum Kotzen!«

»Bei mir?«, brüllte er zurück. »Du würdest doch nicht einmal mehr bamm machen, wenn du in der Scheiße steckst. Du fährst doch voll ab auf die bürgerliche Heia. Deine ganze Emanzipation besteht doch nur darin, dass du Männer klein machst.«

»Männer? Welche Männer? Ich seh hier bloß einen winselnden Köter.«

16

Peter Cox war der Einzige, der sich nicht beklagte. Mit stoischem Gleichmut kontrollierte er Vermisstenlisten, zog die Namen der Personen, die in Frage kamen, heraus, stellte diese zu neuen Listen zusammen und gab sie weiter.

Astrid, Toppe und van Appeldorn telefonierten sich die Ohren heiß und wurden immer unleidlicher.

Die Chefin schaute regelmäßig herein und bekundete ihr Mitgefühl: »Das ist leider die Schattenseite unseres Berufes, nicht wahr? Aber es kommen auch wieder bessere Zeiten. Ist Ihnen das zu viert nicht ein bisschen eng hier?«

Am Mittwoch machte sie den Fehler, noch einen kleinen Satz anzuhängen: »Die Gefahr dabei ist, dass man den Wald vor lauter Bäumen nicht mehr sieht.« Und sie löste damit bei van Appeldorn eine gewaltige Explosion aus. Es war Cox, der die Wogen so weit glätten konnte, dass beide Kontrahenten ohne Gesichtsverlust auseinander gingen.

Toppe war sich bitter bewusst, dass das eigentlich seine Aufgabe gewesen wäre, aber wenn es um Charlotte Meinhard ging, verlor er jedes diplomatische Geschick. Im Grunde war er nie ein besonders guter Friedensstifter gewesen, weil seine eigenen Gefühle ihm meist zu sehr im Weg standen …

Als es klopfte, war er mit seinen Grübeleien an dem Punkt angekommen, dass er für seinen Job völlig ungeeignet war.

Der Kollege von der Wache brachte einen Briefumschlag. »Hat ein Pfaffe für dich abgegeben.«

Der Nierswalder Pastor schickte die Namen der Leute, die das Spielhaus gebaut hatten. Toppe legte die Hand über die Augen. »Zur Abwechslung hätte ich hier mal eine Liste.«

Cox nahm für einen Moment den Blick vom Bildschirm. »Wie viele sind es denn?«

»Du wirst es nicht glauben, es sind sechsundvierzig.«

»Hast Recht, ich glaub's nicht. Was hatten die denn vor? Wollten die ins Guinness-Buch der Rekorde? Wie viele Menschen können gemeinsam eine Hütte bauen, ohne sich gegenseitig totzutrampeln?«

»Wie es aussieht, wohnt über die Hälfte der Leute inzwischen nicht mehr im Dorf. Wir werden also ein bisschen in der Weltgeschichte herumkommen.«

Cox sah auf die Uhr. »Meine Zeit am Schirm ist um. Aber das, was ich ausgedruckt habe, wird uns ja wohl noch für ein paar Stunden auf Trab halten. Wie viele Fragezeichen bleiben übrig?«

Sie hatten einen kleinen Restbestand an vermissten Personen, bei denen sich auch nach ausführlichen Telefonaten mit Behörden und Angehörigen nicht sicher ausschließen ließ, dass einer von denen ihr Toter war.

»Nur noch fünf«, antwortete Astrid und streckte sich. »Ach Mann, was wir hier tun, ist doch völliger Schwachsinn! Was ist denn zum Beispiel mit Obdachlosen, Tippelbrüdern, illegalen Einwanderern, den ganzen Leuten, die niemand als vermisst melden würde?«

»Scheint mir für diesen Personenkreis irgendwie die falsche Tötungsart zu sein«, erwiderte van Appeldorn. »Aber bitte, möglich ist alles.«

»Es stimmt schon«, sagte Cox. »Wenn wir ehrlich sind, fischen wir im Trüben. Meine einzige Hoffnung ist Henry. Ich kann zwar nicht beurteilen, ob seine Methode wirklich Hand und Fuß hat, aber das Ergebnis ist viel versprechend. Ich war jeden Abend dort. Verdammt beeindruckend, muss ich schon sagen.«

»Und das aus dem Munde von PC!«, spottete van Appeldorn.

Cox verstand ihn nicht.

»P, C – Peter Cox. Nomen est omen. Ist dir das noch nie in den Sinn gekommen?«

»Ehrlich gestanden nicht«, meinte Cox verwirrt. »Ihr müsstet euch Henrys Meisterstück wirklich mal anschauen. Der würde sich bestimmt auch freuen. Heute wollte er die Haare einarbeiten. Er hat mir gezeigt, wie man bei einer Fettwachsleiche den Haaransatz und sogar noch Wirbel erkennen kann. Fantastisch! Und Gabi war gerade dabei, Echthaar im richtigen Grauton einzufärben.«

»Ich bin mittlerweile auch ziemlich neugierig«, sagte Astrid. »Wollen wir alle zusammen hinfahren?«

»Heute Abend kann ich leider nicht«, entschuldigte sich van Appeldorn. »Um sieben steigt im Materborner Jugendheim die Abschiedsfete für Ulli.«

»Heute schon?« Astrid wunderte sich. »Ich dachte, Ulli fängt erst am 1. November in Nierswalde an.«

»Stimmt, aber sie hat noch Resturlaub, und das ist auch gut so. Es gibt reichlich zu tun. Wir haben nämlich endlich ein Haus gefunden, das wir uns leisten können.«

»Echt? Toll! Und wo?«

»In Nütterden, ganz in der Nähe von den Sieben Quellen.«

»Verzeihung«, unterbrach sie Cox. »Ist das eine offizielle Pause? Wenn ja, würde ich nämlich jetzt mein Butterbrot essen.«

Einer von Toppes Alpträumen wurde wahr.

In der Pathologie roch es immer nach scharfen Desinfektionsmitteln, unangenehm, aber auszuhalten. Heute jedoch stank es nach Formalin.

Toppe hielt unvermittelt die Luft an, blieb stehen und ließ Astrid und Cox vorbei. Während seiner Ausbildung hatte er besonders eifrig sein wollen und sich als Zuschauer bei Obduktionen an der Düsseldorfer Uni angemeldet. Es war ihm damals nicht bewusst gewesen, dass die Leichen, die an Universitäten seziert wurden, nicht immer taufrisch waren, und so hatten sie zum ersten Mal die Klingen gekreuzt, das Formalin und er. Er hatte den Kürzeren gezogen und war umgekippt. Zwei spätere

Auseinandersetzungen waren nicht besser verlaufen. Jetzt versuchte er, möglichst kurz nur durch den Mund zu atmen, aber da waren sie schon wieder, die kleinen explodierenden Sonnen in den Augenwinkeln.

Astrid kam zurück. »Was ist mit dir?«

Er musste würgen. »Zu viel Kaffee und zu wenig gegessen.«

»Ja, natürlich, das wird es sein.« Sie schüttelte den Kopf. »Dir ist doch klar, dass das eine ganz schlichte hysterische Reaktion ist.«

»Danke für die Blumen! Geh ruhig. Ich komme zurecht. Mir geht's gut.«

»Das seh ich. Helmut, Mensch, als ich bei Katharinas Geburt kurz vor den Presswehen durchgedreht bin und nach Hause gehen wollte, hast du mich da für eine Memme gehalten?«

»Natürlich nicht! Aber das ist doch was ganz anderes.«

»Überhaupt nicht. Jetzt setz dich hin und atme normal. Es riecht seltsam, okay. Kein Mensch findet den Geruch angenehm, aber er tut einem nichts. Find dich einfach damit ab und lass dich drauf ein. Es ist auszuhalten. Schlimm ist es nur, wenn du dich wehrst.«

»Lass mich einfach in Ruhe, ja?«

Sie seufzte. »Männer! Aber bitte, dann leide halt.«

Jetzt war ihm nicht nur schlecht, er kam sich auch noch blöde vor. Na gut, würde er eben mal wieder umkippen.

Er betrat eine Filmkulisse. Dunkel war es, nur die gnadenlose OP-Lampe über dem Tisch brannte. Im Zentrum des Lichtkegels ein aufgespießter Kopf, der so lebendig wirkte, dass es einen schauderte. Gabi, die konzentriert mit einer langen Nadel und einer Pinzette einzelne Haare auf dem Schädel einpflanzte, hauchfein, dicht an dicht. Sie trug eine Lupenbrille. Henry hinter ihr vibrierte vor Anspannung.

»Das ist fantastisch«, raunte Cox.

Toppe kam langsam näher. Das war also ihr Toter. Die Augenhöhlen waren noch leer, aber man konnte trotzdem einen Menschen erkennen, jemanden, der verbittert war, überdrüssig, einsam vielleicht und ein bisschen ... ja was? Entgleist? Verwahrlost?

Henry wandte sich Toppe zu. »Eigentlich haben wir nur noch zwei Probleme: die Tönung der Haut und die Augenfarbe.«

Toppe nahm den Leichnam auf dem Nebentisch, von dem der Gestank ausging, nicht mehr wahr. »Das ist wirklich großartig, Henry, einfach unglaublich. Probleme? Das sind keine Probleme. Wir werden doch sowieso nur Schwarzweißfotos machen.«

»Natürlich sind die Augen ein Problem! Auch auf einem Schwarzweißfoto macht es einen großen Unterschied, ob jemand helle oder dunkle Augen hat. Obwohl ... ich bin mir eigentlich ziemlich sicher, dass er eher hellere Augen hat. Von der Schädelform her ist er beinahe rein nordisch.«

»Wenn ich die Fotos habe, kann ich sie am PC entsprechend bearbeiten«, meinte Cox. »Dann drucken wir mehrere Varianten ab.«

Gabi legte ihr Werkzeug aus der Hand und nahm die Brille ab. »Ich brauch eine kleine Pause. Meine Hände fangen an zu zittern.«

»Ruh dich aus, Schatz. Ich mache weiter.« Henry küsste ihren Nacken und stellte die Lampe neu ein.

»Augenblick«, rief Astrid. »Wartet doch mal. Ihr seid doch so gut wie fertig. Eigentlich könnten wir unsere Fotos doch jetzt schon machen. Ihr müsstet ihm nur noch irgendwelche Augen einsetzen.«

»›So gut wie‹ ist nicht gut genug.« Henry legte das Haar, das er schon mit der Pinzette aufgenommen hatte, wieder zurück. »Und, das kannst du nicht wissen, Astrid, Augen setzt man auch nicht so einfach ein. Ich will es perfekt haben. Und deshalb fliege ich am Freitag mit Fattys Zwilling und meinen Messungen nach Wien.«

Er kam allen Fragen zuvor. »Ich stehe die ganze Zeit im Kontakt mit Professor Abwerzger, der am Freitag hier bei der Sektion dabei war. Bevor ich ein endgültiges Ergebnis abliefere, mach ich die Geschichte wasserdicht, Freunde.«

»Du fliegst nach Wien?«, fragte Toppe gedehnt.

»Auf Kosten des Wiener Instituts. Die sind ganz wild darauf, Helmut. Sie haben heute das Ticket geschickt.«

»Aber es schadet doch nichts, wenn wir ihn jetzt schon fotografieren.« Astrid gab nicht auf. »Wenn dein Professor das Ergebnis absegnet, rufst du uns an und wir geben die Bilder an die Presse. Und wenn nicht, dann lassen wir es eben.«

»Na gut.« Henry gab sich geschlagen. »Aber morgen erst, wenn wir mit dem Haar und den Augen fertig sind ... Ich denke, ich werde graublaue nehmen ...«

Henrys Anruf kam am Freitagnachmittag.

Am Samstagmorgen erschienen die Fotografien des zirka fünfundfünfzig Jahre alten, zirka 1,80 m großen, schlanken Mannes im regionalen und überregionalen Teil der beiden örtlichen Tageszeitungen.

Das KK 11 hatte sich, von Hoffnung getrieben, um acht Uhr vollzählig im Präsidium eingefunden, und das war gut so.

17

Zwischen Viertel nach acht und halb zehn gingen neun Anrufe ein. Der zehnte veranlasste sie dann, die Zentrale zu bitten, niemanden mehr durchzustellen, sondern nur noch die Telefonnummern zu notieren.

Die allererste Anruferin war eine Frau aus Nierswalde gewesen, Adelheid Tessel. Sie wollte auf dem Zeitungsbild einen alten Freund, Jakob Opitz, wiedererkannt haben, den sie seit zehn Jahren nicht mehr gesehen hatte.

Denselben Namen, Jakob Opitz, nannte auch der zehnte Anrufer. Es war Wim Lowenstijn, ein Privatdetektiv aus Elten, der dem KK 11 so manches Mal auf seine eigenwillige Weise geholfen hatte.

Toppe überlief ein Schauer. »Jakob Opitz? Könntest du herkommen, Wim, möglichst gleich? Ja? Prima!«

»Zweimal Opitz!« Cox strahlte. »Wer hätte gedacht, dass wir ein solches Schwein haben?«

»Freu dich nicht zu früh«, meinte van Appeldorn. »Noch wissen wir gar nichts. Und wenn es sich wirklich um diesen Mann handelt, bedeutet das nur, dass wir mal wieder ein Wochenende durchklotzen müssen.«

»Ach was!« Toppe hatte sich Gelassenheit verordnet. »Der Mörder, falls es ihn überhaupt noch gibt, läuft seit zehn Jahren frei herum. Da machen zwei, drei Tage keinen Unterschied mehr. Fahrt ihr jetzt erst mal zu dieser Frau Tessel. Peter und ich warten hier auf Wim. Gegen halb eins spätestens setzen wir uns wieder zusammen und dann sehen wir weiter.«

Wim Lowenstijn legte Toppe ein Familienstammbuch und das Foto eines älteren Mannes auf den Tisch. Die Ähnlichkeit mit Henrys Rekonstruktion war so groß, dass Toppe ein wenig unheimlich wurde.

»Das ist euer Mann, oder?«, fragte Lowenstijn. »Im April ist in Nierswalde eine gewisse Helene Opitz verstorben. Als einzigen Erben hinterließ sie ihren Ehemann Jakob, der aber leider nicht aufzufinden war. Deshalb hat mich das Nachlassgericht letzte Woche mit der Suche nach diesem Menschen beauftragt.«

»Setz dich«, murmelte Toppe. »Möchtest du einen Kaffee?«

»Ich bediene mich schon selbst.«

Toppe nickte abwesend und blätterte das Stammbuch auf: Helene Opitz, geborene Domröse, 1940 in Ostpreußen geboren, seit 1960 verheiratet, Hausfrau, kirchliche Trauung in Nierswalde. Jakob Opitz, geboren 1935 in Köslin, Pommern, Vollwaise, Pädagoge. Cox beugte sich über Toppes Schulter und las mit.

Lowenstijn hatte sich aus der Thermoskanne Kaffee eingegossen und setzte sich. »Ich kann euch erzählen, was ich bis jetzt herausbekommen habe. Also, viel zu erben gibt es da eigentlich gar nicht. Helene Opitz' Vater, Otto Domröse, betrieb seit 1951 im Dorf ein Lebensmittelgeschäft, das seine Tochter später übernommen hat. Jakob Opitz hat da eingeheiratet. Er war der Leiter des Jugendheims im Dorf und ist manchmal in der Kirche als Prediger eingesprungen. Als Domröse starb, hinterließ er Helene das Ladenlokal und das Wohnhaus und ein paar angrenzende Grundstücke. Die hat sie 1990 verkauft und gleichzeitig den Laden geschlossen. Anfang letzten Jahres hat sie auch ihr Haus verkauft, und zwar an denselben Mann, der auch ihre Grundstücke übernommen hat: Waldemar von Bahlow, wohnhaft in Nierswalde. Dessen Sohn Richard hat dann die Kneipe, die er nebenan betrieb, aufgegeben und stattdessen in Domröses Haus ein Restaurant eröffnet. Frau Opitz wurde allerdings ein lebenslanges Wohnrecht in einem Teil des Hauses eingeräumt. Die Wohnung gibt es aber inzwischen nicht mehr, von Bahlows haben gleich nach dem Tod der Frau das Hotel angebaut und deren Räume mit einbezogen.«

Toppe sah ins Stammbuch. »Sie war erst neunundfünfzig. Woran ist sie gestorben?«

»Keine Ahnung! Wie gesagt, viel zu erben gibt es nicht mehr. Beim Gericht liegt ein Sparbuch über 9.000 Mark, ansonsten sind da ein paar Möbel, Hausrat, Bücher und das Übliche an Fotos, Briefen und so weiter. Steht alles in einem Schuppen hinter dem Restaurant.«

Er trank wieder von seinem Kaffee, Toppe wartete.

»Das Gericht konnte Opitz nicht finden. Ich habe mich zunächst einmal im Dorf umgehört, aber die Leute geben sich seltsam zugeknöpft. Seit Jahren hat keiner diesen Mann mehr gesehen, aber das scheint niemanden zu erstaunen. Der hätte schon lange davon gesprochen, aus Nierswalde wegzuziehen, hat mir eine Frau erzählt. Aber wann er nun verschwunden ist, weiß angeblich keiner so genau. Der Typ vom Hotel, dieser von Bahlow, redete reichlich herablassend. Er meinte, Opitz sei ein Säufer gewesen. Ich wäre immer noch nicht viel weiter, wenn ich nicht gestern angefangen hätte, in diesem Schuppen nach Hinweisen zu suchen. Da kam nämlich, betont unauffällig, eine Nachbarin vorbei, Adelheid Tessel, so um die sechzig und eine Nervensäge allererster Güte, boshaft und geschwätzig. Ich kann dir beim besten Willen nicht sagen, wie viel man dieser Dame glauben darf. Ihrer Aussage nach ist Jakob Opitz am Ostersonntag 1989 verschwunden. Er hätte schon monatelang davon gesprochen wegzugehen. Und das sei kein Wunder, seine Frau hätte ihn behandelt wie den letzten Dreck. Er war wohl Frührentner. Tja nun, ich glaube, das ist schon alles, was ich weiß. Ihr seid dran! Unter dem Foto heute Morgen stand ganz klein ›Rekonstruktion‹, ich hätt's fast übersehen. Jetzt erzählt schon, wer hat diese Meisterleistung vollbracht? Arend?«

»Henry«, antwortete Toppe, wurde aber rüde unterbrochen, weil Charlotte Meinhard hereinkam.

»Was geht hier eigentlich vor?« Ihre Stimme war ungewöhnlich hoch. »Seit zwei Stunden belästigen mich die Presse und das Fernsehen, und zwar unter meiner Privatnummer. Was soll das bedeuten: ›Rekonstruktion‹?«

Toppe betrachtete sie und schüttelte leise den Kopf. »Wollen Sie sich nicht setzen?«

Aber die Meinhard hörte ihn gar nicht. »Wieso bin ich nicht informiert? Ich erlebe das als unerhörte Eigenmächtigkeit, Herr Toppe. So etwas trage ich nicht mit.«

»Sind Sie jetzt fertig?«, entgegnete Toppe beherrscht.

Peter Cox warf ihm einen wohlwollenden Blick zu.

»Wir sollten mal etwas Grundsätzliches klären, Frau Meinhard«, fuhr Toppe fort. »Die Mittel, die ich bei meiner Arbeit einsetze, bestimme immer noch ich. Sie haben meine Ergebnisse zu bewerten und mit denen können Sie bisher doch wohl mehr als zufrieden sein.«

»Ich fürchte, da täuschen Sie sich. Sie hätten mich auf

jeden Fall in Kenntnis setzen müssen. Und jetzt würde ich gern wissen, was es mit dieser Rekonstruktion auf sich hat. Hat da jemand etwas mit der Leiche angestellt?«

Lowenstijn lachte leise und sie fuhr zu ihm herum. »Was wollen Sie überhaupt hier?«

»Nun«, Lowenstijn lehnte sich zurück und schlug langsam die Beine übereinander, »ich denke doch, ich helfe.«

»Helfen? Sie? Vielen Dank, Herr Lowenstijn, aber darauf verzichten wir gern. Ihre letzten beiden Hilfsaktionen sind mir in lebhafter Erinnerung.«

Wieder lachte Lowenstijn nur.

»Verzeihung«, meinte Toppe, »aber ich verzichte keineswegs auf Wims Unterstützung, im Gegenteil, ich schätze sie, damals wie heute. Und jetzt setzen Sie sich bitte, Frau Meinhard, damit dieses Theater ein Ende hat und wir Ihnen endlich Bericht erstatten können.«

Charlotte Meinhard zog sich tatsächlich einen Stuhl heran. »Bitte, ich höre.«

Fünf Minuten später verließ sie ohne irgendeinen Kommentar das Büro.

»Interessante Begegnung«, murmelte Cox.

Lowenstijn zog die Augenbrauen hoch. »Was ist denn mit der los? Wo ist denn die einfühlsame, sanfte, eiserne Lady geblieben?«

»Es ist schon das zweite Mal, dass sie durchtickt«, antwortete Toppe. »So langsam wird's unheimlich.«

»Ein schlechtes Zeichen«, meinte Lowenstijn. »Vielleicht sollte sie sich lieber versetzen lassen …«

Er grinste Toppe an und der grinste zurück.

»Was ist denn mit der Chefin los?«, fragte auch Astrid, als sie hereinkam.

»Ganz die böse Tante«, meinte van Appeldorn. »Kommt mit rotem Ballon hier rausgestürmt und grüßt nicht mal.«

»Ich glaube, die hat uns gar nicht gesehen«, sagte Astrid und ließ sich auf den nächsten Stuhl fallen. »Mir schwirrt der Kopf. Diese Tessel, das ist vielleicht eine Hexe!«

Aber da kam die Meinhard noch einmal herein. »Wer trägt eigentlich die Kosten für diesen Rekonstruktionszirkus?«

»Ich«, sagte Lowenstijn, bevor Toppe etwas erklären konnte. »Ich werde Henry mein Gerichtshonorar überlassen. Schließlich hat er für die Identifizierung gesorgt.« Er drehte sich zu Toppe um. »Findest du nicht, wir sollten ihn gleich anrufen? Der muss doch wohl als Erster erfahren, wie großartig er gearbeitet hat.«

»Du hast Recht. Aber Wim, du musst wirklich nicht auf dein Honorar verzichten. Henry ...«

»Stopp, stopp, stopp!«, rief die Chefin. »Ersparen Sie mir Einzelheiten. Wie Sie die Angelegenheit regeln, Herr Toppe, ist mir gleich. Hauptsache, Sie übernehmen die Verantwortung.« Damit war sie wieder verschwunden.

Einen Augenblick blieb es still, dann meldete sich van Appeldorn: »Sag mal, Helmut, es ist nicht zufällig so, dass du die werte Dame ein bisschen eingestielt hast?«

»Kaum ...«

»Von wegen!« Peter Cox kicherte. »Ich kann euch sagen!«

»Da bin ich aber beruhigt.« Van Appeldorn freute sich wirklich. »Ich dachte schon, du kommst überhaupt nicht mehr raus aus deinem schwarzen Loch.«

»Unverhofft kommt oft, würde Ackermann sagen«, meinte Toppe und berichtete dann von Lowenstijns Ergebnissen.

Schließlich schlug Astrid ihren Notizblock auf. »Das deckt sich eigentlich alles mit dem, was diese Bissgurn gesagt hat.«

»Diese was?«, wunderte sich Cox.

»Das zänkische alte Weib. Ich versuche mal, die Fakten zusammenzubringen. Opitz ist 1951 mit seinen Eltern nach Nierswalde gekommen.«

»Mit seinen Eltern?«, rief Toppe. »Das kann nicht sein. In seinem Stammbuch steht, dass er Vollwaise war.«

»Genau so hat sie es aber gesagt«, beharrte Astrid. »1951, im selben Jahr wie die Tessel. Die war übrigens die Tochter des Kohlenhändlers, der dort angesiedelt wurde. Sie hat nie geheiratet, und wenn mich nicht alles täuscht, war sie selbst hinter Opitz her. Aber das nur am Rande. Opitz hat das Gymnasium besucht und ist dann zum Studium nach Bonn gegangen: Theologie und Pädagogik. Nach seinem Examen ist er ins Dorf zurückgekehrt und hat ein Jugendheim eröffnet. Er wäre immer unglaublich gut mit den Jugendlichen zurechtgekommen. 1960 hat Opitz geheiratet, Helene Domröse, laut Tessel eine gute Partie, aber kalt wie eine Hundeschnauze und obendrein ein Flittchen, wie es im Buche steht. Das war jetzt Originalton. Dann kam nicht mehr viel, oder?«

»Nein«, bestätigte van Appeldorn. »Sie hat über alle möglichen Leute im Dorf hergezogen und irgendwann angefangen zu heulen. Zwischen den Zeilen konnte man raushören, dass Opitz sich wohl im Dorf unbeliebt gemacht hatte. Sie stammelte dauernd was von Kesseltreiben. Wenn die sich wieder beruhigt hat, müssen wir sie uns auf jeden Fall wieder vornehmen, aber ich würde mich nicht beklagen, wenn das ein anderer übernimmt.«

Ackermann fiel von der Leiter.

Da lag er, strampelte mit den Beinen wie ein gestrandeter Maikäfer und rang nach Luft. Schließlich gelang es ihm hochzukommen, sich den nassen Gips aus den Augen zu wischen und das Bild auf dem Fernseher deutlich zu erkennen. Es war tatsächlich die Meinhard! Und was die da von sich gab, das war doch wohl nicht wahr! Ackermann rannte in den Flur und schnappte sich die Autoschlüssel. So nicht, Madame! Nicht, so lange Jupp Ackermann noch im Vollbesitz seiner geistigen Kräfte war!

Peter Cox sperrte Mund und Augen auf, als Ackermann aufgeregt ins Büro gehüpft kam. Er trug eine alte braune Cordhose voller Farbflecken, ein Netzunterhemd, eine verfilzte gelbe Pudelmütze und rosa Badeschuhe, die mit roten Plastikblumen besetzt waren. Im flusigen Bart baumelten Gipsklümpchen, die dicke Brille war mit einem weißlichen Film und kleinen Sprenkeln überzogen. Astrid und Toppe nahmen den Aufzug gelassen hin, sie hatten Ackermann schon abenteuerlicher erlebt, nur van Appeldorn konnte sich eine Bemerkung nicht verkneifen: »Na, Jupp, mal wieder die Ausgehuniform aus dem Schrank geholt?«

Aber Ackermann ließ sich nicht verunsichern. »Meine Manchesterbux? Die kennste doch schon. Wat ich sagen wollt: Ich weiß, dat ich stör, aber jetz' geht et echt nich' mehr anders.«

»Ist dir nicht kalt?«, fragte Astrid.

»Jetz', wo du et sachst«, antwortete er und rieb sich die nackten Arme. »Macht nix, wat einen nich' umbringt, macht einen bloß härter, sach ich immer. Obwohl, 'ne Grippe käm mir im Moment au' nich' so zupass. Aber jetz' hört doch ma'. Die ganze letzte Woche hab ich mir gesacht, Ackermann, diesma' hälts' du dich geschlossen. Müsst er doch zugeben, oder? Diesma' hab ich mich in eure Klamotten nich' eingemischt. Wat nich' leicht war, könnt er mir glauben. Wo ich doch alles mitgekriegt hab ausse Zeitung un' vonne Kollegen sowieso. Aber wat da jetz' abgeht, da kann ich meine Klappe wirklich nich' mehr halten. Ich mein, normalerweise bin ich ja 'n Schloof, dat weiß jeder. Ich sach immer: Leben un' leben lassen …«

»Was ist ein Schloof?« Cox hatte seine Sprache wieder gefunden.

»Ein Schlööfken, kennste dat nich'? Vor Gutheit nix wert!«

Van Appeldorn stöhnte. »Komm endlich zur Sache!«

Ackermann blinzelte schuldbewusst. »Ja, wat ich sagen wollt, also, ich steh da grad bei mir im Wohnzimmer auffe Leiter un' bin am Verputzen. Habt er doch mitgekriegt, oder, dat ich mir Zwangsurlaub genommen hab?

Alle elektrische Leitungen frott, im ganzen Haus, musste sofort wat gemacht werden. Waren alles bloß zweipolige Stoffkabel, aber wer guckt schon nach so wat, wenn einem so 'n Schnäppken quasi innen Schoß fällt? Damals. Un' jetz' steht man damit zu gucken! Gut, dat man 'n Bruder hat, der Elektriker is'. Kommt günstiger, wenn er versteht, wat ich mein.« Er kniff Toppe ein Auge.

»Teufel noch mal!«, brauste van Appeldorn auf.

»Is' ja schon gut, Norbert. Immer noch sofort am Halsen? Dabei hatt' ich gehört, du wärs' so nett inner letzten Zeit. Also, wie gesacht, ich steh da auf meine Leiter un' bin am Schlitzeputzen. Un' damit et nich' so langweilig is', hab ich die Kiste am laufen. Ir'ndso 'n Magazin, ›Et brennt‹ oder ›Explodiert‹ oder so wat. Un' jetz' ratet ma', wer da auffe Mattscheibe ganz elegant vor sich hintextet! Na? Nix?«

Van Appeldorn schlug beide Hände vors Gesicht.

»Die Chefin! In ihr schönstes Kostümchen. Hatte sich sogar die doppelreihige umgetan. Un' wisst er, wat die gesacht hat? Nee? Dann passt ma' auf, ich hab et mir nämlich genau gemerkt.« Ackermann spitzte die Lippen und flötete: »Nun, ungewöhnliche Fälle verlangen ungewöhnliche Maßnahmen. Man benötigt natürlich die entsprechende Erfahrung, um ein gut funktionierendes Ermittlungsteam zusammenzustellen. Aber wenn das einmal geschehen ist, befruchten sich die Mitarbeiter gegenseitig. Ganz besonders hervorheben möchte ich da meinen Hauptkommissar, ein wirklich brillanter Geist. Ich lege sehr viel Wert darauf, dass meine Mitarbeiter auch einmal querdenken. Wichtig ist dabei selbstverständlich, dass ich als Dienststellenleiterin einen kühlen Kopf bewahre.«

Ackermann machte eine Pause, die anderen sahen sich ungläubig an.

»Ich lüg nich', echt nich'! Dat war wörtlich, oder wenigstens fast.« Dann kicherte er. »Ich würd ja gern ma' zugucken, wie ihr euch gegenseitig befruchtet. Ba, wat 'n

Augiasstall! Oder war dat wat anderes? Weiß ich nich' mehr.«

Schon die ganze Zeit war sein Blick immer wieder zu der Philip-Morris-Schachtel gewandert, die auf Cox' Schreibtisch lag. Nun hielt er es nicht mehr aus. »Affengeile Marke! Ich nehm mir ma' eine, ja?« Natürlich wartete er keine Antwort ab, sondern puhlte eine Zigarette aus dem Päckchen und zündete sie an. »Lecker!«

»Warum genau sind Sie denn jetzt gekommen?«, fragte Toppe hastig.

»Mensch, dat liecht doch wohl auffe Hand, Chef. Der alte Drachen kann sich doch nich' einfach dat ganze Lob an ihre teuren, blauen Revers pappen, wenn dat ei'ntlich Ihnen gehört. Ich kann so wat nich' ab. Da muss man wat unternehmen, find ich.«

Toppe schmunzelte belustigt. »Und was?«

»Weiß ich nich', aber mir fällt schon noch wat ein. Wat is' dat da eigentlich, wollt ich schon die ganze Zeit fragen.« Ackermann nahm das kleine, silbern eingewickelte Päckchen in die Hand. »Seid ihr etwa auf eure alten Tage noch unter die Kiffer gegangen oder wie hab ich dat? Kann aber wohl nich' sein, weil Kiffen macht ja bekanntlich blöd. Toblerone, boa! Ich glaub et nich!« Er stopfte sich die beiden Schokoladenstücke in den Mund. »Mann, die hab ich schon hundert Jahre nich' mehr gegessen.«

Dann endlich bemerkte er die angespannte Stille. Er schluckte. »Äh, hab ich ma' wieder wat falsch gemacht?«

»Schon in Ordnung«, sagte Cox, sammelte die Silberpapierschnipsel sorgfältig vom Boden auf und trug sie zum Papierkorb.

»Jetz' hört doch ma'! Ich weiß doch, dat et heißt: Fettnapf, wo bist du? Ackermann kommt! Aber diesma' seh ich et echt nich.«

»Das war Peters Schokolade«, sagte Astrid. »Und das sind auch seine Zigaretten.«

»Ja un'? Danke, Peter, sach ich da brav. Wat is' denn, gibt der nich' gern wat ab?«

Cox guckte verschlossen. »Wir müssen das nicht weiter vertiefen, oder?«

»Warum eigentlich nicht?«, meinte van Appeldorn. »Ich esse auch gern Schokolade.«

Toppe wälzte sich unruhig hin und her – schon Viertel nach drei. Astrid schlief drüben in ihrem Zimmer. Sie war schon um neun Uhr ins Bett gegangen. Katharina zahnte immer noch und letzte Nacht hatte Astrid kaum ein Auge zugemacht. Warum hatte sie ihn eigentlich nicht geweckt?

Er schwitzte und sein Herz legte mal wieder ein paar Extraschläge ein. Wütend klappte er die Decke zurück. Es hatte keinen Sinn, weiter Schäfchen zu zählen. Morgen war Sonntag, da würde er den Schlaf schon irgendwann nachholen können.

Er setzte sich in den Sessel, schaltete die Stehlampe ein und schlug den Kulturteil der Wochenzeitung auf, aber er konnte sich nicht konzentrieren.

Gestern Abend hatte er sich von der Zentrale die Namen und Adressen aller Anrufer geben lassen, die sich im Laufe des Tages auf den Zeitungsbericht hin gemeldet hatten.

Aus Nierswalde hatte, bis auf Adelheid Tessel, keiner angerufen. Warum nicht? Opitz hatte achtunddreißig Jahre im Dorf gelebt, als Prediger und als Leiter des Jugendheims war er sogar ein besonderes Gemeindemitglied gewesen. Seltsam – das ganze Dorf kam Toppe seltsam vor. Aber was wusste er schon von Vertriebenen und neuen Heimaten? Wald – Scholle – Heimat, Asyl?

Der alte von Bahlow, was genau verteidigte der eigentlich so vehement?

Und noch einmal: Wie hatte er nur mit seiner Gärtnerei so viel Geld gemacht, dass er Grundstücke und Häuser hatte kaufen können, ein Restaurant und ein Hotel eröffnen?

Auch Norbert van Appeldorn schlief nicht viel in dieser Nacht, aber das hatte romantischere Gründe.

Wohlig erschöpft lag er auf dem Bett, hielt Ulli im Arm und streichelte träge ihren nackten Rücken. »Lass uns heiraten.«

Sie lachte. »So was nennt man Bigamie. Das sollten Sie eigentlich wissen, Herr Kommissar.«

»Ich meine es ernst. Lass uns heiraten, wenn meine Scheidung durch ist. Am liebsten sofort am nächsten Tag.«

Sie befreite sich aus der Umarmung und stützte sich auf den Ellbogen. »Aber warum denn?«

»Weil ich dich liebe und weil ich nicht mehr ohne dich sein will.«

»Aber dazu müssen wir doch nicht heiraten. Du wirst mich auch so nicht los.«

Er setzte sich auf. »Hast du Angst?«

Sie starrte an die Decke. »Ich weiß nicht. Vielleicht … ich glaub schon. Wenn etwas zu gut läuft für mich, dann wird mir immer mulmig.«

Van Appeldorn sagte nichts. Wenn man Ullis Geschichte kannte, war das nicht weiter verwunderlich.

»Ich kann mir einfach nicht vorstellen, wirklich zu jemandem zu gehören, ein richtiges Zuhause zu haben«, überlegte sie weiter.

»Wolltest du denn nie heiraten?«

»Als ich noch klein war schon, klar, wie jedes Mädchen.« Er konnte hören, dass sie lächelte. »Ich wollte ein weißes Prinzessinnenkleid mit zehn Meter langer Schleppe und rote Rosen als Brautstrauß und lauter süße Blumenkinder, eine Kutsche natürlich und einen blond gelockten Prinzen, der vor mir auf die Knie fällt.«

»Da liegt also der Hase im Pfeffer«, knurrte van Appeldorn. »Ich habe die falsche Haarfarbe.«

Ulli biss ihm sanft in die Schulter. »Und außerdem hast du weder ein Schloss noch ein Königreich, nicht mal ein halbes. Aber ich glaube, deine anderen Qualitäten wiegen diese kleinen Schönheitsfehler auf.«

»Also, ja?«

»Was?«

»Märchenhochzeit mit Kutsche und Kirche und Schleppe und Rosen und dem ganzen Klimbim.«

»Van Appeldorn, du spinnst!«

»Ich weiß, aber es fühlt sich gut an.«

18

Genau zweihundertvierundachtzig Stunden hielt der Frieden in Nierswalde, dann kam es zu einer neuen Protestkundgebung.

Der Wachmann, den Schlüter eingestellt hatte, war am Samstagabend pünktlich um acht Uhr im Bauwagen gewesen und wie immer bisher war alles ruhig geblieben. Gegen Mitternacht dann hatte er draußen Stimmen gehört und war zum Fenster gegangen. Alles, was er dort gesehen hatte, war ein großer Quast gewesen, der die Scheibe mit einer Kalklösung bestrichen hatte. Gleichzeitig hatte sich der Bauwagen in Bewegung gesetzt und der Wachmann war gestürzt. Als er wieder auf die Beine gekommen und zur Tür gelaufen war, hatte diese sich nicht mehr öffnen lassen. Alles Rufen und Klopfen danach war erfolglos geblieben.

Der Pfarrer war es dann, der auf seinem Weg zum Gottesdienst am nächsten Morgen gegen zehn den Wagen entdeckte, den jemand mit der Tür direkt gegen die Kirchenwand geschoben hatte. Er rief die männlichen Gemeindemitglieder zusammen und mit vereinten Kräften bewegte man den Wagen ein Stück zurück und befreite den Wachmann, der völlig erschöpft herausgekrabbelt kam und in Gesichter blickte, auf denen Schadenfreude und Mitleid miteinander kämpften.

Bisher hatte sich die Presse nicht zu den Vorfällen rund um das Aussiedlerheim im Dorf geäußert, aber ein solches Husarenstück konnte sie sich selbstverständlich nicht entgehen lassen. Die *Niederrhein Post* war das einzige Blatt, das auf jedes Augenzwinkern verzichtete, den letzten Vorfall als weitere Spielart der Fremdenhasses in diesem Lande darstellte und sich auf eigene Art betroffen äußerte.

Als das KK 11 sich am Montagmorgen im Präsidium zusammensetzte, hatten bis auf van Appeldorn alle den Artikel schon gelesen. Astrid, die inzwischen tatsächlich die Tageszeitung mit zur Arbeit nahm, hielt ihm das heutige Exemplar hin. »Ich bin sicher, du wirst deine helle Freude haben.«

Es handelte sich um ein Interview mit dem Ehepaar Schlüter: Frau Schlüter, die sich ohne Unterlass über so viele Jahre schon für Einwanderer einsetzte, nicht nur als Schriftführerin des ehrenwerten Meile-Vereins, sondern ganz persönlich, ein guter Mensch, der über so viel Ablehnung und Hass weinen musste; der selbstlose Anwalt Bruno Schlüter, der sich schon immer ganz besonders für die Belange ausländischer Mitbürger eingesetzt hatte und der bei Honorarfragen in besonderen Fällen gern mal beide Augen zudrückte. Mit Bedacht hatten sie sich ihren Alterswohnsitz in eben diesem Dorf gewählt und wurden nun so bitter enttäuscht. Dabei opferten sie doch beide ihr Privatvermögen für eine bessere Welt.

»Zum Kotzen!« Van Appeldorn knallte die Zeitung auf den Tisch. »Nebenbei auch noch kostenlose Werbung für die Kanzlei. Sogar die Adresse steht drin.«

Toppe hatte geduldig gewartet. »Ich denke mir das so«, meinte er jetzt. »Astrid und du fahrt erst mal zum alten von Bahlow. Mich interessiert, warum der sich damals als Großgrundbesitzer mit so wenig Land in Nierswalde zufrieden gegeben hat. Und dann will ich wissen, wie der mit einem relativ kleinen Betrieb so viel Geld machen konnte, dass ihm heute das halbe Dorf gehört. Irgendwas stimmt nicht mit dem Mann …«

»Wieder Intuition?« In Cox' Frage schwang deutlich Ironie mit. Keiner antwortete und er räusperte sich unbehaglich. »Ernsthaft, ich verstehe wirklich nicht, was von Bahlows Geschichte mit unserem Mord zu tun hat.«

»Vielleicht gar nichts«, sagte Toppe. »Auf jeden Fall ist er einer der Ältesten im Dorf. Fangt also mit Opitz an. Befragt ihn zu diesem Mann. Schließlich muss er den von Kindesbeinen an gekannt haben. Und noch was: Fragt von Bahlow und dessen Familie, ob sie keine Zeitung haben. Wenn doch, möchte ich wissen, warum sie Opitz nicht identifizieren konnten. Peter und ich werden Frau Tessel einen Besuch abstatten. Wir treffen uns alle wieder gegen elf auf dem Dorfplatz und klappern dann die Leute von der Pastorenliste ab. Fragen: Wann ist das Fundament gegossen worden? Wer hat es gegossen? Was war an den Tagen vorher? Was hat Opitz in der Zeit getrieben? Wer hatte Kontakt zu ihm?«

»Peter, bitte!«, flehte Toppe. »Ich habe Frau und Kind … Frauen und Kinder, und irgendwie häng ich auch selbst am Leben.«

Aber Peter Cox nahm den nächsten Buckel auf der Dr.-Engels-Straße mit unverminderter Geschwindigkeit und Toppe knallte mit dem Kopf gegen die Nackenstütze.

»Keine Sorge, ich bin früher Rallye gefahren.« Die Kurve fuhr er in Ideallinie aus.

Toppe schloss die Augen.

»Aber wenn es dich nervös macht …« Endlich nahm Cox den Fuß vom Gas. »Ich hab Spaß dran.«

»Rallyefahrer«, meinte Toppe kopfschüttelnd. »Rausschmeißer in Discos warst du auch mal, hab ich gehört.«

»Irgendwie musste ich mein Hobby ja finanzieren, andauernd neue Autos. Aber die wilden Jahre sind vorbei.«

»Ach ja?«

»Ja, wirklich. Privat bin ich immer schon nur Bus und Bahn gefahren. Ein Auto für jeden Tag habe ich mir erst zugelegt, als ich nach Kleve gekommen bin. Ohne ist man hier ja aufgeschmissen, leider. Sag mal, hast du den Schlüssel?«

»Den zum Schuppen? Ja, hab ich. Ich wollte mir Opitz' Nachlass auch gern anschauen, bevor wir zu Frau Tessel gehen.«

Der Schuppen war eine Miniaturausgabe des Siedlungshauses Typ I, das Toppe aus Heinrichs' Buch kannte, spitzgiebelig, schindelgedeckt und verputzt. Es gab nur einen Raum mit einer Holztür an der Frontseite und einem einflügeligen Fenster nach hinten.

Modergeruch schlug ihnen entgegen, als sie die Tür öffneten. Es herrschte ein Durcheinander von lieblos gestapelten Möbelstücken, Koffern und Kartons, dazwischen Lampenschirme, gerollte Teppiche, Bilder und Schallplatten.

Toppe blieb am Eingang stehen. Das blinde Fenster war eingerahmt von blauen Übergardinen aus schwerer Seide, die inzwischen völlig verstaubt waren, aber irgendwann einmal schön gewesen sein mussten. Unter dem Fenster stand eine Liege mit einem ziehharmonikaartigen hölzernen Untergestell, darauf lagen ein Kopfkissen und eine akkurat gefaltete blaue Steppdecke. Das Mahagonitischchen neben dem Kopfende der Pritsche war umgefallen.

»Da haben wir einiges zu tun«, brummte Cox. »Guck mal unauffällig hoch zum Nachbarhaus. Ich nehme an, die Dame da am Fenster im ersten Stock ist Adelheid Tessel, oder?«

»Wart einen Moment.« Toppe bahnte sich einen Weg durch das Gerümpel zum umgekippten Tisch. Eine Tiffanylampe lag da am Boden, der Schirm eingedrückt und gesprungen, daneben ein billig gebundenes Büchlein: *Herz auf Taille* – Kästner. Die Seiten waren aufgequollen. Toppe sah nach oben. Das Dach war dicht.

»Die Tessel winkt«, rief Cox. »Was ist jetzt?«

Adelheid Tessel kam aus Ostpreußen. Man ahnte es noch, wenn sie das ›R‹ rollte, ansonsten hatte sie die Sprache der Region angenommen. Sie war knapp vierzehn gewesen, als für sie in Nierswalde ein neues Leben begonnen hatte. Ihre Mutter war auf der Flucht an Typhus gestorben. »Wir konnten sie nicht einmal beerdigen, in einem Graben haben wir sie verscharrt.« Der Vater hatte im Dorf eine Kohlenhandlung aufgemacht. »Ich hab hier ja erst richtig angefangen zu leben. Vorher war nur Armut, Flucht und Angst. Will ich gar nicht mehr dran denken, tu ich auch nicht.«

Die Natur hatte es nicht allzu gut mit ihr gemeint. Sie war klein, hatte dabei aber grobe Gelenke und einen leichten Buckel. Ihr grau meliertes Haar war sehr kurz geschnitten und ließ das Gesicht mit den vorstehenden Zähnen männlich wirken.

Sie hatte anscheinend auf die Kripoleute gewartet. Kaffee war gekocht, im überheizten Wohnzimmer war der Tisch gedeckt: Sammeltassen auf einer gelbwollenen Decke, eine Schale mit einer billigen Gebäckmischung.

Vier Vogelkäfige hingen in unterschiedlicher Höhe an der Wand, Kanarienvögel und Wellensittiche hüpften tschilpend darin herum, auf den schmalen Fensterbänken standen lackbesprühte Anthurien.

»Nehmen Sie Platz, bitte … ich … O Herr und Vater, wenn Sie wüssten, was der Jakob mitgemacht hat, ich kann Ihnen was erzählen! Haben Sie ein Glück, dass Sie gerade zu mir kommen! Wir waren ja schon immer Nachbarn, der Jakob und ich, und nicht nur das …«

»Entschuldigung«, unterbrach Cox sie, »aber ich kriege hier keine Luft.« Er schob zwei Blumentöpfe zusammen und öffnete das Fenster.

»Was fällt Ihnen ein!« Die Tessel kam gelaufen. »Machen Sie das sofort wieder zu. Ich habe schweres Asthma!« Sie hechelte.

»Also, Frau Tessel, es wird am einfachsten sein, wenn wir Ihnen der Reihe nach unsere Fragen stellen.« Toppe setzte sich.

Sie hörte auf zu japsen und goss Kaffee ein. »Jakob und ich waren ungefähr ein Alter, wir haben schon als Kinder immer zusammengegluckt, auch wenn wir in verschiedenen Schulen waren. Jakob war ja so ein intelligenter Junge. Aber ich hätte auch das Gymnasium besuchen können, da hätte mein Grips zehnmal für gereicht. Waren eben andere Zeiten, für Mädchen kam die höhere Schule nicht in Frage. Mein Vater hat mich angelernt und ich hab ihm all die Jahre die Bücher gemacht. Wenigstens hat er immer gut für mich geklebt. Ich hab mein Auskommen, danke, ich muss nicht heimlich in der Sparkasse putzen gehen wie gewisse andere Leute, die die Nase Gott weiß wie hoch tragen.«

Toppe brachte sie mit einem strengen Blick zum Schweigen. »Setzen Sie sich hin!« Das tat sie, allerdings nicht ohne sich eine kleine Gemeinheit in den Bart zu brummeln.

»Jakob Opitz war Vollwaise«, begann Toppe.

»Frorieps hatten ihn angenommen«, fiel sie ihm gleich wieder ins Wort. »Die haben den Jungen irgendwo auf der Flucht aufgelesen und später in Pflege genommen. Hatten ja keine eigenen Kinder, die zwei. Robert Froriep war damals Pastor hier im Dorf, am Anfang, meine ich. Er und seine Frau haben quasi das Gemeindeleben aufgebaut. Feine Leute! Wirklich ganz feine Menschen! Nicht so wie die meisten heutzutage ...«

»Opitz ist also zum Gymnasium gegangen. Wo?«

»In Goch! Wo denn sonst? Und danach hat er studiert, in Bonn. Hat ein glänzendes Examen gemacht, der Jakob. Dann ist er zurückgekommen, 1957, und die Domröse, die Lene, die hat sich ihm schon direkt am ersten Tag an den Hals geworfen, blutjung, das Biest, kann nicht mal siebzehn gewesen sein. Blutjung und willig, das wusste jeder. Schlecht ausgesehen hat sie ja nicht, so eine schwarze Zigeunerin, und auch schon sehr entwickelt. Der Jakob, der hätte schon aus Stein sein müssen. Ich meine, welcher Mann ist gegen so was gefeit? Keiner, sage ich Ihnen, keiner! Die Gemeinde hat das Techtelmechtel auch noch gutgeheißen. Besonders der alte Domröse hat das unterstützt. Ist ja auch logisch. Der dachte, der Jakob würde seiner Tochter die Flausen austreiben. 1960 habe die beiden geheiratet, aber ich schwöre Ihnen, diese Ehe war vom ersten Tag an die Hölle, wie sie im Buche steht. Jakob, der wollte ja immer Kinder haben, am liebsten einen ganzen Stall voll, aber die Lene, die wollte lieber tanzen gehen und sich hofieren lassen. Ein dicker Bauch, o Gott, der hätte ja die Wespentaille für immer ruiniert. Nee, die konnte keiner festbinden, der alte Domröse nicht und Jakob erst recht nicht, dazu war der viel zu gutmütig. Da hat er sich lieber in die Arbeit gestürzt. Dieses Offene-Tür-Jugendheim damals, das war seine Idee. Hat er ganz alleine aufgebaut. Stand ja derzeit in allen Zeitungen. Das Jugendheim, ja, das war sein Lebensinhalt.«

»Hat seine Frau auch gearbeitet?«

»Gearbeitet!« Adelheid Tessel gackerte. »Die hat mal im Geschäft ausgeholfen, aber das war es auch. Domröse hatte doch den Kolonialwarenladen, da, wo jetzt das Restaurant drin ist. Später hat die Lene den übernommen oder besser gesagt heruntergewirtschaftet, in den sicheren Ruin getrieben. Was wollte man auch erwarten von so einer?«

»Leben die beiden Frorieps noch?«

»Er wohl, habe ich gehört, muss schon an die neunzig sein, der Gute. Die sind 1961, kurz nach Jakobs Hochzeit, aus Nierswalde weggezogen. Robert Froriep hat im Norddeutschen eine Pastorenstelle angenommen und noch irgend so was Soziales. Jakob hat unheimlich darunter gelitten, dass die gegangen sind. Froriep war für den doch der Herrgott. Für viele im Dorf. Jakob hat ihn aber oft besucht da im Norden. Immer alleine, versteht sich, wochenlang war der immer weg. Der hat sich hier nie wohl gefühlt.«

»Froriep lebt also noch, sagten Sie?«

»Der soll in einem Altersheim in Kaiserswerth sein«, nickte sie. »Ich weiß aber nicht mehr, wer mir das erzählt hat. Ist auch schon etwas her.«

»Wie ist es weitergegangen?«

»Mit Jakob? Tja, wenn man bloß was Genaues wüsste, aber der hat ja nie was gesagt. Immer bescheiden, immer apart. Aber irgendwas muss gewesen sein. Der hat einen richtigen Knacks gekriegt. Ich hab ja immer gedacht, die Lene hat heimlich ein Bankert abgetrieben und er ist dahinter gekommen. Das hätte den Jakob umgebracht, der war nämlich sehr christlich, genau wie Frorieps. Aber es kann auch was anderes gewesen sein. So ein bisschen war er den Dorfältesten ja schon immer ein Dorn im Auge, weil er eben für die damaligen Verhältnisse sehr moderne Ansichten hatte. Er machte Tanzpartys im Jugendheim, die Mädchen alle mit kurzen Röckchen. Auf Freizeiten auf dem Bauernhof ist er mit denen gefahren, Männlein und Weiblein durcheinander. Ich bitte Sie! Der soll die ja sogar aufgeklärt haben über Verhütung und so. Und auf die Nazis war er ja sowieso nie gut zu sprechen und da hat er auch keinen Hehl draus gemacht. Aber ich sag ja, Genaues weiß ich nicht. Nur dass es, nachdem Domröse gestorben war, das muss so 62/63 gewesen sein, mit dem Jakob wirklich schlimm geworden ist. Ich sag ja, der Jakob, der war immer schon ein Stiller gewesen, aber von da an hat er sich bloß noch verkrochen und, na ja, wie soll ich das sagen? Auch schon mal zu tief ins Glas geguckt. Der Jakob, das müssen Sie sich mal vorstellen! Das war auch die Zeit, wo er oft zu mir gekommen ist und sich ausgeweint hat. In allen Ehren, versteht sich. Ich war wohl seine einzige Vertrauensperson, kann man sagen. Nun ja, das Jugendheim hat er dann auch immer mehr schleifen lassen, er hatte wohl die Lust verloren. Aber vor allem der Alkohol. So was wird ja heute noch unter Christenmenschen nicht gern gesehen, aber damals! Ich kann Ihnen was erzählen! Geschnitten haben die ihn. Er hat immer zu mir gesagt: ›Adelheid, eines Tages bin ich weg hier. Ich pack meine Siebensachen und geh.‹ Aber das hat er dann doch nicht gemacht, hat er sich lieber veräppeln lassen von den Blagen im Dorf, die drei von Bahlows immer vorneweg.«

Toppe versuchte, eine Frage zu formulieren, aber die Tessel hatte nur mal ganz kurz Luft geholt. »Was gucken Sie denn so? Waldemar von Bahlow war doch der König von Nierswalde, als Froriep weg war, und die Kinder von dem haben sich von klein auf wie die Kronprinzen benommen. Waldemar, der alte Moralapostel, der hat doch bestimmt, was richtig und falsch ist, und der Jakob, der war falsch, ein ganz schlechtes Vorbild für die Christengemeinde. Dieser selbst ernannte Heiland hat sogar überall rumerzählt, Jakob würde die Lene verprügeln. Jakob! Ausgerechnet der! Der hat doch für jeden armen Schlucker sein letztes Hemd gegeben. Sogar zum Schluss noch.«

»Zum Schluss?«

»Es ging ihm nachher nicht mehr so gut, körperlich. Zweimal Gelbsucht, einmal hat er sogar auf Leben und Tod gelegen. Trotzdem hat er sich nicht gescheut, den Jelineks zu helfen. Die sind damals, so um 1980 rum, ins Dorf gezogen, kamen aus dem Hessischen, glaub ich. Der Olaf Jelinek ist wohl der Junge von einem von Jakobs Studienkollegen gewesen, der aber schon tot ist. Die haben die alte Gärtnerei hier an der Ecke übernommen und mussten quasi bei null anfangen, sehr jung noch, alle beide. Und ohne Jakob wären die nie auf die Füße gekommen. Tag und Nacht hat der bei denen geschuftet. Im Grunde war der immer mehr so wie der Froriep, hat jedem ohne Ansehen der Person geholfen, alles nur für Gottes Lohn.«

Sie quetschte ein paar Tränen hervor. Cox reichte ihr wortlos ein Tempotuch und nickte auffordernd.

»Tja, und dann ist er Frührentner geworden, kaputtgeschrieben, und das hat ihm den Rest gegeben. Das hat er einfach nicht verkraftet. Schließlich war er erst dreiundfünfzig. Seine Frau hat ihn ja schon lange nicht mehr ins Ehebett gelassen. Was hatte der Mann denn noch vom Leben, frag ich Sie? Die letzten Jahre hat er immer auf einer Pritsche im Schuppen unten geschlafen. ›Ist besser so, Adelheid‹, hat er immer gesagt, ›ich bin gern für mich alleine. Bin ich doch von klein auf so gewöhnt.‹ Der Jakob war ja erst drei Jahre alt, wie er ins Waisenhaus kam. Beide Eltern kurz nacheinander an Milzbrand gestorben, damals 1938, einfache Leute, Lohnarbeiter auf einem Gutshof, einfache Menschen, aber rechtschaffen.«

»Wann genau ist Opitz Frührentner geworden?«

»Das muss, ja, warten Sie mal, das muss 88 gewesen sein. Für Zahlen hatte ich schon immer ein gutes Gedächtnis. Von da an jedenfalls hat er nicht mehr viel gesprochen und ein Jahr später, Ostern, da war er auf einmal weg. Ostersonntag hab ich ihn noch gesehen, wie ich zur Kirche ging. Da stand er in der Schuppentür. Der ging ja schon lange nicht mehr zum Gottesdienst. ›Ich bete lieber für mich alleine, Adelheid‹, hat er immer gesagt, ›da bin ich meinem Gott viel näher.‹«

Jetzt quollen mehr Tränen. »Und ich war so böse auf ihn. Hab immer gedacht, der hätte sich doch wenigstens verabschieden können, wenigstens von mir.« Sie schluchzte wild.

»Frau Tessel, bitte, nur noch ein paar Minuten.«

»Erschossen! Ich kann es nicht begreifen. Erschossen und mitten im Dorf in eine Grube geworfen! All die Jahre hat er da gelegen und keiner hat es gewusst.«

»O doch«, meinte Cox. »Einer hat es sicher gewusst.«

Sie hörte schlagartig auf zu heulen. »Sagen Sie doch so was nicht! Da wird einem ja ganz komisch. Sie meinen, der Mörder läuft hier immer noch frei rum? O bitte, nein, mir wird übel!«

»Wer hat Opitz näher gekannt, mit wem war er befreundet?«

Sie starrte ins Leere. »Mit mir«, murmelte sie. »Nur mit mir und später vielleicht mit den Jelineks. Waren aber nicht seine Generation. Und die Dorfjugend, die er betreut hat, die ist ja auch schon lange weggezogen ...« Dann schrie sie auf einmal auf. »Der Mörder läuft frei rum! Und wenn der rauskriegt, was ich Ihnen alles erzählt habe? Was mach ich denn? Was mach ich denn jetzt? Tun Sie doch was! Sie müssen mir doch helfen!«

Es war fast elf, als Toppe und Cox die Frau so einigermaßen beruhigt hatten und zum Dorfplatz gehen konnten. Keine Spur von Astrid und van Appeldorn, aber dafür stand ein blauer Lieferwagen mit Eroglus Firmenlogo vor der Brandruine.

19

Hüseyin war dabei, Werkzeug auszuladen. Gerade mühte er sich mit einem schweren Hochdruckreiniger ab. Offensichtlich war er allein und offensichtlich hatte er die Polizisten längst entdeckt, denn er zuckte nicht mit der Wimper, als sie auf ihn zukamen.

»Wie geht es Ihnen?« Er reichte beiden verlegen lächelnd die Hand.

»Danke«, nickte Toppe. »Und Ihnen?«

Hüseyin antwortete nicht, sondern bückte sich wieder nach seiner Maschine.

»Warten Sie!« Toppe fasste mit an und sie schleppten das Gerät zum Haus.

»Nett von Ihnen«, meinte Hüseyin. »Danke sehr.«

»Sie machen den Laden also wieder auf?«

»Ja, so bald wie möglich.«

»Ayse und Sie?«

»Die Familie.«

»Ist Ayse noch in der Türkei?«

»Ja.« Hüseyin ging zum Auto zurück und Toppe folgte ihm.

»Und wie geht es Deniz Eroglu?«

»Bitte, Herr Toppe ...« Hüseyin klang bedrückt. Er schulterte einen Werkzeugkasten und ging wieder.

Cox verfolgte ihn mit düsteren Blicken. »Wenn der endlich den Mund aufmachte, hätten wir diesen Deniz am Wickel. Du könntest ihn zum Reden bringen. Er mag dich anscheinend.«

»Vielleicht«, antwortete Toppe, »aber was würde das schon helfen? Überleg doch mal: Es gibt keine Spuren am Tatort, wir haben keine Beweise. Selbst wenn Hüseyin uns sagt: ›Deniz war's, ich habe es mit eigenen Augen gesehen‹ – was ich übrigens bezweifle –, da wären sofort wer weiß wie viel andere, die sagen würden, Deniz Eroglu war es nicht, und entsprechende Alibis liefern.«

»Kann schon sein«, meinte Cox unzufrieden, aber Toppe war noch nicht fertig.

»Und wenn der Junge aussagt, was passiert dann mit ihm? Weißt du, wie die Familie reagieren würde?«

»Nein ...«

»Ich auch nicht, aber besonders angenehm stelle ich mir das nicht vor. Über Deniz mache ich mir auch so meine Gedanken. Ich kann mir nicht vorstellen, dass die Familie ihn ungeschoren lässt. Schließlich war das ein Mordanschlag.«

Sie hatten beide nicht bemerkt, dass Astrid und van Appeldorn hinter sie getreten waren.

»Na, Peter«, van Appeldorn griente. »Kriegst du eine kostenlose Lektion zum Thema Menschlichkeit?«

»Hör auf, Norbert«, schimpfte Astrid. »Ich hab mir für heute wahrhaftig genug Gehässigkeiten angehört.«

Hüseyin kam zurück und begrüßte auch die beiden anderen, dann gab er sich einen deutlichen Ruck und trat ganz nahe an Toppe heran. »Ayse wird nicht mehr nach Deutschland zurückkommen.« Seine Augen schimmerten. »Ich kann Ihnen nichts sagen, Herr Toppe, bitte glauben Sie mir!«

»Darüber ist das letzte Wort noch nicht gesprochen«, mischte sich van Appeldorn ein, »glauben Sie uns!«

Hüseyin drehte sich um und ging.

Der einzige Platz, an dem sie sich kurz zusammensetzen und ihre Ergebnisse austauschen konnten, schien die

Bank auf dem verblasenen, nassen Spielplatz zu sein. Sie kamen sich merkwürdig vor, wie sie da brav nebeneinander aufgereiht mitten auf dem Präsentierteller saßen, aber niemand nahm von ihnen Notiz.

Waldemar von Bahlow hatte sich genauso arrogant und herrisch benommen wie bei den vorherigen Begegnungen. Natürlich hatte er Jakob Opitz in der Zeitung erkannt, aber der Mann hatte ihn schon zu Lebzeiten nicht gekümmert, was sollte er sich jetzt um den scheren? Opitz sei ein linker Quertreiber und Trunkenbold gewesen, von dem sich anständige Menschen fern gehalten hätten. Mehr gäbe es dazu nicht zu sagen, Punktum.

»Ich habe die Schwiegertochter nachher noch angesprochen«, sagte Astrid. »Sie ist nicht von hier, ist erst 1980 ins Dorf gekommen, als sie Konstantin von Bahlow geheiratet hat. Die beiden hätten Opitz auf dem Foto erkannt, wären sich aber nicht ganz sicher gewesen. Heute Morgen hätte ihr Mann dann aber doch bei der Polizei angerufen. Ich habe das gerade überprüft: Bei der Zentrale sind heute früh außer diesem noch andere Anrufe aus Nierswalde eingegangen.«

»Ach, plötzlich doch noch?«, brummte Cox. »Hast du die Namen?«

»Klar, Richard von Bahlow, Dorfstraße – das ist der Hotelbesitzer –, Olaf Jelinek, Waldstraße, Karl Maier, Stettiner Straße und Siegfried Krieger aus Goch. Der hat früher hier gewohnt.«

Toppe zog die Pastorenliste aus der Innentasche seiner Jacke und markierte die Namen. »Die haben auch alle an der Hütte mitgebaut. Da schlagen wir zwei Fliegen mit einer Klappe.«

Waldemar von Bahlow hatte sich bockig gestellt und gemeint, seine finanziellen Verhältnisse gingen allein das Steueramt und den Herrn etwas an, aber bei van Appeldorn war er damit nicht durchgekommen. Angeblich hatte der Alte, als er 1949 nach Nierswalde zog, eine weitreichende Erfindung gemacht. Die Berge von

Baumwurzeln und Stockholz, die nach der Rodung überall aufgetürmt waren und irgendwie beseitigt werden mussten, hatten ihn tüfteln lassen. Auf Einzelheiten wollte er nicht eingehen, aber wie auch immer, letztendlich habe er damals das Baumaterial der Zukunft entwickelt, die Hartfaserplatte. Leider habe er nicht über die Mittel verfügt, ein Patent darauf anzumelden. Das habe die HVW AG in Weeze getan, ihm aber eine großzügige Abfindung gezahlt und mit dem Geld habe er eben sehr klug gewirtschaftet.

»Bisschen abenteuerlich, die Geschichte. Überprüf das mal.«

Van Appeldorn nickte. »Schon notiert. Politiker war der Mann übrigens auch noch. Er ist gleich 1952 in den ersten Gemeinderat gewählt worden und ab 1960 war er dann Bürgermeister. Da war er erst 42, reichlich jung für so einen Posten zu der Zeit, aber er meinte, es zahle sich eben aus, wenn man sich für das Gemeinwohl einsetze, und er habe sich schließlich maßgeblich an den Kosten für den Bau der Schule beteiligt, unter vielem anderen.«

Ein heftiger Windstoß fegte über den Spielplatz und ließ die Ketten der Schaukeln klirrend gegen das Gestänge schlagen. Astrid zog sich fröstelnd die Kapuze über. »Nächstes Mal nehme ich eine Thermoskanne Kaffee mit.«

Toppe fasste das Gespräch mit Adelheid Tessel so knapp wie möglich zusammen. »Ich gehe jetzt mit Peter zu den Jelineks. Die müssen Opitz gut gekannt haben und Olaf Jelinek gehört außerdem zu den Hüttenbauern.«

»Dann nehmen wir uns Karl Maier vor. Das ist doch die Familie, wo wir letzte Woche nur die taube, alte Frau angetroffen haben, oder?«, fragte Astrid und schaute zum Himmel. »Wir sollten uns ranhalten, es fängt gleich wieder an zu regnen. Bis zur Waldstraße ist es ein ganzes Stück, nehmt besser den Wagen.«

»Ach, Blödsinn«, wehrte Cox ab. »Ein bisschen Bewegung tut uns mal ganz gut.«

Wenig später bereute er seine sportlichen Ambitionen, denn auf halbem Weg setzte ein eisiger Regensturm ein, und als sie bei Jelineks ankamen, waren ihre Kleider durchweicht und ihre Nasen und Ohren taub vor Kälte.

»Was für ein Sauwetter!« Sonja Jelinek hielt die Haustür weit offen. »Kommen Sie schnell ins Trockene. Sie sind doch von der Polizei, nicht wahr?«

Toppe zögerte und sah auf seine Schuhe. »Wir werden Ihnen alles schmutzig machen.«

»Das ist überhaupt nicht schlimm.« Sie lachte liebenswürdig. »Wir sind sowieso noch nicht fertig eingerichtet. Die Teppichböden liegen immer noch original verpackt im Schuppen. Augenblick!«

Sie verschwand in einem Durchgang und kam mit zwei Handtüchern zurück. Cox und Toppe trockneten sich Gesicht, Nacken und Hände.

»Wir sind nämlich erst im Juli hier eingezogen und natürlich müssen wir zunächst einmal den Betrieb auf Vordermann bringen. Die Wohnräume kommen nicht vor dem Winter dran«, redete sie weiter. Dann wurde sie ernst. »Sie kommen wegen Onkel Jakob. Mein Mann hat ja heute Morgen bei Ihnen angerufen.«

Toppe stellte sich vor. »Hoffentlich stören wir Sie nicht beim Mittagessen.«

»Nein, gar nicht. Wir essen immer abends warm. Wir sind ja nur zu zweit.«

Sonja Jelinek musste Mitte vierzig sein, eine große, muskulöse Frau, die körperliche Arbeit gewöhnt war. Ihr aschblondes Haar hatte sie nachlässig mit einem Gummiring zurückgebunden, ihr rundes Gesicht war ungeschminkt und hätte ohne die dunkle, schwere Brille sehr nett ausgesehen.

»Ich bin immer noch ganz benommen wegen Onkel Jakob«, meinte sie. »Aber für meinen Mann ist es viel schlimmer, er kannte ihn ja schon, seit er ein kleiner Junge war. Warten Sie, ich rufe ihn gleich. Er ist draußen auf dem Hof.«

Wieder lief sie zum Durchgang. »Liebling? Kommst du mal? Die Polizei ist da.«

Olaf Jelinek kam sofort. Er war ein wenig kleiner als seine Frau, schmaler, attraktiv, mit dunklen, kurzen Haaren. Er sah unglücklich aus, ein wenig aus dem Tritt gebracht, aber sein Händedruck war fest, die Handflächen voller Schwielen.

Er nahm sie mit in ein spartanisch eingerichtetes Wohnzimmer. Seine Frau legte ihm kurz die Hand an die Wange und drückte seine Schulter, als er an ihr vorbeikam, dann ging sie hinaus und holte zwei Stühle.

»Was wollen Sie wissen?«, fragte Jelinek rau, als alle einen Platz gefunden hatten.

»Ihr Vater und Jakob Opitz waren befreundet?«, begann Toppe.

»Ja, sie haben beide in Bonn studiert, daher kannten sie sich und den Kontakt haben sie gehalten. Onkel Jakob war meinem Vater eine große Stütze, besonders als meine Mutter gestorben ist.«

Er sah zu seiner Frau hinüber.

»1979 haben wir geheiratet, meine Frau und ich«, fuhr er fort, »und keine Woche später ist mein Vater an einem Herzinfarkt gestorben. Er hat mir sein Haus hinterlassen und etwas Geld. Ich war zu der Zeit gerade arbeitslos und Sonja wollte auch etwas Neues anfangen. Da ist uns Onkel Jakob eingefallen. Wir wussten, dass es hier viele Gärtnereien gab. Meine Frau hat Gartenbau gelernt.«

»Und Sie? Sind Sie auch vom Fach?«

Jelinek wirkte betreten, er wurde sogar ein wenig rot. »Ich war, na ja, ich war in meiner Jugend nicht sehr zielstrebig …«

Sonja Jelinek lachte. »Der ewige Student, das kennen Sie sicher. Und dann auch noch Philosophie und Theaterwissenschaften, lauter brotlose Kunst.«

»Dann muss die Gärtnerei aber eine gewaltige Umstellung gewesen sein«, meinte Cox amüsiert.

»Das können Sie wohl sagen!«, antwortete die Frau. »Aber er hat sich schnell eingearbeitet.«

»Sie haben keine Kinder?«

»Nein, leider ...« Sie blickte auf ihre verschränkten Hände, Toppe hatte offenbar einen wunden Punkt berührt.

Dann ergriff sie wieder das Wort. »Wir haben immer hart geschuftet, aber ich weiß nicht, ob wir es ohne Onkel Jakob geschafft hätten. Er hat uns den ersten Betrieb unheimlich günstig vermittelt und uns auch später mit Rat und Tat zur Seite gestanden.«

»Wo war denn Ihr erster Betrieb?«, fragte Toppe.

»An der Danziger Straße. Wir waren ganz zufrieden dort, aber als Tante Lene, Jakobs Frau, gestorben ist, brauchte von Bahlow unser Grundstück für den Hotelbau. Im Tausch hat er uns diesen Betrieb angeboten. Der war bis dahin verpachtet gewesen. Wir haben uns verbessert und wären schön dumm gewesen, wenn wir uns nicht darauf eingelassen hätten. Obwohl die ersten ein, zwei Jahre natürlich wieder hart werden.«

»Sie hatten also sehr engen Kontakt zu Opitz?«

»Am Anfang ja, aber später wurde es immer weniger. Onkel Jakob war, nun, er hatte ein Alkoholproblem ... Seine Ehe war auch nicht besonders glücklich ... mit seiner Frau hatten wir kaum was zu tun. Jedenfalls hat sich Onkel Jakob in den letzten Jahren von allen zurückgezogen, ist doch so, Olaf, oder?«

»Ja, das stimmt.«

»Wann haben Sie Opitz zum letzten Mal gesehen?«

»Ostersonntag 1989«, antwortete Jelinek tonlos.

»Das wissen wir deshalb so genau, weil er am Ostersonntag immer zum Essen bei uns war«, ergänzte seine Frau. »Karpfen, polnische Art, das war sein Leibgericht. Jakob war ein Waisenkind, wissen Sie, und im Waisenhaus hatte es das immer zu Weihnachten gegeben. Muss ein ungeheuerer Luxus gewesen sein. Ich habe das extra kochen gelernt und zweimal im Jahr haben wir ihn dazu eingeladen, Heiligabend und Ostersonntag. Er hat es immer so genossen. Aber an dem Abend ging es ihm nicht so gut, er war bedrückt, oder?«

Olaf Jelinek starrte vor sich hin. »Er meinte, er könne es hier einfach nicht mehr aushalten und er würde gern zurückgehen nach Köslin.«

»Zurück in seine Heimat, hat er gesagt. Da waren die Grenzen noch nicht offen, aber wir haben gedacht, er hätte es trotzdem getan, wäre einfach nach Polen gegangen.«

»Wer hat Opitz ermordet?«, fragte Peter Cox unvermittelt.

»Was?!« Olaf Jelinek war vollkommen entgeistert.

»Ihrer Meinung nach«, schränkte Cox ein.

»Woher sollen wir das wissen?«, rief die Frau. »Sagen Sie uns doch, wie er umgekommen ist. Ist er wirklich erschossen worden? Stimmt das alles, was in der Zeitung stand? Mit der Fettleiche und dass er keinen Unterkiefer mehr hatte?«

»Ja«, antwortete Toppe nüchtern, »das stimmt alles. Ich würde gern noch etwas wissen: Warum haben Sie uns erst heute benachrichtigt?«

Sonja Jelinek sah plötzlich traurig aus. »Wir sind einfach das ganze Wochenende nicht zum Zeitunglesen gekommen. Die Heizung im großen Treibhaus hat verrückt gespielt.«

»Opitz wurde durch einen Genickschuss getötet und in die Baugrube des Spielhauses gelegt. Zwei Tage später ist das Fundament gegossen worden. Herr Jelinek, Sie haben doch dabei mitgeholfen. Ist Ihnen denn nichts aufgefallen?« Toppes Ton war drängend.

Jelinek schluchzte trocken auf.

»Liebling ...« Seine Frau machte eine Bewegung auf ihn zu, blieb dann aber doch sitzen. »Ja, wir haben mitgeholfen, nicht nur mein Mann, ich auch, wie fast alle Jüngeren im Dorf. Damals dachten wir noch, es könnte klappen mit einem Kind ...«

»Ich weiß beim besten Willen nicht, wer Onkel Jakob

töten wollte«, sagte Jelinek mit spröder Stimme. »Er hat doch niemandem was getan! Und die Baugrube, wenn ich mir vorstelle, dass er da gelegen hat, als ich … als wir … mein Gott!«

»Wer hat die Grube ausgeschachtet? Wer hat das Fundament gegossen?«

Jelinek schaute seine Frau hilflos an. »Weißt du das noch?«

»Ich weiß nur noch, dass Maier senior den Beton gemischt hat. Er hatte auch das Material besorgt und die Mischmaschine geliehen. Da waren x Leute und die Grube sah ganz normal aus. Onkel Jakob hat sich zu der Zeit schon aus allen Gemeindeprojekten rausgehalten, er war ja schon Rentner.«

»Mit wem war Opitz befreundet oder näher bekannt?«

»Mit keinem«, sagte Jelinek und es klang recht bitter. »Jedenfalls nicht in der Zeit, in der wir hier wohnen.«

»Auch nicht mit Adelheid Tessel?«

»Du meine Güte«, meinte Sonja, »hat die das behauptet? Onkel Jakob hat sie gehasst. Na ja, das ist vielleicht zu stark, aber er ist ihr aus dem Weg gegangen, wie die meisten Leute. Die dreht einem das Wort im Mund um.«

20

Bei der Familie Maier saßen drei Generationen um den Mittagstisch versammelt: Karl Maier, seine Frau, deren Mutter und der erwachsene Sohn des Ehepaares.

»Leute, die etwas auf sich halten, essen pünktlich um zwölf Uhr«, meinte die Oma streng. »So ist es Tradition und davon halten wir viel!«

Van Appeldorn entschuldigte sich so galant, dass Astrid sich nur mit Mühe das Lachen verbeißen konnte.

»Lass gut sein, Mutter«, griff der Schwiegersohn ein und machte eine einladende Handbewegung. »Setzen Sie sich ruhig zu uns, wir sind schon fertig.«

»Es gibt noch Kompott!«, beharrte die Oma. Dann blinzelte sie Astrid an. »Sie kenne ich doch aus dem Fernsehen!«

»Nein, ganz bestimmt nicht«, meinte Astrid. »Aber ich war vor ein paar Tagen schon einmal hier.«

»Tier?«, rief die Frau. »Was für ein Tier?«

Der Enkel verdrehte die Augen. »Mach dein Hörgerät an, Omma!«

Sie reagierte nicht, begriff erst, als er auf sein Ohr zeigte.

Frau Maier räumte das Geschirr zusammen und verschwand damit in der Küche, ihr Mann zündete sich eine Zigarre an. Er war sechzig Jahre alt und Invalide.

»Kaputte Gelenke«, sagte er. »Die ganzen Jahre die harte körperliche Arbeit, bei Wind und Wetter auf dem Feld, das bleibt einem nicht in den Kleidern hängen.«

Sein Sohn arbeitete in Pfalzdorf als Schlosser, die Gärtnerei betrieb er nur im Nebenerwerb. »Das ist bei vielen hier so. Die kleinen Betriebe, das läuft nicht mehr.«

»Sie haben heute Morgen bei der Polizei in Kleve angerufen und gesagt, bei dem Toten aus der Baugrube handele es sich um Jakob Opitz.«

»Ja«, sagte Maier. »Erst hab ich ja gedacht, ich halte mich da raus, geht mich nichts an, aber dann … Ich meine, der Opitz war ja im Grunde ein feiner Kerl.«

»Was war der?«, keifte die Oma. »Ein Taugenichts war der, ein Nixnutz, wie er im Buche steht!«

»Halt dich da raus, Omma«, fuhr der Enkel sie an. »Was weißt du denn schon?«

»Auf alle Fälle mehr als du, du Schnösel!«

Es handelte sich anscheinend um eine streitlustige Familie, Astrid und van Appeldorn kamen gar nicht mehr dazwischen.

»Opitz, wenn ich den Namen schon höre! Der hat unsere Jugend verhetzt mit dieser Negermusik und der Qualmerei. Wegen dem hat sich die Volkstanzgruppe aufgelöst. War plötzlich zu altmodisch, muss man sich mal vorstellen! Nee, nee, die Frorieps, die haben mir was

Leid getan. Hatten sich einen Kuckuck ins Nest geholt. Wer weiß, aus was für einem Stall der kam, wer weiß?«

»Jetzt ist es aber gut, Mutter!« Karl Maier legte seine Zigarre im Aschenbecher ab. »Frorieps waren sehr stolz auf ihren Jungen.«

»Ha!« Sie pikste ihm ihren Zeigefinger in die Brust. »Da hat der ja auch noch nicht gesoffen.«

Der Enkel besann sich schließlich wieder auf die Polizei. »Wie können wir Ihnen denn helfen?«

»Wenn Sie wissen wollen, wer Jakob umgebracht hat«, meinte sein Vater, »da kann ich Ihnen jedenfalls nicht helfen. Der war zwar nicht gerade beliebt in den letzten Jahren, aber deshalb bringt man doch keinen um die Ecke.«

»Es geht um das Spielhaus«, sagte Astrid. »Sie wissen ja, dass man Opitz' Leiche unter dem Fundament gefunden hat. Versuchen Sie doch mal, sich an die Bauzeit zu erinnern. Die Grube ist vor Ostern ausgeschachtet worden, am Dienstag nach Ostern hat man das Fundament gegossen.«

»Man ist gut, das war ich. Aber nee, ich zermartere mir schon das Hirn, seit die Leiche entdeckt worden ist. Mir fällt einfach nichts ein. Da war nichts. Das halbe Dorf hat damals mitgeholfen, sogar Prinz Richard persönlich!«

Der Enkel lachte und machte eine Kopfbewegung Richtung Hotel. »Richard von Bahlow. Der macht sich sonst nicht gern die Hände schmutzig. Neuerdings hängt er richtig den dicken Macker raus. Wenn in Düsseldorf Messe ist, hat der seinen Schuppen immer gerammelt voll. Ist ja kein Wunder, wenn einem der Papa die Knete rüberschiebt, dass man mit der Werbung richtig groß auf die Kacke hauen kann: Idyllisches Landhotel, nur knapp eine Stunde vom Düsseldorfer Zentrum entfernt!«

»Der alte von Bahlow«, fragte Astrid. »Hat der auch bei dem Bau mitgeholfen?«

Jetzt lachte Vater Maier schallend. »Der doch nicht!«

»Fängst du schon wieder an?« Die Oma wurde giftig. »Dem Opitz die Stange halten und über Waldemar herziehen! Das hab ich gern. Wo wäre denn das Dorf ohne diesen Mann?«

»Das kann ich dir sagen, Omma«, meinte der Enkel böse. »Ohne den gäbe es hier bestimmt noch eine ganze Menge mehr Traditionsbetriebe. Aber der musste sich ja alles unter den Nagel reißen!«

»Für gutes Geld! Betrügen tut der keinen!«

»Und? Der hat die ganze Infrastruktur kaputtgemacht.«

»Steck du ruhig weiter den Kopf in den Sand, Mutter.« Karl Maier sprang seinem Sohn zur Seite. »Da bist du ja groß drin. Dabei weißt du genauso gut wie ich, dass Waldemar ein faules Ei ist. Bis heute kann dir kein Mensch sagen, wie der überhaupt auf die Liste gekommen ist.«

»Welche Liste?«, fragte van Appeldorn schnell.

»Wenn man sich um eine Siedlungsstelle beworben hatte, kam man auf eine Liste. Von Bahlow hat da nie draufgestanden, aber dann sitzt er Ende 49 plötzlich – patsch! – auf dem schönsten Grundstück an der Königsberger Straße. Jetzt frag ich Sie: Wie geht so was? Alle anderen haben sich das hart erkämpft, mitgerodet, mitgebaut, monatelang in einer Baracke gehaust. Und als alles fast fertig ist, da reitet Baron von Bahlow ein.«

»Dr. Bach wird schon gewusst haben, was er tut«, meinte die Oma störrisch. »Das war ein so feiner Mensch.«

»Der Bach, dass ich nicht lache!«

»Entschuldigen Sie, wenn ich unterbreche«, sagte van Appeldorn, »aber wer ist Dr. Bach?«

»Der hat damals die Erwerbsflächen unter den Bewerbern verteilt, war quasi der verlängerte Arm vom lieben Gott. Gerade der! Man wundert sich doch immer noch, wie schnell gewisse Leute ihren Persilschein gekriegt haben.«

Er bemerkte Astrids fragenden Blick. »Entnazifizierung! Man munkelte, dass der Bach sogar in Kategorie zwei gekommen ist, also nicht bloß Mitläufer, aber wie das damals so war: 1948 schon wieder in Amt und Würden. Geht mir doch alle weg!«

Der Enkel schob seinen Stuhl zurück und stand auf. »Ich würde ja gern noch mitdiskutieren, aber leider, meine Mittagspause ist um.«

»Wir müssen auch weiter«, meinte Astrid und erhob sich ebenfalls. »Wenn einem von Ihnen noch etwas einfällt ...«

»Ja, sicher«, sagte Maier, »dann rufen wir Sie an. Mit welcher Waffe ist Opitz eigentlich erschossen worden? Hier gibt es so einige Jagdbesessene. Vielleicht war das Ganze ja ein Unfall.«

»Nein, bestimmt nicht. Opitz wurde durch einen aufgesetzten Genickschuss mit einer 9-mm-Pistole getötet.«

»Interessant ... so eine hatte mein Vater auch, damals bei der Wehrmacht ...«

Sie trafen sich wieder an der Bank auf dem Spielplatz.

Hüseyin hatte Verstärkung gekriegt; mittlerweile standen drei Eroglu-Lieferwagen vorm Haus und es wurde kräftig gearbeitet.

Cox öffnete seine Aktentasche und holte sein Butterbrot und das Schokoladenpäckchen heraus. »Das mit dem Kaffee ist gar keine schlechte Idee, Astrid. Ich denke, den nehme ich ins Menü auf.«

Sie sah ihn stirnrunzelnd an. »An der Triftstraße ist doch eine Tankstelle, oder? Ich besorge uns was zu essen.«

Aber alles, was es dort außer Süßigkeiten gab, waren zweifelhaft aussehende Salate in Plastikschalen mit eingearbeiteter Gabel. Astrid wählte die drei aus, die am frischesten wirkten, einen *Eiersalat Großmütterchen*, einen *Nudelsalat Florida* und einen *Salat Nizza*. Das gräuliche Stück Thunfisch, das obendrauf lag, konnte man ja notfalls entsorgen.

Von keinem aß sie letztendlich mehr als einen Bissen, sie schmeckten alle nach Benzoesäure. Auch Toppe rümpfte die Nase und lehnte dankend ab. Van Appeldorn ließ nicht ein Nüdelchen übrig, er wischte sogar die letzten Tupfer Mayonnaise mit dem Finger aus den Schalen. »Scheußlich, aber immer noch besser als ein knurrender Magen.«

Auf der Pastorenliste standen noch 44 Leute, 23 davon lebten nicht mehr in Nierswalde, blieben 21. Sie beschlossen, sich einzeln auf den Weg zu machen und sich um sechs Uhr spätestens wieder an der Bank zu treffen. Keiner machte eine Pause, sie gingen von Haus zu Haus. Zwischendurch trafen sie sich manchmal an einer Straßenecke oder sahen einen der anderen in der Ferne.

Peter Cox war als Erster am Treffpunkt, allerdings musste er gestehen, dass er sich den Letzten auf seinem Zettel, Richard von Bahlow, für heute geschenkt hatte.

Astrid kam erst um fünf vor halb sieben.

»Mal wieder ein bisschen verplaudert, Frau Kollegin?« Van Appeldorn stapfte mit den Füßen, ihm war kalt. »Wie ich immer sage: Die weiche Welle kostet nur Zeit.«

»Ach, halt die Klappe!«

Der Tenor in all ihren Vernehmungen war fast der gleiche: Man hatte eine Menge Spaß gehabt beim Bau des Spielhauses. Die Kinder hatten mitgeholfen, alles war entspannt und lustig vonstatten gegangen. Jeder hatte mitangefasst, wenn er die Zeit dazu hatte, wenn nicht, waren genug andere da gewesen. Über Opitz gab es nichts zu sagen. Der hatte in den Jahren seine Tage im Schuppen verbracht und war erst rausgekommen, wenn die Kneipe abends geöffnet wurde. Meist war er dann schon angetrunken gewesen. In von Bahlows Gaststätten-Restaurant hatte er einen Stammplatz an der Theke gehabt und dort getrunken, bis der Laden dichtgemacht hatte.

Alle Befragten waren offen gewesen, bemüht zu helfen. Warum machten sie dann so dicht, wenn es um den Vandalismus ging? Selbst Cox musste zugeben, dass man etwas verschwieg. Jeder schien zu wissen oder zumindest zu ahnen, wer hier sein Unwesen trieb, aber man verriet nichts, man war eine Gemeinschaft. Eigentlich hatte man auch über Opitz nur widerstrebend geredet. Er war ein unglücklicher Mensch gewesen und er hatte sich danebenbenommen. Das hängte man nicht an die große Glocke.

Am Präsidium sprang Astrid aus dem Wagen und schob ihren Jackenärmel hoch. »Du lieber Himmel, schon nach sieben! Der arme Walter! Katharina quengelt ihm sicher die Ohren voll. Und wenn ich nicht bald was zu essen kriege, wird mir schlecht.«

Auch van Appeldorn sah auf die Uhr. »Ich würde den Bericht ja noch schreiben, aber ich treffe mich um acht mit Ulli in unserem neuen Haus.«

»Morgen früh«, entschied Toppe. »Wenn wir uns alle an die Berichte setzen, sind wir in einer Stunde fertig.«

»Ich will ja kein Spielverderber sein«, raunte Cox, »aber ich fürchte, wir können uns noch nicht aus dem Staub machen.«

Charlotte Meinhard stand mit verschränkten Armen oben an der Eingangstreppe. Sie trug eine weit fallende rehbraune Hose und einen dunkelbraunen Pullover, keine Kette, ein gutes Zeichen eigentlich, und sie kam sogar zu ihnen herunter. »Bei mir ist heute Mittag eine Beschwerde eingegangen«, meinte sie und schaute auf den kleinen Zettel in ihrer Hand. »Waldemar von Bahlow ist mit Ihrer Art der Befragung nicht einverstanden, Herr van Appeldorn. Er fühlt sich herabgewürdigt und gedenkt nicht, das hinzunehmen. Die Beschwerde wird in den nächsten Tagen noch schriftlich zugestellt werden.«

Van Appeldorn legte die Hand aufs Autodach und kreuzte locker die langen Beine. »Fein! Und was erwarten Sie jetzt von mir? Soll ich mich in Sack und Asche hüllen und Buße tun?«

Um Meinhards Augen bildeten sich lauter Lachfältchen. »Sie haben mich missverstanden. Die Beschwerde richtet sich nicht gegen Sie, sondern gegen mich. Der

Herr hat mir zu verstehen gegeben, dass es mein Fehler als Vorgesetzte ist, wenn sich meine Mitarbeiter im Ton vergreifen.«

»Und an wen will er die Beschwerde richten? An den Innenminister oder gleich an den Kanzler?«

»Wir werden sehen. Aber tun Sie mir einen Gefallen, van Appeldorn …«

Was waren das denn für Töne? Wo war der *Herr van Appeldorn* geblieben?

»… dokumentieren Sie mir bitte jetzt gleich noch kurz Ihr Gespräch mit von Bahlow, damit ich wenigstens irgendwas in der Hand habe. Gehört der Mann eigentlich zum Kreis Ihrer Verdächtigen? Meiner Erfahrung nach haben Menschen wie dieser, wenn sie so dicke Geschütze auffahren, meist etwas zu verbergen.«

»Norbert, Jung!«

Van Appeldorn hatte Ackermann auf der Treppe entdeckt und sich in den Flur zurückgezogen, nicht schnell genug allerdings.

»Hasset schon gehört? Henry kommt im Fernsehen, bei Jan Pütz inne Wissenschaftsshow. Is' dat nich' 'n Ding? Warte ma' ab, der wird noch weltberühmt.«

»Prima, finde ich wirklich prima.«

Van Appeldorn fühlte sich nicht wohl in seiner Haut. Jupp Ackermann war ihm, solange sie sich kannten, immer auf die Nerven gefallen, und das hatte er ihm auch gern deutlich zu verstehen gegeben. Aber im letzten Jahr, als Anna diesen Mist gebaut hatte, war Ackermann ein echter Freund gewesen, der beste, den man sich wünschen konnte.

»Was machst du eigentlich hier? Ich denke, du hast Urlaub.«

»Hatte! Die Betonung liegt auf ›hatte‹! Die Elektrik is' unter Dach un' Fach, un' wat jetz' kommt, Tapeten un' Anstreichen un' so wat, dat is' mehr so die Spezialität von meine Frauen. Die Nadine hat grad Semesterferien, un' die beiden Kleinen hat die Mutti auch drangekriegt. Ich kann dir sagen, die sind vielleicht am Brasseln. Denen kommt man besser nich' unter de Füße.«

»Verstehe ich gut, Ackermann, aber ich bin ziemlich in Eile. Ich wollte mich schon vor zwanzig Minuten mit Ulli in unserem neuen Haus treffen. Wir müssen Tapeten abreißen.«

»Un' wie macht er dat?«, fragte Ackermann herausfordernd. »Dat Tapetenabreißen?«

Jetzt wurde van Appeldorn doch langsam ungeduldig. »Himmel! Wie wohl? Mit Tapetenablöser und Spachtel.«

»Da hasset! Genau so hab ich mir dat vorgestellt. Tapetenablöser un' Spachtel! Bisse ausse Steinzeit, oder wat? Wollteste da noch nächs' Jahr mit zugange sein? Da nimmt man die Giftspritze für, dat weiß doch jedes Blaach.«

»Klar doch, Ackermann, Giftspritze.« Van Appeldorn zeigte ihm den Vogel.

»Die, wo de auch Unkrautex mit versprühs', dat Rückending. Warm Wasser rein, ordentlich Spüli dabei, draufspritzen, zehn Minütkes warten, un' schon ziehste jede Bahn ganz von selbs' ab. Ich seh schon, ich muss gleich ma' ebkes bei euch vorbeikommen mit meine Spritze. Kann man sich ja nich' mit angucken so Anfänger im Tapezierwesen!«

»Hast du nicht gerade noch erzählt, dass du keine Ahnung davon hast?« Van Appeldorn wehrte sich noch.

»Dat hab ich nich' gesacht! Wenn einer davon Ahnung hat, Jung ... Ach wat! Hat wat mit de Kräfteverteilung inne Familie zu tun, aber dat verstehs' du wahrscheinlich sowieso nich'. Wie isset jetz'? Könnt er Hilfe brauchen?«

Ulli mochte Ackermann, hatte ihn von Anfang an gemocht. Sie amüsierte sich über seine Sprüche und Geschichten. Sie fragte und fragte und ließ ihn erzählen, und Ackermann drehte voll auf. Irgendwann ertappte sich van Appeldorn dabei, dass auch er genüsslich

Ackermanns Selbstgedrehte rauchte, während sie die Einwirkzeit der Lauge abwarteten – die Methode funktionierte tatsächlich –, und Spaß hatten.

Dann klingelte sein Mobiltelefon.

Es war seine Frau. »Ich muss dich sprechen. Komm bitte sofort her!«

»Ist was passiert?«

»Passiert? Der Brief von deinem Anwalt, der ist passiert! Und ich sage dir schon mal gleich, ich bestehe auf dem vollen Trennungsjahr. Auf irgendwelchen anderen Mist lasse ich mich nicht ein. Und was den Unterhalt betrifft, da werden dir noch die Augen übergehen, verstanden?«

»Gut, verstanden.«

»Das ist alles? Mehr hast du dazu nicht zu sagen?«

»Nein.«

»Ach, jetzt kapier ich! Du hast wohl gerade dein Betthäschen auf dem Schoß.«

»Marion …«

»Und außerdem geht es Nora ganz schlecht.«

»Was hat sie denn?«

»Fieber, sie hat hohes Fieber.«

»Wie hoch?«

»Hoch genug. Ich habe furchtbare Angst!«

»Ruf den Arzt an.«

»Das ist doch nicht zu fassen! Hörst du dich eigentlich manchmal selbst? Dein Kind geht hier vor lauter Kummer vor die Hunde und du sagst, ich soll den Arzt anrufen.«

»Ich war gestern viereinhalb Stunden mit Nora zusammen. Sie war kerngesund und wir hatten eine Menge Freude. Außerdem weiß sie, dass ich sie am Samstag wieder abhole und dass sie bei uns übernachtet.«

»Bei uns? Dein Flittchen ist also immer mit von der Partie? Genau so hab ich mir das vorgestellt. Aber das habe ich heute schon mit meinem Anwalt besprochen, ob das moralisch zu vertreten ist. Ob man das dem Kind zumuten kann, werden wir vor Gericht klären. Bald, mein Lieber, sehr bald.«

»In Ordnung. Auf Wiedersehen, Marion.«

Ulli hockte sich neben ihn auf den Boden und nahm ihn in die Arme.

Ackermann zog leise die letzten beiden Tapetenbahnen ab und drehte sich dann mit kleistrigen Fingern eine neue Zigarette. »Scheißspiel ... Aber wat anderes: Ich hab mich ma' so umgetan von wegen Nierswalde. Interessiert dat wen?«

»Im Moment, glaube ich, nicht so, Jupp«, antwortete Ulli leise.

»Is' schon klar.« Ackermann begann, seine Utensilien zusammenzupacken. »War 'n Versuch wert«, murmelte er vor sich hin. »Un' ich hätt' auch noch 'ne Frage gehabt.«

Van Appeldorn drehte sich um und grinste auf einmal. »Hast du noch eine von deinen lockeren Javaanse Jongens?«

»Klaro!« Ackermann warf ihm die Zigarette zu. »Soll ich dir zeigen, wie de die bloß mit eine Hand selbs' so locker hinkriegs'? Bring ich dir in null Komma nix bei.«

»Ein anderes Mal. Also, was wolltest du über Nierswalde sagen?«

»Nix Großartiges, ich hab bloß ma' so rumgehorcht. Also, dat mit dem Zusammenhalten wie Pech un' Schwefel, dat kann irgendwie nich' so ganz stimmen. Ich mein, früher war dat sicher so. Dat musste dir vorstellen wie bei Asterix: 'n kleines, von unbeugsame Evangelen bevölkertes Dorf mitten inne Diaspora unter de katholischen Feinde. Dat schmiedet zusammen. Aber heut'? Die Brut von den Siedlern von neunenvierzich/fuffzich, die hat sich meist schon inne Siebziger vom Acker gemacht. Von wegen alles alte Betriebe! Jede Menge Zugezogene.«

»Und was willst du damit sagen?«

»Ja, weiß ich auch noch nich'. Jedenfalls, früher müssen dat ganz schöne Puritaner gewesen sein, die genau wussten, wo et langgeht mitte Moral, aber ich mein, die letzten fuffzich Jahre sind an den Leuten doch auch nich' einfach so vorbeigerauscht. Höchstens vielleicht an so 'n paar alten Säcken.«

Ulli Beckmann sah verwirrt aus, sie kannte Ackermann doch noch nicht so gut.

»Den Eindruck habe ich auch«, meinte van Appeldorn.

»Ich weiß, wen du meins', den Kaiser von Nierswalde, wa, diesen Bahlow? Oder vielleich' müsstet besser heißen: Exkaiser. Dat isset doch, wat ich mein'.«

»Was meinst du denn, verflucht? Spuck's schon aus, Ackermann.«

»Wär nett, du könns' dich ma' so langsam an ›Jupp‹ gewöhnen, aber egal. Über den spuck ich ers' ma' noch gar nix aus, weil nix Genaues weiß man nich'. Aber dat kommt noch. Lass ma'.«

Van Appeldorn lehnte sich gegen die Wand und zog Ulli fester in seine Arme. »Und dann hattest du noch eine Frage.«

»Och …« Ackermann legte den Kopf schief. »Ich wollt nur wissen, ob er mich nich' doch brauchen könnt bei eure Arbeit. Ich mein, wat die Finanzen von diesen Rittergutbesitzer angeht, zum Beispiel. Du weiß', dat is' mein Spezialgebiet. Ackermann kommt hinter alles.«

Das wusste van Appeldorn in der Tat, nicht umsonst war Ackermann die Nummer eins im Betrugsdezernat. Was er nicht wusste, war, wie Ackermann an seine Informationen gekommen war, und der ließ sich heute ausnahmsweise mal nicht in die Karten gucken.

»Herrenmenschen«, meinte er nur, »dat is' 'ne Rasse für sich. Geldgeschäfte von so Leute offen legen, dat wird schwer ohne Befugnisse, sach ich dir. Schwer, aber nich' unmöglich. Et gibt immer Mittel un' Wege. Darfste bloß keinem sagen.«

»Ich kläre das mit Helmut. Wir müssen uns morgen sowieso erst noch abstimmen. Ich hätte nichts dagegen, wenn du Maulwurf spielst.«

»Dat wär Spitze! Du weiß' ja: Mord is' …«

»Bitte sag es nicht!«

»Okay, weil du et bis'. Übrigens, der Bahlow, der soll ja 'ne ganz große Erfindung gemacht haben, munkelt man. Wenn dat ma' alles so stimmt …«

21

»Ich habe gestern Abend einen alten Freund getroffen«, erzählte Walter Heinrichs, als er am Dienstagmorgen Katharina abholte. »Sigi Krieger, er kommt ursprünglich aus Nierswalde.«

»Die Welt ist klein«, meinte Toppe. »Der Mann ist bei uns schon notiert.«

Krieger war ehrenamtlicher Mitarbeiter im Nierswalder Jugendheim gewesen und hatte Jakob Opitz nicht nur gut gekannt, sondern ihn auch sehr bewundert. Opitz sei der integerste Mensch gewesen, den Krieger je getroffen habe, unkonventionell und absolut unbestechlich. Er habe den Jugendlichen eine kritische Grundhaltung vermittelt, besonders Obrigkeiten und Moralaposteln gegenüber, und sich immer bemüht, eigenständiges Denken zu fördern.

Auch wenn Opitz es niemals offen ausgesprochen hatte, jeder hatte gemerkt, dass Waldemar von Bahlow ihm ein Dorn im Auge gewesen war. Opitz hatte sogar mehrmals Geld zurückgewiesen, das von Bahlow dem Jugendheim hatte schenken wollen. Und einen Fahrradständer, den der Mann gestiftet und am Eingang des Heimes hatte aufstellen lassen, hatte Opitz eigenhändig wieder abmontiert, auf eine Schubkarre geladen und ihn von Bahlow kommentarlos vor die Haustür gekippt. Verständlich, dass der nicht gerade begeistert gewesen war und ganz schön über Opitz hergezogen hatte, aber an dem war das, zumindest nach außen hin, einfach abgeprallt.

Toppe rieb sich den Nacken. »Aber warum hat Opitz den von Bahlow so abgelehnt? Was hatte er gegen den Mann? Wusste dein Freund etwas darüber?«

»Nein, das weiß kein Mensch, sagt er. Bis heute nicht. Krieger ist wohl noch ziemlich oft im Dorf und jetzt, nachdem man Opitz gefunden hat, wird natürlich wieder viel geredet.«

Astrid band ihrer Tochter die Schuhe zu. »Eigentlich wollten Norbert und ich diesen Krieger heute Morgen aufsuchen.«

»Macht das auf jeden Fall. Sprecht noch einmal mit ihm«, meinte Heinrichs. »Wer weiß, ob ich die richtigen Fragen gestellt habe. Ich stecke ja doch nicht mehr so drin.«

Toppe hatte die Hotelbesitzer ja schon kennen gelernt, aber Cox traf das Ehepaar heute zum ersten Mal und wusste mit dem sirupdicken Schmeichelton, der zwischen den beiden herrschte, zunächst nichts anzufangen.

»Wir helfen Ihnen natürlich gern, wenn wir können.« Richard von Bahlow war beflissen wie immer. »Aber sollen wir nicht lieber in den Frühstücksraum gehen? Dann können wir uns setzen. Besser für deinen armen Rücken, nicht wahr, Schatz?« Er streichelte seiner Frau über den Kopf. Sie schenkte ihm ein süßes Lächeln. »Mir geht es sehr gut heute, Darling. Aber lieb, dass du dir Sorgen machst.«

»Es wird wahrscheinlich auch gar nicht lange dauern«, meinte Toppe. »Sie haben 1989 mitgeholfen beim Bau des Kinderhauses auf dem Spielplatz.«

»O ja!« Von Bahlow machte eine ausladende Geste. »Das war doch selbstverständlich.«

»Sie haben selbst Kinder?«

»Nein, leider nicht.« Er schlug die Augen nieder. »Hat nicht sollen sein.«

»Zumindest nicht mit mir«, presste seine Frau zwischen den Zähnen hervor.

»Wie bitte?«, hakte Toppe nach.

»Zumindest nicht mit einer alten Frau wie mir!«

»Mechthild!« Von Bahlow schoss zu ihr herum.

Sie reckte das Kinn. »*Ich* habe jedenfalls keine Kinder.«

Er packte sie bei den Schultern. »Halt endlich den Rand!«

»Aber Schätzelein«, piepste sie mit Kinderstimmchen. »Weißt du denn nicht, dass man der Polizei immer und immer die Wahrheit sagen muss?«

»Ich störe Ihr Geplänkel nur ungern«, Peter Cox wurde laut, »aber würden Sie jetzt endlich unsere Frage beantworten?«

Von Bahlow ließ seine Frau los. »Ich habe eine Tochter.«

»Wenn ich präzisieren darf: eine *außereheliche* Tochter! Aber das muss unter uns bleiben.« Mechthild von Bahlow legte dramatisch den Finger an die Lippen. »Pssst!«

»Hast du getrunken?«, schnappte von Bahlow.

Sie lachte schräg. »Nicht mehr als du, Baby.« Dann sah sie Toppe wieder an. »Das weiß nämlich keiner und das darf auch keiner wissen. Besonders der große Papa nicht. Um Gottes willen! Wenn der Papa das rauskriegt, dann dreht der den Geldhahn zu. Der dreckige, alte Heuchler!«

»Raus!«, brüllte von Bahlow. »Verschwinde!«

Sie lachte wieder, warf ihm einen Luftkuss zu, wedelte mit den Fingern in Richtung der beiden Polizisten und verschwand nach hinten.

»Sie müssen entschuldigen ...« So ganz hatte sich von Bahlow noch nicht wieder gefangen. »Meine Frau ist schrecklich überarbeitet, da spielen einem die Nerven schon mal einen Streich. Wir sind wohl beide urlaubsreif.«

Das restliche Gespräch war schnell geführt. Auch von Bahlow war bei den Bauarbeiten nichts aufgefallen. Opitz habe sich um das Gemeindeleben schon lange nicht mehr gekümmert, war wohl auch besser so, der Mann sei schließlich total von der Rolle gewesen. »Schwerer Alkoholiker, und ich muss das wissen, schließlich hat er täglich seine sechs, sieben Stunden an meiner Theke zugebracht.«

»Ihr Vater hatte Probleme mit Opitz, wie wir gehört haben«, sagte Cox.

»Mein Vater? Nein, nicht dass ich wüsste. Der hat sich um den gar nicht geschert. Warum auch?«

»Waren Sie Mitglied im Jugendheim?«, wollte Toppe wissen.

»Ach, du liebe Güte, mein Vater hätte mich totgeschlagen, wenn ich da auch nur einen Fuß über die Schwelle gesetzt hätte. Ich bin Jahrgang 58, als ich in das richtige Alter kam, war Opitz schon angeschlagen und das Heim auf dem absteigenden Ast. Da wurde Haschisch geraucht und noch schlimmere Sachen.«

»Wer hat Jakob Opitz umgebracht?« Peter Cox schien diese Taktik zu schätzen.

Von Bahlow legte den Handrücken an die Stirn, als habe er Kopfschmerzen. »Ich habe nicht die leiseste Ahnung. Eigentlich war der mehr so ein stiller Zecher, aber die letzten paar Wochen, bevor er verschwunden ist, da ist er über den Rand gekippt. Das habe ich schon bei anderen Trinkern gesehen. Opitz hätte sowieso nicht mehr lange gelebt, der war im Endstadium.«

»Inwiefern ist er über den Rand gekippt, wie Sie das nennen?«, fragte Toppe.

»Er fing an, mit seinem Glas zu reden, von wegen, er könnte jeden im Dorf in die Pfanne hauen, und wenn er auspackte, dann sähen einige ganz schön alt aus.«

»Hat er ausgepackt? Wen wollte er in die Pfanne hauen? Welche Namen hat er genannt?«

»Wie soll ich das noch wissen? Das ist zehn Jahre her! Wenn ich jedem Besoffenen zuhören würde, käme ich nicht weit. Das ist schließlich mein Laden. Ich mache nicht nur die Theke, ich muss auch ein Auge auf die Küche und den Service haben und auf die tausend Kleinigkeiten, die dem Gast nicht auffallen, wenn es sich um ein professionell geführtes Unternehmen handelt.«

»Wann öffnet Ihr Restaurant heute?«, wollte Cox wissen.

»Um achtzehn Uhr, wie jeden Tag, außer montags.«

»Schade, das ist für uns zu spät.«

»Was hattest du denn vor?«, fragte Toppe, als sie wieder draußen waren. »Wolltest du heute bei dem essen?«

Peter Cox nickte ernsthaft. »Ich bin jetzt schon über ein Jahr bei euch und ich habe immer noch keinen Einstand gegeben. Der große Rummel mit allen Kollegen, Chefin und kleinen Häppchen, das liegt mir nicht so. Und da dachte ich, ich lade euch drei einfach zum Essen ein.«

»Ausgerechnet heute?«

»Warum nicht? Wir müssen doch heute sowieso noch eine Teambesprechung machen und, ehrlich gesagt, ich könnte ein bisschen Nachhilfe gebrauchen. Mit eurem Kurztext habe ich manchmal doch so meine Schwierigkeiten. Auch, was die Intuition angeht ...«

Es gab kaum ein Restaurant in Kleve, das schon um fünf Uhr nachmittags geöffnet hatte, und so fanden sie sich im Steakhaus wieder, ihrem Stammlokal, als das KK 11 noch K 1 geheißen und im alten Präsidium um die Ecke residiert hatte. Wie viele ›Teambesprechungen‹ waren hier schon abgehalten worden! Aber Toppe, Astrid und van Appeldorn wurden enttäuscht. Der Besitzer hatte inzwischen gewechselt, das Essen war teurer und wesentlich schlechter, Tütensaucen, Dosengemüse und Tiefkühlkroketten, das Fleisch gerade eben genießbar. Aber keiner von den dreien beschwerte sich.

Sie tauschten sich aus über Krieger, der noch einmal erzählt hatte, wie sehr die Jugendlichen und auch deren Eltern Opitz jahrelang geradezu verehrt hatten. Aber dann war sein Pflegevater, Robert Froriep, weggegangen und Waldemar von Bahlow hatte versucht, in dessen Rolle zu schlüpfen. Konnte das nicht der Grund für Opitz' Abneigung gewesen sein? Es überzeugte sie alle vier nicht so recht.

Sie sprachen über die Hüttenbauer, die allesamt so nett und unbedarft waren, von denen keiner eine Veränderung an der Baugrube bemerkt haben wollte.

Sie dachten über Richard von Bahlows außereheliches Kind nach, von dem der ›Kaiser von Nierswalde‹ nichts wissen durfte. Was hatte Opitz gewusst?

»Der alte von Bahlow«, meinte Toppe schließlich, als sie beim Espresso saßen, »bei dem bohren wir weiter. Wenn Kriegers Bild von Opitz stimmt, und der Mann scheint mir glaubwürdig zu sein, muss Bahlow Dreck am Stecken haben, und zwar gewaltigen. Warum hat Opitz kein Geld von dem angenommen? Jeder, der im sozialen Bereich arbeitet, ist doch scharf auf solche Zuwendungen. Und dann die Geschichte mit der Liste, auf der von Bahlow nie gestanden haben soll, das Geld, mit dem er sich das halbe Dorf unter den Nagel gerissen hat.«

»Ackermann meint«, begann van Appeldorn, bemerkte dann aber die großen Augen, die Astrid und Toppe machten. »Na, ihr kennt das doch. Er würde uns gern unter die Arme greifen und er hätte sich auch schon umgehört, was das angebliche Patent angeht und die Finanzlage.«

»Ich werde mit der Chefin reden«, erwiderte Toppe. »Ackermann ist die ideale Besetzung dafür.«

»Ist er das wirklich?« Cox sah nicht sehr erfreut aus.

Toppe beachtete es nicht. »Wir haben immer noch kein vernünftiges Bild von Jakob Opitz, nur Bruchstücke, die sich auch noch größtenteils widersprechen, alle persönlich eingefärbt. Wenn ihr nichts dagegen habt, würde ich mich am liebsten morgen für ein paar Stunden in diesen Schuppen zurückziehen und den Nachlass sichten, Bücher, Fotos, Briefe. Ihr wisst schon …«

Van Appeldorn und Astrid waren sich einig, sie kannten Toppes Stärken. Würden sie die weiteren Befragungen eben allein machen.

Cox räusperte sich. »Ich weiß, ich bin dumm. Groß und stark, aber dumm. Denn, so Leid es mir tut, die Sachen, die bei euch immer so zwischen den Zeilen hängen, ich kriege sie einfach nicht entschlüsselt. Warum, zum Beispiel, ist ausgerechnet Ackermann ideal? Wieso freut ihr zwei euch so, wenn Helmut einen Nachlass sichten will? Wenn's recht ist, stell ich noch mehr so dumme Fragen.«

Es war recht und keine der Fragen war auch nur im Geringsten dumm.

22

»Du machst dich ganz schön fett damit, wie cool du das durchgezogen hast.«

Sie ließ die Nagelbürste ins Becken plumpsen und schüttelte das Wasser von den Händen.

»Du warst, verdammt noch mal, auch nicht schlecht.«

»Sag ich doch.« Er fasste sie von hinten um die Hüften und zog sie an sich.

Sie rieb ihren Kopf an seiner Brust. »Flucht nach vorne, bloß kein Rückzug«, sagte sie. »Wie ging noch mal der alte Bullensatz? Wer zuerst schießt, überlebt.«

23

Peter Cox hatte das Altersheim ausfindig gemacht, in dem Robert Froriep seinen Lebensabend verbrachte, und Toppe rief gleich morgens als Erstes in Düsseldorf an und sprach mit der Heimleiterin. Soweit ihr bekannt sei, gehe es Herrn Froriep gut und die Polizei könne gern mit ihm reden. Wie wäre es mit morgen Nachmittag um zwei?

Während die anderen sich um die Berichte kümmerten, machte Toppe sich auf den Weg zur Chefin. Vor ihrem Büro lümmelte Jupp Ackermann herum. »Charly is' nich' da un' kein Mensch weiß, wo se steckt.« Er hatte die halbe Nacht über den Protokollen gesessen, um sich ein Bild zu machen von den Ereignissen der letzten Wochen in Nierswalde. Anscheinend war er ziemlich sicher, dass die Meinhard ihn abstellen würde. »Reine Formsache!« Er zwinkerte vergnügt. »Un' wenn nich', muss ich einfach noch 'n paar Takte mehr fallen lassen von wegen Fernsehschau.«

Toppe nickte abwesend; er wusste nicht, was Ackermann inzwischen unternommen hatte, er fragte auch nicht nach.

»Erde an Toppe, Erde an Toppe!« Ackermann fuchtelte mit der Hand vor seinem Gesicht herum. »'n Zwanni für Ihre Gedanken, Chef. Wissen Se, wat ich mir überlegt hab? Könnt doch sein, dat ich ganz fix hinter die dunklen Finanzgeschäfte von dem Kaiser komm. Wie wäret denn, wenn ich mich danach ma' hinter die Vandalen klemm? Et müsst' doch mit dem Teufel zugehen, wenn wer denen nich' auf die Schliche kämen, wo wer so feine Spuren haben!«

Es wurde elf, bis Charlotte Meinhard endlich auftauchte, ohne jede Erklärung, dafür mit einer neuen Frisur in frisch glänzendem Dunkelrot.

Sie war sofort einverstanden, Ackermann dem KK 11 zu überstellen, sprach nicht einmal über eine zeitliche Befristung und wollte auch nicht die übliche schriftliche Begründung.

Als Toppe sich endlich in sein Auto setzte, um nach Nierswalde zu fahren, brauchte er ein paar Minuten, bis er seine Wut über diese Frau wieder unter Kontrolle hatte. Manchmal hielt er es kaum noch aus, wie sie ihn mit ihren willkürlichen Launen – oder vielleicht war es ja auch wohl überlegte Taktik – Männchen machen ließ.

Die Schuppentür schloss er nicht, schlängelte sich durch bis zum Fenster und öffnete auch das weit.

Der Tag war windig und grau, er fröstelte schon jetzt, spürte, wie seine Finger klamm wurden, aber er konnte den Modergeruch einfach nicht ertragen.

Vorsichtig richtete er den kleinen Mahagonitisch auf und legte das Kästnerbuch aufs Bett, dann begann er, Kisten und Kartons zu öffnen.

Frauenkleidung, zwei Koffer voll, auch Schuhe und Hüte, keine einziges Kleidungsstück von Opitz. Hatte Helene alles ausrangiert? Wann? Und wieso hatte sie ihren Mann nie als vermisst gemeldet? Er konnte Adelheid Tessel danach fragen. Sie hatte ihn kommen sehen und würde mit Sicherheit früher oder später auftauchen.

Er fand Fotoalben: Helene Domröse als Siegerin bei einem Rock-'n'-Roll-Wettbewerb, ihr Tanzpartner war nicht Jakob Opitz gewesen. Helene bei einer Miss-Wahl in Xanten, bei einer weiteren in Goch. Dann das Hochzeitsfoto: eine hübsche, selbstgefällige Braut, ein ernster, in sich gekehrter, aber deutlich verliebter Bräutigam. Das einzige Foto, das Toppe von Jakob Opitz entdecken konnte.

Aus den Jahren vor 1950 gab es nichts, keine Fotos, keine Schulzeugnisse, Milchzähne, erste Locken, was auch immer. War wohl alles auf der Flucht verloren gegangen oder zurückgelassen worden.

Toppe atmete gegen den Knoten in seinem Magen an. Die Spuren, die Opitz hinterlassen hatte, waren erbärmlich dünn. Zwei Manschettenknöpfe aus Bernstein, zwischen Pappdeckeln ein paar vergilbte Zeitungsartikel über das Nierswalder Jugendheim, ein grobkörniges Bild, auf dem Opitz mit einer Gitarre zwischen seinen Schützlingen saß. Er lächelte am Fotografen vorbei.

Toppe legte die wenigen Dinge auf das Tischchen und machte sich an den Inhalt der Bücherkisten. Helene Domröses Nachlass bestand aus größtenteils ungelesenen Romanen von einem Buchclub, das Beste aus Reader's Digest und Bildbänden vom Niederrhein, wie man sie von fantasielosen Bekannten zum Geburtstag und zu Weihnachten bekam.

Er schaute auf das zerlesene Kästnerbuch. Wo war Jakobs Nachlass geblieben?

Von neuem durchsuchte er die beiden Bücherkisten, sorgfältiger diesmal, nahm jeden Band heraus, legte ihn zur Seite und fand schließlich ein paar Exemplare, die nicht ins Gesamtbild passten. Sie steckten wahllos irgendwo dazwischen, als hätte man sie übersehen. Toppe trug auch diesen Stapel zum Tisch.

Dann ging er zur Tür und zündete sich eine Zigarette an, aber der schale Geschmack im Mund blieb. Langsam ließ er den Blick über das Sammelsurium im Raum schweifen. Hatte er etwas übersehen? Die Papiere, Versicherungspolicen, Testamente, all das lag beim Nachlassgericht, das konnte er in den nächsten Tagen überprüfen.

Ja, er hatte etwas übersehen! Schnell bahnte er sich einen Weg zwischen den Möbeln hindurch. Der Tisch neben dem Bett hatte eine Schublade. Sie war verschlossen. Toppe zögerte nicht lange, er nahm sein rotes Taschenmesser und knackte behutsam das Schloss. Eine alte Schulausgabe der Lutherbibel, ein teurer Füller mit Goldfeder, ein paar gefütterte Briefumschläge, ein Briefblock.

Er schlug ihn auf. Die Schrift kippelte unsicher, aber man ahnte noch ihre frühere Kraft:

Karsamstag 1989

Mein lieber Vater!
Es erfüllt mich mit Trauer, dass wir den gestrigen Tag nicht miteinander verbringen konnten. Das erste Mal in all unseren schönen gemeinsamen Jahren! Aber ich bin sicher, dass du mich, ebenso wie ich es getan habe, in deine Gebete mit eingeschlossen hast. Gottes Segen, Vater!
Leider bin ich nach dieser lästigen Krankheit immer noch zu schwach für eine Reise, aber die Ärzte sind zuversichtlich, so dass wir beide womöglich schon die Pfingsttage

Hier brach der Brief ab. Toppe legte ihn neben sich aufs Bett, dann stand er auf und schloss energisch das Fenster. Er fror.

Der Bücherstapel: Zwei weitere Kästnerbücher, Tucholskys *Schloss Gripsholm* in einer Rowohlt-Rotations-Roman-Ausgabe, im Großformat noch – die musste ein kleines Vermögen wert sein. Ein dickeres Buch mit einem grauen Einband: *Die deutsche Wehrmacht – Werkzeug des Faschismus.*

Toppe stutzte und schlug es auf. Von 1963 … Da hatte es schon eine kritische Auseinandersetzung gegeben? Der Verlag sagte ihm nichts.

Ein Stück Papier lugte am oberen Buchrand heraus. Vorsichtig schlug Toppe den Band an der Stelle auf. Das Papier entpuppte sich als ein weiterer Zeitungsausschnitt: ein Pressefoto, aufgenommen vor dem AKW in Kalkar, eine Kette von Demonstranten, am linken Bildrand, fest bei seinen Nachbarn untergehakt, Opitz mit trotzigem Gesicht. Wann waren die großen Demos gegen den schnellen Brüter gewesen, Anfang der Siebziger?

Toppe legte den Ausschnitt weg und holte scharf Luft, als sein Blick auf das aufgeschlagene Buch fiel. Die obere Hälfte der rechten Seite nahm eine Fotografie ein: Ein deutscher Offizier hatte mit ausgestrecktem Arm seine Pistole im Genick eines jungen Mannes aufgesetzt. Das Gesicht des Opfers voller Gewissheit und dennoch angstverzerrt. Den Täter konnte man nicht erkennen. Er hatte den Mützenschirm tief heruntergezogen, die Augen lagen im Schatten, der Mund war eine dunkle, gerade Linie. Toppe las die Bildunterschrift und spürte, wie ihm ein Schauer über den Rücken lief: *Köslin 1943; Erschießung eines polnischen Kriegsgefangenen.*

Der Uniformärmel des Offiziers war ein Stück hochgerutscht und enthüllte ein etwa fünfmarkstückgroßes, dunkles Mal am Handgelenk. Ein Muttermal? Jemand hatte dieses Mal auf dem Foto mit einem Tintenkreis markiert. Jemand … Opitz?

Toppes Hände kribbelten. In Köslin war Opitz geboren, 1943 – da war er acht Jahre alt gewesen und hatte noch im Waisenhaus gelebt. Genickschuss! War Opitz Zeuge dieser Hinrichtung gewesen? Hatte er das Opfer gekannt? Aber der Kringel … Opitz hatte den Täter erkannt! Er kannte jemanden mit einem solchen Mal.

Ungeduldig zerrte Toppe sein Telefon aus der Tasche und gab Cox' Kurzwahl ein, aber es meldete sich nur die Mailbox. Er hinterließ eine heisere, dringliche Nachricht.

»Kommen Sie nur herein, Frau Tessel«, meinte er dann, ohne sich zur Tür herumzudrehen.

»Ich wusste gar nicht …« Sie tänzelte am Eingang herum und scharrte mit den Füßen.

»Kann ich Ihnen helfen?« Toppe sah, wie ihre flinken Augen hin und her wieselten, bevor sie sich ihm zuwandte.

»Viel von Jakob finden Sie hier nicht, hab ich Recht?« Sie kam einen Schritt näher und er wartete einfach, während sie mit der Hand über die Front eines Schrankes fuhr und dann missbilligend ihre schwarzen Fingerspitzen betrachtete. »Die hat doch sofort alles von der Caritas abholen lassen, all seine Kleider. Die Bücher hat die Arbeiterwohlfahrt gekriegt und der Rest ist auf den Müll gekommen. Ich hab mit eigenen Augen gesehen, wie sie Jakobs Rasierzeug in die Tonne geschmissen hat.«

»Wann?«

»Wie bitte?«

»Sie sagten, Helene Opitz hätte alles sofort abholen lassen. Wann war das?«

Er konnte sehen, wie es in ihr arbeitete, aber dann entschied sie sich für die Wahrheit. »So ein, zwei Jahre nachher …«

»Können es auch drei gewesen sein?«

»Vielleicht auch drei!« Sie wollte hochnäsig klingen. »So genau habe ich das nicht mehr im Kopf. Schließlich kann ich mich nicht um jeden kümmern.«

»Helene Opitz hat ihren Mann nicht als vermisst gemeldet.«

»Die!« Sie lachte schrill. »Die hat doch drei Kreuze gemacht, dass sie ihn los war!«

»Und Sie? Sie waren doch eng mit ihm befreundet. Warum haben Sie keine Vermisstenmeldung aufgegeben?«

»Ich!« Sie schnappte asthmatisch nach Luft. »Von dem Mann einer anderen?«, haspelte sie. »Das kann man doch nicht tun! Was sollen denn die Leute denken? Ich hab doch auch geglaubt, der hat sich einfach aus dem Staub gemacht. Dachte doch jeder.«

»Wer? Wer dachte das? Mit wem haben Sie darüber gesprochen?«

»Das soll ich Ihnen heute noch erzählen können?« Sie schob die geballten Fäuste in ihre Kitteltaschen.

»Ja, bitte.«

»Sie sind ja nicht gescheit! Das ganze Dorf hat sich das Maul zerrissen. War doch Thema eins wochenlang.«

»Was hat von Bahlow gesagt?«

Sie war überrascht. »Waldemar? Wieso fragen Sie ausgerechnet nach dem?« Anscheinend versuchte sie sich zu erinnern. »Komisch, der hat am allerwenigsten gesagt. Eigentlich gar nichts.«

Toppes Telefon fiepte, es war Cox.

»Wo steckst du gerade?«

»In einer Gärtnerei in Auwel-Holt. Ehemalige Nierswalder, die vor acht Jahren hergezogen sind. Bin aber fertig hier jetzt. Auch nichts Neues. Was ist denn los? Du klangst so aufgeregt.«

»Moment mal …« Toppe stand auf, schob sich an der Tessel vorbei nach draußen und sprach erst wieder mit Cox, als er außerhalb ihrer Hörweite war. Er erklärte, was er gefunden hatte, schilderte die Fotografie und gab die Daten durch. »Tu mir den Gefallen und finde diesen Verlag, ja? Wir müssen wissen, wer damals das Buch gemacht hat, woher die Fotos gekommen sind. Wir müssen wissen, wer der Mann auf diesem Bild ist.«

»Ja, schon klar. Wie war der Name des Verlages? Moment, ja, jetzt hab ich meinen Stift.«

Als Toppe ins Büro zurückkam, erwartete Cox ihn schon. Sein Gesichtsausdruck und seine Stimmung waren Toppe ungewohnt. Sie lagen irgendwo zwischen kindlichem Trotz und kühler Entschlossenheit. »Ich habe den Verlag, aber der gehört mittlerweile zu einem von den großen

Konzernen. Die halten mich für komplett verrückt. Wie sie denn wohl nach fast fünfzig Jahren … bla, bla … Ich bin ganz freundlich geblieben. Jedenfalls sollen wir ihnen das Foto rüberfaxen und die genauen Angaben zu dem Buch. Sie würden sich dann wieder melden. Jetzt lass doch mal gucken!«

Toppe schlug das Buch auf, gab es ihm rüber und schälte sich aus seiner dicken Jacke.

»Interessant«, brummelte Cox. »Aber das muss nichts bedeuten.«

»Doch«, antwortete Toppe nur.

»Das sagt dir deine Intuition?« Es klang nett.

»Ich weiß es einfach.«

Ackermann kam kurz vor Dienstschluss und floss über vor Neuigkeiten, sie konnten ihn nur mit Mühe bremsen und es dauerte ewig, bis sie sich ein sachliches Bild machen konnten.

Er war den ganzen Tag in Weeze gewesen. Bei der Holzverwertungs-AG hatten sie ihm zunächst mal einen Vogel gezeigt, weil er zu erwarten schien, dass sie noch irgendwelche Unterlagen von vor fünfzig Jahren haben sollten. Aber in seiner Terriermanier war Ackermann drangeblieben, hatte frühere, längst pensionierte Mitarbeiter aufgetan, die noch im Ort lebten, Freunde vom Seniorchef, eine alte Sekretärin.

Waldemar von Bahlow hatte tatsächlich die Grundidee zur Herstellung von Hartfaserplatten gehabt, aber das Verfahren zur Holzverschleimung, die ganze Technik, hatte die HVW entwickelt. Von Bahlow hatte eine einmalige Abfindung von 1.000 DM bekommen. Damals zweifellos ein kleines Vermögen, aber auch mit eimerweise Glück kein Grundstock für ein Imperium.

24

Toppe wachte auf, bevor der Wecker klingelte. Obwohl er es besser wusste, hatte er das Gefühl, nicht eine Minute geschlafen zu haben. Er duschte lange, setzte sich mechanisch an den Frühstückstisch und hätte kaum bemerkt, dass er Kaffee trank und ein Brot aß, wenn seine Tochter nicht gewesen wäre. Astrid und Heinrichs hatten sich nur kurz angesehen und ihn nicht angesprochen, aber Katharina spürte, wenn sie nicht seine volle Aufmerksamkeit hatte, und sie dachte nicht daran, das hinzunehmen.

Sie hampelte in ihrem Hochstuhl herum, schaffte es schließlich, darin aufzustehen und stampfte gefährlich kippelnd mit den Füßen. »Papa! Arm!«

Er sprang auf, bevor sie mitsamt ihrem Stuhl umfiel, und hob sie auf seinen Schoß. Sie patschte mit beiden Händen auf seinen Wangen herum, lachte und drückte ihm einen nassen, marmeladeklebrigen Kuss irgendwo ins Gesicht. »Papa lieb!«

Er presste seine Nase in ihren warmen Nacken und genoss den Geruch. Aus dem Augenwinkel sah er, wie Astrid vor sich hin schmunzelte.

Als er in sein Büro kam, telefonierte Cox bereits. »Jetzt hören Sie mir mal gut zu! Ich warte seit gestern Nachmittag auf Ihren Rückruf. Es geht um einen Mordfall …«

Er winkte Toppe einen Gruß zu und drehte sich dann mit seinem Stuhl um, so dass er mit dem Gesicht zur Wand saß. »… und Sie haben die Dreistigkeit, mir etwas von Unordnung im Archiv und keine Zeit zu erzählen! Passen Sie auf, ich werde nicht länger mit Ihnen diskutieren. Binnen 24 Stunden habe ich von Ihnen eine befriedigende Antwort. Ansonsten nehme ich meine richterliche Verfügung und statte Ihnen persönlich einen Besuch ab.

Und danach, das können Sie mir ruhig glauben, werden Sie wissen, wie ein unordentliches Archiv aussieht!«

Der Hörer wurde sanft auf die Gabel zurückbefördert und der Stuhl wieder herumgedreht. »Der Verlag«, erklärte Cox. »Ein bisschen schwerfällig, aber, nun ja, Schlafmützen gibt es in jedem Verein.«

Es war letztendlich, nach einigem Überlegen und Aufgabenverteilen, van Appeldorn, der mit Toppe nach Düsseldorf fuhr, um Robert Froriep zu treffen.

Van Appeldorn war ein sicherer, ruhiger Autofahrer und Toppe lehnte sich entspannt zurück und machte die Augen zu.

»Wusstest du, dass Peter mal Rallyefahrer gewesen ist?«, nuschelte er.

»Wusste ich nicht.« Van Appeldorn gluckste. »Aber bei dem wundert mich mittlerweile gar nichts mehr. Da haben wir uns was eingefangen.«

Toppe richtete sich auf und versuchte van Appeldorns nachsichtigen Tonfall irgendwie einzusortieren. »Dir geht es gut«, stellte er schließlich fest und wunderte sich selbst, dass er sich auf so unsicheren Boden wagte.

Aber van Appeldorn nickte nur. »Da kannst du Gift drauf nehmen. So gut, dass ich manchmal schon Angst kriege.« Er schaute kurz zu Toppe herüber und heftete seine Augen dann wieder auf die Fahrbahn. »Du müsstest das eigentlich kennen. Du hast das doch schließlich auch schon mitgemacht.«

»Große Liebe?«

»Ganz große Liebe und … ich weiß nicht, wie ich das sagen soll …«

»Ich auch nicht, aber ich weiß, was du meinst. Hee, wie fährst du denn?«

»Ich dachte, über die Kniebrücke.«

»Quatsch, das ist doch ein Riesenumweg.«

»Zu spät! Ich vergesse immer, dass du ja hier zu Hause bist. Besser, du wärst gefahren.«

»Wenn's nicht unbedingt sein muss. Über die Kniebrücke ist schon in Ordnung. Da kriege ich eine kleine kostenlose Stadtrundfahrt. Vielleicht keimen ja mal wieder Heimatgefühle, obwohl mir Großstädte mittlerweile so fremd geworden sind, dass ich es manchmal kaum glauben kann.«

Van Appeldorn sah auf die Tankanzeige. »Wir haben fast keinen Sprit mehr.«

»In Lohhausen ist eine Tankstelle, gleich an der B 8, ich sag dir Bescheid.«

»Was versprichst du dir eigentlich von dem Gespräch mit Froriep?«

Toppe gähnte. »Was versprichst du dir davon?«

»Mehr Information über Opitz. Dem ging es erst schlecht, als Froriep weg war. Aber sie haben immer Kontakt gehabt. Opitz hat ihn besucht, der Brief ... sie haben sich anscheinend geschrieben. Vermutlich hat Froriep seinen Pflegesohn besser gekannt als jeder andere, mit dem wir es bisher zu tun hatten.«

»Mehr hab ich im Moment auch nicht im Kopf. Stopp! Da vorne links ist die Tankstelle.«

Auch Toppe stieg aus und streckte sich, und dann passierte es: Die Erde fing an zu beben, ein Lärm schwoll an, so ungeheuer, so unerträglich, dass van Appeldorn sich flach auf den Boden fallen ließ. Toppe hielt sich lediglich an der Tanksäule fest. »Lohhausen«, brüllte er dem panischen van Appeldorn zu und zeigte nach oben. An der Maschine wurden gerade die Räder eingefahren. »Wir stehen unter der Ausflugschneise.«

Das Altersheim in Kalkum, nicht in Kaiserswerth, wie sie geglaubt hatten, überraschte sie beide: kleine Bungalows mit je vier Wohneinheiten, bestehend aus zwei Zimmern und einem geräumigen Bad, mitten in einem weiten, alten Parkgelände gelegen, durch das ein romantisch murmelnder Bach floss. Ein gut zu erreichendes Hauptgebäude mit Küchen- und Versorgungstrakt im Kellergeschoss, Essraum, Fernsehzimmer, Bibliothek, Gymnastikhalle, etlichen anderen Räumen für unterschiedlichste Aktivitäten, einem Zimmer mit Kartentischen, einem Studio, in dem Märchenkassetten für Kinder besprochen wurden.

Die Heimleiterin erwartete sie schon, hielt sich aber nicht mit unnötigem Geplänkel auf. »Darf ich Sie mit Frau Senger bekannt machen? Sie betreut die Wohneinheit, in der Herr Froriep lebt.«

»Sie haben pro Wohneinheit eine Betreuung?« Toppe staunte noch mehr.

»Ja, selbstverständlich.«

»Ich will nicht indiskret sein«, meinte van Appeldorn, »aber wie viel kostet ein Platz bei Ihnen?«

»Zwischen 7.800 und 12.000 im Monat, je nach Pflegebedürftigkeit.«

Gisela Senger war das, was man vor fünfzig Jahren ein ›patentes Mädel‹ genannt hätte, eine unkomplizierte Frau mit rotblondem Pferdehaar und extrem großen Füßen.

»Herr Froriep?« Sie klang nicht glücklich. »Ich bringe Sie zu ihm, aber …« Dabei winkte sie ihnen, ihr zu folgen.

»Aber?«, hakte Toppe nach.

»Er hat einen sehr schlechten Tag.« Ihre helle Haut war mit Sommersprossen übersät. »Herr Froriep ist 98 Jahre alt, aber das wissen Sie wahrscheinlich. In den letzten Monaten hat er ziemlich abgebaut. Kommen Sie einfach mit. Ich habe ihm schon gesagt, dass Sie ihn besuchen wollen.«

Robert Froriep saß in einem Ohrensessel an einem Fenster, das zu einer kleinen, mit Blumenkübeln geschmückten Terrasse hinausging, und wusste anscheinend nicht einmal mehr, wer er selbst war. Ein Bündel Mensch. Seine trüben Augen geisterten irgendwo im Nichts herum. Ein zitternder Greis, von dem man sich auch mit dem besten Willen nicht mehr vorstellen konnte, dass er einmal jung gewesen war.

»Herr Froriep«, rief Frau Senger und griff nach seiner Hand, aber da kam keinerlei Reaktion.

Toppe schnupperte. »Duftsäulen«, bemerkte Gisela Senger. »Wir haben sie in jedem Zimmer. Sie wissen sicher, dass alte Menschen, na ja ...«

Toppe entdeckte die beiden schlanken, weißen Zylinder, die zwischen den Grünpflanzen kaum auffielen.

»Vanille«, meinte Frau Senger. »Herr Froriep liebt Vanille und Rosen. Das wechselt wöchentlich.«

Toppe ging neben Froriep in die Knie. »Herr Froriep ...«

Van Appeldorn zog die Pflegerin beiseite. »Sein Sohn, Jakob Opitz, hat er seinen Vater hier besucht?«

»Ich arbeite seit sechseinhalb Jahren hier, aber den Sohn habe ich noch nie gesehen. Manchmal spricht Herr Froriep von ihm. Es hat sich immer so angehört, als wäre der Junge schon tot. Wissen Sie, wenn jemand achtundneunzig ist, hat er meistens kaum noch Angehörige.«

Toppe kam hinzu. »Seit wann ist Froriep in diesem Heim?«

»Genau kann ich Ihnen das nicht sagen, aber schon viele Jahre. Da müssten Sie in der Verwaltung nachfragen.« Sie rieb sich die Unterarme. »Wollen Sie mir nicht erklären, was eigentlich los ist? Warum kommt die Polizei zu diesem Mann? Verstehen Sie, er ist wunderbar, wenn er einen guten Tag hat.«

»Er hat also noch gute Tage?«, fragte Toppe und ließ den Greis nicht aus den Augen.

»Ja«, antwortete sie, »an manchen Tagen ist er glasklar. Das wird seltener, aber wenn, dann ist es, ich weiß nicht, wie ich das erklären soll ...«

Wie alt war sie? Ende zwanzig?

»Versuchst du es noch einmal?«, fragte Toppe, bevor er Gisela Senger mit hinausnahm, um ihr zu erklären, worum es ging.

Van Appeldorn hockte sich neben den alten Mann und fasste nach dessen Händen. »Herr Froriep?«

Sie fuhren nach Kleve zurück mit einem mulmigen Gefühl im Bauch und Gisela Sengers Versprechen, sofort anzurufen, wenn Froriep einen seiner klaren Tage hatte.

Im Präsidium platzten sie mitten in das Telefonat, das Peter Cox gerade mit dem Verlag führte. Er legte die Hand über die Muschel. »Der Offizier auf dem Foto im Buch heißt Konstantin von Bahlow.«

Dann konnte er nur noch den Hörer fallen lassen, sich Hut und Mantel schnappen, den Flur entlangsprinten, die Treppen hinunter und quer über den Parkplatz. Er schaffte es gerade noch, die Beifahrertür aufzureißen und ins Auto zu springen, bevor Toppe losfuhr.

»Mann! Meine besten Jahre habe ich anscheinend hinter mir«, schnaufte er. »Was soll das werden?«

»Konstantin – so heißt auch von Bahlows ältester Sohn«, murmelte Toppe.

»Stimmt, das ist der, der den Betrieb übernommen hat«, antwortete Cox, musste aber feststellen, dass Toppe anscheinend mit sich selbst sprach.

Auf von Bahlows Hof war alles still und die tiefe Dämmerung zauberte unwirklich scharfe Schatten.

Sie mussten zweimal klingeln, bis sich endlich etwas rührte. Es war wieder die Schwiegertochter, die ihnen schließlich, im Bademantel und mit nassem Haar, öffnete.

»Sie sind es! Mein Schwiegervater hat sich schon hingelegt.«

»Dann wecken Sie ihn bitte, es ist wichtig.« Toppe klang freundlich wie immer, nur sehr bestimmt.

Sie hielt ihnen die Tür auf. »Das Wetter macht ihm zu schaffen, diese Feuchtigkeit. Lassen Sie mich vorgehen. Ich hoffe, er schläft noch nicht.«

In von Bahlows Schlafzimmer war nur die Nachttischlampe eingeschaltet. Der Geruch von Rheumasalbe hing in der Luft, so scharf, dass es in der Nase brannte.

»Vater?«

Toppe blieb hinter der Frau stehen. Die Hündin, die

am Fußende des Bettes gedöst hatte, hob den Kopf, entdeckte hinter der vertrauten Person die Fremden und sprang mit einem Riesensatz knurrend auf sie zu, die Lefzen hochgezogen. Auch Antonia von Bahlow wich einen Schritt zurück. Da ertönte ein Pfiff und das Tier ließ sich flach auf den Bauch fallen und robbte langsam mit eingezogenem Schwanz zu seinem Herrn zurück.

»Was wollen Sie?« Mühsam richtete von Bahlow sich im Bett auf. Er trug ein gestreiftes, langärmeliges Nachthemd. »Antonia, mach das Licht an! Ich hoffe für Sie, meine Herren, dass Sie einen sehr guten Grund haben, mich zu stören.«

Toppe blinzelte kurz, als die Deckenleuchte anging, drehte sich zur Schwiegertochter: »Danke, wir kommen allein zurecht«, und schloss die Tür. Dann ging er zum Bett, schlug das Buch auf und legte es von Bahlow auf die Decke. Die Hündin war unters Bett gekrochen und winselte.

Von Bahlows Gesicht zeigte keinerlei Regung, nur seine Stimme war verändert. »Wo haben Sie das her?«

Toppe zuckte die Achseln, Cox' Schuhe knarrten.

»Wo haben Sie das her?«, brüllte von Bahlow.

»Sie erkennen den Offizier?« Toppe beugte sich vor.

»Natürlich erkenne ich ihn. Das ist mein Bruder, mein Bruder Konstantin.«

»Ihr Bruder Konstantin«, meinte Toppe gedehnt. »Ein Offizier, der Menschen mit einem Genickschuss hingerichtet hat …«

»Halten Sie Ihren dummen Mund!« Von Bahlow lief blaurot an. »Mein Bruder ist für dieses Land gefallen.«

»Wann und wo?«

»Das hat man nicht herausgefunden. Er ist vermisst.«

»War er jünger oder älter als Sie?«

»Jünger.«

»Haben Sie noch mehr Geschwister?«

»Nein.«

»Und Sie? Waren Sie auch im Krieg?«

»Nein.« Der alte Mann brachte sich ungelenk in eine aufrechtere Position. »Ich hatte unser Gut zu verwalten, ein kriegswichtiger Betrieb, Kartoffeln, Weizen, Roggen. Deshalb war ich freigestellt.«

»Wo genau war Ihr Gut?«

»Bei Prenzlau in der Uckermark. Wo haben Sie dieses schmierige Machwerk her?«

Toppe setzte sich auf die Bettkante am Fußende und verschränkte die Arme. »Aus dem Nachlass von Jakob Opitz.«

Mit einem lauten Knall schloss von Bahlow das Buch.

»Nicht so schnell, Herr von Bahlow!« Toppe zog es wieder zu sich heran. »Hatte Ihr Bruder ein Muttermal?«

»Das sehen Sie doch!«

»Und Sie, haben Sie auch eins?«

»Dummes Zeug!« Er klang müde, aber das dauerte nur einen Moment. »Wer hat das dahingeschmiert?« Seine Augen waren wachsam.

Toppe lächelte. »Opitz?«

Cox' Schuhe knarrten wieder, diesmal lauter. »Warum hat Opitz dieses Mal markiert?«, fragte er.

Von Bahlow sah ihn nicht mal an. Er schob nur das Buch weg.

Toppe nahm es an sich und stand auf.

»Hat Opitz Ihnen das Foto jemals gezeigt?«, begann Cox noch einmal, aber er wurde sofort still.

Toppe beugte sich zu dem alten Mann herab. »Würden Sie bitte Ihren rechten Ärmel hochschieben?«

»Ich denke nicht daran!«

»Dann werde ich das für Sie tun.« Die Hündin winselte wieder und von Bahlow öffnete den Mund.

»Ich warne Sie«, sagte Toppe leise. Dann öffnete er sanft den Knopf am Bündchen des Nachthemdes.

Am Handgelenk wurde eine Narbe sichtbar, wulstig, beinahe kreisrund.

Von Bahlow schlug Toppe hart auf die Finger. »Lassen Sie mich sofort los! Fassen Sie mich nicht an!«

»Woher stammt diese Narbe, Herr von Bahlow?«

»Ich habe mich verbrannt. Ein paar alte Säcke im Treibhaus. Hatten Feuer gefangen. Zwanzig Jahre her, wenn nicht länger.«

»Wer hat die Wunde versorgt?«

Von Bahlow lachte ein trockenes Altmännerlachen. »Versorgt! Als ob ich dafür einen Arzt brauche!« Er drehte sein Handgelenk hin und her.

»Sie haben das also selbst genäht?« Wieder berührte Toppe den Mann, fuhr mit dem Finger über die Stichmale.

»Genäht! Da ist nichts genäht worden!« Von Bahlow riss die Hand zurück. »Und jetzt reicht es mir! Ich darf Sie bitten …«

»Nein«, fiel Toppe ihm ins Wort. »Ich darf Sie bitten! Sie werden sich in der nächsten Zeit zu unserer Verfügung halten und das Dorf nicht verlassen.«

Der Alte lachte wieder. »Dieses Dorf, Herr Hauptkommissar, verlasse ich nur noch mit den Füßen nach vorn.«

Auch auf dem Rückweg sprach Toppe kaum.

»Verdammt«, rief Cox unvermittelt. »Wir haben ihn gar nicht mit den tausend Mark konfrontiert, die er für seine Erfindung gekriegt hat. Wir hätten ihn doch festnageln müssen, ihn fragen, wie er denn nun tatsächlich an sein Vermögen gekommen ist.«

»Nein«, antwortete Toppe entschieden. »Noch haben wir keine Munition. Wir müssen abwarten, was Ackermann findet. Außerdem brauchen wir doch auch noch was für unseren nächsten Besuch.«

Im Präsidium hatte man längst Feierabend gemacht, nur Ackermann saß mit hochgelegten Beinen in ihrem Büro herum und puhlte in seinen Ohren. »Ich konnt einfach nich' Schluss machen, als ich gehört hab, wat Sache is'. Also wat?«

Toppe erzählte es ihm.

»Genäht worden? So sah dat aus? Tja, wat meinen Sie,

Chef? Dat Ding is' doch wohl vorrangig, oder? Wat hat der Kaiser gesagt? Vor zwanzig Jahren? Dat ich nich' lach! Un' wenn, auch vor zwanzig Jahren hat man so wat noch nich' ambulant gemacht. Also müsst' man einfach ma' die Krankenhäuser inne Umgebung abklappern. Zwanzig Jahre! Wenn Se mich fragen, dann muss dat doch so um 63 rum gewesen sein, oder hab ich da inne Berichte wat falsch gelesen? Ich mein, dat war doch die Zeit, wo der Kaiser von Nierswalde angefangen hat, dem Opitz an 't Bein zu pissen, oder? Un' irgend 'n Grund muss er dafür ja gehabt haben. Dat tät passen. Chef, wenn Sie nix dagegen haben, konkret, mein ich, dann mach ich mich gleich morgen früh auffe Socken. Finanzkacke hin, Finanzkacke her, un' die Vandalen können uns auch ma' die Kont kösse, einstweilen. Oder wie sagt man dat auf Deutsch? Die können uns einmal am A-bend besuchen.«

Er rieb sich strahlend die Hände, stopfte sein Tabakpäckchen und seine Mascotte-Blättchen in die Taschen und sah Toppe an. »Also wat? Ja?«

»Ja.« Toppe nickte.

Ackermann tippte sich grüßend an die Stirn und ging hinaus. »So 'n alter Sack wie ich brauch seinen Schönheitsschlaf.«

Cox schaute ihm nach. »Ich glaube, der ist gar nicht so schlecht …«

25

Niemand hatte bei der Planung des neuen Präsidiums daran gedacht, dass man sich hin und wieder in größerer Runde zu einer ausführlichen Besprechung zusammensetzen musste, und so nahmen Ackermann und Cox mit den Schreibtischkanten vorlieb, Toppe mit der Fensterbank. Er durfte sich nicht beklagen. Ihm stand als Leiter des KK 11 eines der komfortablen Büros im Verwaltungsflügel zu, auf das er freiwillig verzichtet hatte. So gern er normalerweise allein war, bei der Arbeit hielt er das für fatal. Er brauchte seine Grübelzeiten, aber genauso sehr brauchte er die Überlegungen der anderen und den Austausch.

»Jetzt wissen wir also, dass von Bahlow sein Vermögen nicht mit dieser Erfindung gemacht hat«, sagte Cox. »Demnach sind wir wieder bei der Frage: Wo hat er sein Geld her?«

»Ich würd ers' ma' dem seine Geschäfte überprüfen«, schlug Ackermann vor. »Wat der für Betriebe gekauft hat, wat der gebaut hat, wat da für Summen geflossen sind un' wie. Wie viel hat zum Beispiel die Witwe Opitz für ihre Klitsche gekriegt?«

Toppe blieb still. »Entschuldigt«, meinte er, als er merkte, dass die anderen abwarteten. »Ich habe an was anderes gedacht.«

»Du glaubst, Waldemar von Bahlow ist in Wirklichkeit Konstantin«, meinte Astrid, »und war Offizier im Zweiten Weltkrieg.«

»Ja, und ich frage mich, warum der gestern diesen dummen Fehler gemacht hat. Er hätte doch einfach nur behaupten müssen, er habe, erblich bedingt, das gleiche Mal wie sein Bruder gehabt und das wäre schon vor zig Jahren entfernt worden.«

»Aber du hast ihn doch völlig überrumpelt«, wandte Cox ein. »Der hatte gar keine Zeit zum Nachdenken. Außerdem kam er mir ziemlich krank vor.«

»Oder aber er hat ein reines Gewissen«, gab Astrid zu bedenken.

Van Appeldorn stand auf und öffnete die Tür zum Gang, um ein bisschen frische Luft reinzulassen. »Spielen wir das doch mal durch. Opitz findet, anhand des Muttermales oder wie auch immer, heraus, dass von Bahlow mit einer falschen Identität lebt. Wie verhält er sich?«

»Der erpresst den«, schlug Ackermann vor, aber Toppe runzelte die Stirn.

»Glaub ich nicht. Das passt nicht so recht zu Opitz. Er schneidet von Bahlow, macht aus seiner Verachtung keinen Hehl.«

»Aber der Opitz muss dem wat gesacht haben«, beharrte Ackermann. »Der muss dem verklickert haben, dat er Bescheid weiß. Un' deshalb is' der Alte dem dauernd in den Karren gefahren, so dat der Opitz im Dorf keine Schnitte mehr gekriegt hat.«

»Wenn wir Richard von Bahlow glauben können, hat Opitz in den letzten Monaten vor seinem Verschwinden damit gedroht, über gewisse Leute im Dorf auszupacken.« Cox strich sich übers kurz geschorene Haar. »Da wurde es für den alten Bahlow gefährlich und er hat Opitz kurz entschlossen um die Ecke gebracht. Mit einem Genickschuss, da hatte er schließlich Übung.«

»Märchenstunde«, spottete van Appeldorn. »Eine schöne Geschichte, mehr nicht.«

Auch Astrid war nicht überzeugt. »Wir haben nichts in der Hand. Nicht einmal einen Beweis, dass Waldemar in Wirklichkeit Konstantin ist.«

»Dat hab ich doch gestern schon gesacht«, rief Ackermann dazwischen. »Ich geh inne Archive vonne Krankenhäuser un' find dat Papier, dat se dem alten Gangster dat Eumel anne Hand rausgeschnitten haben.«

»Hört sich für mich nach der berühmten Stecknadel an«, knurrte Cox.

»Besser wie nix, sach ich immer …«

»Falls du richtig liegst, Helmut«, van Appeldorn klang plötzlich energisch, »erste Frage: Warum brauchte von Bahlow eine neue Identität?«

»Kriegsverbrechen«, antwortete Toppe sofort. Er wusste, in welche Richtung van Appeldorn zielte.

»Zweite Frage: Was ist aus dem echten Waldemar geworden?«

Der Satz schwebte eine Weile im Raum.

»Auf nach Brandenburg«, murmelte Cox schließlich. »Ich würde mich wohl freiwillig anbieten.«

»Und auf nach Köslin«, ergänzte van Appeldorn. »Ist dort noch etwas über diese Hinrichtung bekannt? Weiß man etwas über Konstantin von Bahlow? Weiß man etwas über Opitz? Hat der das Opfer gekannt? Hat er die Erschießung beobachtet?«

»Das heißt doch heute bestimmt nicht mehr Köslin, oder?«, gab Cox zu bedenken.

»Koszalin«, antwortete Toppe und holte eine Landkarte aus seiner Jacke, die über der Stuhllehne hing. »Ist gar nicht so schrecklich weit weg von der Uckermark. Ich habe mir das gestern angesehen. Koszalin liegt nur ein paar Kilometer von der Ostsee entfernt, nicht weit von Stettin. Der nächste Flughafen ist nicht etwa Warschau, sondern Berlin. Am besten nimmst du dir dort einen Mietwagen.«

»Aha!« Peter Cox sah von einem zum anderen. »Ich werde das Gefühl nicht los, dass ich irgendwie überrumpelt worden bin.«

Ackermann lachte meckernd. »Dat sind 'n paar Schliekefängers, wa? Da kommt man so leicht nich' gegen an. Obwohl, se haben ja auch Recht, ir'ndwie. Ich mein, für dich als Junggeselle is' dat doch 'n Klacks, ma' ebkes inne Weltgeschichte rumgondeln. Du bis' doch solo oder hab ich dat falsch? Wer weiß, wer weiß, die Polin an sich soll ja besonders lecker sein ...«

Unter van Appeldorns zornigem Blick versiegte sein Redefluss langsam.

Cox war ein bisschen rot geworden. »Und wie schließen wir uns kurz?«, fragte er Toppe. »Telefon und Handy scheinen mir zu unsicher. Ist vielleicht am besten, ich nehme den Laptop mit und wir verständigen uns via E-Mail.«

Er verspürte das dringende Bedürfnis, sofort eine Liste anzulegen. Astrid machte ihm Platz, so dass er seinen Notizblock aus der Schublade holen konnte, aber dort fand er erst einmal eine Stange Toblerone und eine Packung Philip Morris.

»Wer war das?«

Ackermann schlug die Augen gen Decke und fing an zu flöten, laut, schief und betont unauffällig.

»Ich will ja nich' nölen«, meinte er dann, »aber wat is' mit meine Krankenhäuser? Soll ich hier inne Startlöcher Wurzeln schlagen?«

Toppe hatte ein Einsehen und ließ ihn ziehen.

Auch Astrid und van Appeldorn machten sich an die Arbeit, Toppe blieb die unselige Pflicht, diesmal zusammen mit Cox, die Chefin aufzusuchen. Aber auch heute war sie wieder ganz unterstützende Kompetenz. Sie genehmigte den Dienstreiseantrag sofort, bot gleichzeitig an, an diesem Wochenende noch ihre privaten Kontakte zu nutzen, sich um einen Dolmetscher zu kümmern und die Kollegen in Koszalin zu informieren.

Cox buchte einen Flug für Montag und bat dann darum, gehen zu dürfen. Er wurschtelte sich in den Mantel und las dabei halblaut seine Liste vor: »Schnellreinigung, Hotelführer kaufen, Reiseapotheke, Proviant, Batterien, Fußfrisch, Bettzeug, Heizkissen, Adapter ...«

Toppe schloss die Tür hinter ihm.

Ulli küsste van Appeldorns nackte Kniekehlen und die Leiter begann, gefährlich zu schwanken. Er ließ die Anstreichrolle fallen, traf mit letztem Einsatz gerade noch den Farbeimer. »Willst du mich umbringen, Weib?«

»Wenn du wüsstest, wie sexy du bist in deinen Shorts. Diese Schenkel!«

Er stolperte die Stufen hinunter und zog sie an sich.

Anna schlurfte herein und Ulli lachte. »Ist er nicht niedlich mit den weißen Masern im Gesicht?«

»Passt bloß auf, dass ihr nicht aneinander kleben bleibt.« Anna kicherte. »Ich bin fertig mit der Küche und würde jetzt gern duschen.«

»Du bist auch schon fertig?« Van Appeldorn sah sich um. »Dann müssen wir ja nur noch den Teppichboden verlegen.«

»Und das schaffen wir locker vorm Wochenende«, meinte Ulli. »Also los! Der Reihe nach unter die Dusche und danach lade ich uns zu einer Pizza ein.«

»Geil! Darf ich als Erste?« Aber Anna wartete die Antwort gar nicht ab, sondern verschwand sofort im Bad. Ulli und Norbert nahmen ihr das nicht übel, sie wussten sich zu beschäftigen.

Keine Stunde später saßen sie schon über ihrer Pizza.

»Und deine Freunde kommen auch«, schloss Ulli ihre Rede.

Anna machte große Augen. »Ich weiß nicht …«

»Was ist los? Hast du Angst, die kämen sich blöd vor?«

»Ich glaub schon …«

»Mensch!« Ulli legte ihr Besteck ab. »Ich plane eine Einweihungsfete mit mindestens hundert Leuten, und zwar so querbeet wie möglich. Das ist immer am lustigsten. Du glaubst gar nicht, wer sich da alles im Laufe des Abends anfreundet.«

»Schon klar«, meinte Anna. Sie kannte Ulli seit Jahren aus dem Jugendheim. »So hast du das ja immer gemacht.«

Van Appeldorn hoffte zu Gott, er hätte sich verhört. »Ihr wollt eine Einweihungsparty machen? Mit hundert Leuten?«, fragte er benommen.

»Auch schon geschnallt?« Anna verdrehte die Augen.

»Seid ihr verrückt geworden? Hundert Leute! Wo sollen wir die denn unterbringen?«

»Ach, kein Problem.« Ulli versuchte, ihn zu beruhigen. »Die verlaufen sich. Das Haus ist doch groß genug.«

Ihm wurde warm. »Ist euch klar, dass ich noch nie in meinem Leben eine Fete gegeben habe? Hundert Leute! Ihr spinnt doch!«

Ulli griff nach seiner Hand. »Reg dich doch nicht so auf. Hundert Leute oder zehn, das macht im Grunde keinen Unterschied.«

Anna wollte ihm gar nicht glauben. »Du hast noch nie eine Fete gemacht? Das gibt's doch gar nicht. Echt?«

»Ja, echt. Und überhaupt, was wollt ihr denen denn anbieten? Braucht man dafür nicht einen Partyservice? Ich meine, so dicke haben wir es ja nicht im Moment.«

Die beiden Frauen lachten einvernehmlich. »Partyservice, Quatsch, das kriegen wir schon alleine hin.«

»Ich hab eine geiles Kochbuch für Megafeten. Die Sachen wollte ich immer schon mal ausprobieren.«

»Kostet nicht viel, wenn man alles selbst macht.«

»Nur 'n bisschen Zeit.«

»Ich hab an den 6. November gedacht, Anna. Da ist schon fast Sankt Martin – man könnte alles mit Laternen dekorieren.«

»Ist ja gut, ist ja gut. Wenn's unbedingt sein muss.« Aber van Appeldorn war nicht wirklich überzeugt. Er als Gastgeber, der dafür verantwortlich war, dass die Leute sich wohl fühlten – das war komplett meschugge.

»Wir regeln das schon alles«, sagte Ulli munter. »Du brauchst dich um nichts zu kümmern, nur um die Getränke.«

»Was?!«

»Ach, du weißt schon. Wie viel Bier man pro Nase braucht, wie viel Wein. Da gibt's doch so Faustregeln.«

»Faustregeln?«

»Und keine harten Sachen«, warf Anna ein. »Das geht immer in die Hose.«

»Was denn für Faustregeln?«

26

»Hier stinkt's wie in einem Faschopuff.« Sie nahm die Flasche Aftershave in die Hand, schob die Brille hoch und studierte das Etikett. »Für diesen Kapitalistendreck gibst du Knete aus.«

»Genau!« Er drehte das Kinn hin und her und betrachtete sich im Spiegel. »Hast du die Bullenfotze gesehen? Ultrascharf! Mit der würde ich gern mal 'n Fight machen.«

»Scheiße!« Sie ließ die Flasche ins Becken fallen, aber sie zerbrach nicht. »Dir juckt mal wieder der Schwanz.«

»Kannst ja mitkommen ...« Er zog sich ein frisches Hemd an.

Sie packte ihn beim Hosenbund. »Du flennst schon wieder heimlich, stimmt's?«

»Die Obersau hält sich für Schweinchen Schlau, das tickt man doch sofort.«

»Und?« Sie ließ ihn los. »Das muss man verkraften. So hart muss man sein.« Ganz nah kam sie an sein Gesicht. »Es werden Typen dabei kaputtgehen.«

»Scheiße!«, brüllte er. »Verfickte Scheiße! Fotzenromantik. Hör endlich auf, mit diesen Sätzen um dich zu schmeißen. Er ist tot!«

»Nicht so tot wie du.«

27

Cox wollte erst abends nach Berlin fliegen, aber als er am Montag früh zum Dienst erschien, war er schon so aufgedreht, dass er innerhalb von zehn Minuten alle anderen verrückt gemacht hatte.

Als Erstes erläuterte er ihnen detailliert die perfekte Art des Kofferpackens. Er nannte sie ›Zweikammersystem‹ und spielte mit dem Gedanken, sie patentieren zu lassen.

Dann ratterte er minutenlang die Informationen über Koszalin, Prenzlau und die Uckermark herunter, die er übers Wochenende aus dem Internet gezogen hatte. Als er ihnen danach noch eine ausgedehnte Einführung in das Versenden von E-Mails geben wollte – es wäre die siebte gewesen –, platzte Toppe der Kragen. »Du musst doch bestimmt noch was besorgen, Zigaretten, Toblerone vielleicht.«

»Nein, natürlich nicht«, meinte Cox erstaunt. »Das habe ich längst erledigt. Heute wäre es ja wohl ein bisschen spät dafür. Ich muss eigentlich nur noch meinen Koffer nehmen und ins Auto steigen.«

»Dann tu das doch«, sagte van Appeldorn. »Mach dir ein paar schöne Stunden in Düsseldorf. Geh mit Gott, aber geh endlich!«

»Jetzt schon?«

»Ja, jetzt schon«, bestätigte Toppe. »Du hast heute dienstfrei. Für deine Reisevorbereitungen steht dir ein Tag zu.«

Cox war sichtlich erleichtert. »Dann kann ich ja vielleicht doch noch mal in die Buchhandlung wegen des Hotelführers. Die haben mir da einen aufgeschwatzt, ich glaube, der ist nicht so ganz das Richtige für mich.«

Endlich war er weg und sie konnten die Arbeit verteilen.

Von Ackermann hatten sie seit Freitag nichts gehört, aber der hatte sich ja auch mal wieder eine Aufgabe gestellt, die eigentlich nicht zu lösen war.

Für sie blieb genug zu tun. Van Appeldorn würde zum Nachlassgericht fahren und Helene Opitz' Unterlagen einsehen. Und wenn er sowieso schon in der Schwanenburg war, konnte er auch gleich noch zum Grundbuchamt gehen und sich ein Bild über von Bahlows Grundstückskäufe machen.

Jemand musste sich Helene Opitz' Totenschein anschauen und möglicherweise mit dem Arzt sprechen, der ihren Tod festgestellt hatte.

Aber zuerst wollte Toppe noch einmal zu den Jelineks. Sie hatten Opitz, zumindest ein paar Jahre lang, nahe gestanden und vielleicht hatte er ja Andeutungen gemacht, warum er von Bahlow derartig verachtet hatte.

Jupp Ackermann war kurz davor, seine gute Laune zu verlieren, und das passierte höchst selten. Aber wenn er eines nicht leiden konnte, dann war das Hochnäsigkeit und noch schlimmer: Hochnäsigkeit gepaart mit dem Wort ›unmöglich‹.

Bis jetzt war er nur abgewiesen, hingehalten und durchgereicht worden.

Im Gocher Krankenhaus hatte er am Freitag begonnen. Voller Tatendrang war er zur Verwaltung gestiefelt, hatte beim Anblick der Chefsekretärin sofort sein bestes Hochdeutsch ausgepackt und – eine Bauchlandung gemacht.

Für solche Dinge sei sie nicht zuständig, hatte sie sich abgerungen, und ihr Chef sei außer Haus. Immerhin hatte er ihr entlocken können, dass Patientenunterlagen fünfundzwanzig Jahre lang aufbewahrt werden mussten. Und danach? Kamen sie in den Reißwolf. Nicht erst noch in den Keller oder so? Auf keinen Fall, in einem modernen Haus wie dem ihren!

Aber Ackermann war beharrlich geblieben – wäre wohl auch gelacht! – und die Dame hatte sich dann doch noch bequemt, ihren Chef anzurufen. Von dem war Ackermann dann ruck, zuck abgebügelt worden: Einblick ins Archiv? Nein! Lächerlich! Datenschutz!

Das hatte Ackermanns Laune nicht wesentlich trüben können und über das »Ätsch, hab ich's nicht gesagt«, das der Sekretärin ins Gesicht geschrieben stand, hatte er sogar noch gelacht. Er war einfach zum Gericht gefahren, um sich eine Verfügung zu besorgen, aber Knickrehm, der einzige Richter, mit dem man solche Sachen kurzfristig und unproblematisch durchziehen konnte, hatte sich zum Segeln abgesetzt.

»Macht nix«, hatte Ackermann sich gesagt. »Montag is' auch noch 'n Tach. Un' die Mutti freut sich, wenn ich endlich ma' früh nach Haus hin komm.«

Im Klever Krankenhaus war das Spielchen heute Morgen weitergegangen, nur dass es hier noch eine Sekretärin der Sekretärin der Vorzimmerdame des Assistenten des Chefs gab, was die Geschichte erheblich verzögert und zu einer enormen Anhäufung des Wörtchens ›unmöglich‹ geführt hatte.

Wenigstens auf Knickrehm war Verlass gewesen. Er hätte die Nachricht erhalten und Ackermann sollte schnell vorbeikommen, dann würde man sehen. Also hatte Ackermann sich zur Schwanenburg aufgemacht, zwei Tassen Kaffee mit dem Richter getrunken, ein bisschen Seglerlatein ausgetauscht und schließlich das Papier bekommen.

Jetzt war er wieder im Krankenhaus am Startpunkt des Antichambrier-Marathons. Sein Hochdeutsch hatte er längst wieder eingemottet.

Er zermarterte sich das Hirn, weil er genau wusste, dass er jemanden kannte, der hier im Haus arbeitete. Und dieser Jemand hatte ihm auch mal erzählt, dass es einen muffigen Keller gab, wo die Akten der letzten fünfzig Jahre vor sich hin gammelten. Bloß – wer war dieser Jemand?

Ackermann schaute auf die Uhr – gleich halb vier. So langsam wurde es eng. Er nahm den metallenen Standaschenbecher zwischen die Beine, zog einen Flaschenöffner und seinen Schlüsselbund aus der Jacke und legte ein Schlagzeugsolo hin, dass die Fensterscheiben klirrten.

Die Chefsekretärin hatte vorhin über Kopfschmerzen geklagt.

»Vielleicht sollten wir doch mal mit von Bahlows Söhnen sprechen«, meinte Astrid.

»Worüber?« Toppe klang gereizt.

»Ja, ich weiß, Geduld war noch nie meine Stärke«, gab sie zurück. »Aber vielleicht wissen die Bescheid über ihren Vater.«

»Dann müsste von Bahlow verrückt sein. Wenn er wirklich eine neue Identität angenommen hat, dann war das 1943, 1944. Seine Frau hat er erst in Nierswalde kennen gelernt, die Kinder sind in den Fünfzigern geboren. Ich bin sicher, dass nicht einmal seine Frau was wusste. Warum auch? Das wäre doch viel zu gefährlich gewesen.«

»Wahrscheinlich hast du Recht. Es ist nur so nervtötend, darauf zu warten, dass Peter etwas findet. Falls er was findet nach so langer Zeit! Von Ackermanns ›Unternehmen Sisyphos‹ ganz zu schweigen.«

Toppe bog in die Einfahrt zu Jelineks Hof ein, Astrid löste den Gurt und reckte sich. »Es muss ganz schön schwer sein mit einer neuen Identität, stell ich mir vor. Immer aufpassen, dass man sich in einem schwachen Moment nicht doch verplappert.«

»Von Bahlow macht mir nicht den Eindruck, als hätte er schwache Momente.«

»Schon, aber auch der muss doch seiner Familie und seinen Freunden von früher erzählt haben, Erinnerungen.«

»Vielleicht ist das nicht so schwer, wenn man in die Haut seines eigenen Bruders schlüpft ...«

Sie fanden Jelineks im letzten Treibhaus, wo sie einträchtig nebeneinander standen und frisch ausgetriebene Pflänzchen pikierten.

»Ach, Herr Toppe!«, rief Sonja Jelinek freundlich und wischte sich die Hände an der grünen Latzhose ab.

Toppe stellte ihnen Astrid vor.

»Guten Tag«, sagte Jelinek ein bisschen heiser.

Astrid spürte, wie sein Blick über ihren Körper glitt. Er lächelte anerkennend und schaute ihr ein wenig zu lange in die Augen. Astrid war verblüfft. Dass Männer so auf sie reagierten, war ihr nicht fremd, sie hatte es nur so ewig lange nicht mehr erlebt oder wahrgenommen, war so sehr Muttertier gewesen, dass sie sich selbst ganz vergessen hatte.

Sie lächelte Jelinek mit den Augen ein »Danke für das Kompliment« zurück und fühlte sich wunderbar.

Die ganze Szene dauerte keine zwei Sekunden.

»Möchten Sie einen Kaffee?«, fragte Sonja.

»Nein, lassen Sie nur, Sie haben Arbeit genug«, lehnte Toppe ab.

»Ach, kommen Sie!« Jelinek legte den Arm um seine Frau. »Dann haben wir beide wenigstens eine Ausrede, eine Pause zu machen.«

Sonja wischte ihm sanft einen Schmutzfleck von der Oberlippe und ging dann vor zum Haus.

Viel kam bei dem Gespräch nicht herum.

Opitz hatte sich immer sehr liebevoll um sie gekümmert, aber was ihn selbst und seine Probleme anging, war er mehr als verschlossen gewesen. Natürlich hatte er von Bahlow nicht leiden können, wahrscheinlich war ihm dessen Bonzengehabe gegen den Strich gegangen. Aber sie konnten sich beide nicht daran erinnern, dass er über den Mann hergezogen hätte. So sei er einfach nicht gewesen.

»Kennen Sie die Pächter, die vor Ihnen den Betrieb hier hatten? Wohin sind die gegangen?«, fragte Toppe.

»Ja, sicher kennen wir die«, antwortete Sonja, verblüfft über den Themenwechsel. »Die wohnen jetzt in Nettetal. Aber warum wollen Sie das wissen?«

Toppe zuckte die Achseln. »Wenn ich ehrlich sein soll, kann ich Ihnen das selbst noch nicht so genau sagen.«

»Gefällt er dir?« Toppe schaltete die Zündung ein.

Astrid ärgerte sich schrecklich, dass sie tatsächlich rot wurde. »Doch«, meinte sie tapfer. »Er ist recht attraktiv, aber das war es nicht. *Es* hat mir gefallen.«

Toppe gab sich alle Mühe, den Mund zu halten.

»Ich hatte ganz vergessen, dass ich …« Astrid verzettelte sich. »Na ja …«

»Ich nicht!«

»Das weiß ich, aber darum geht es nicht.«

»Ich versteh schon, was du meinst. Darf ich trotzdem eifersüchtig sein?«

»Nein, darfst du nicht!«

Am Abend setzten sie sich in van Appeldorns und Astrids Büro zusammen, das gemütlicher war als Toppes Reich. Trotz aller Hektik hatte Astrid es geschafft, in wenigen Tagen nur, dem Raum ihren Stempel aufzudrücken. Auf allen Fensterbänken standen Grünpflanzen, die vor Gesundheit strotzten, neben der Tür hing ein großer, gerahmter Gauguindruck.

»Bevor ich's vergesse. Wir ziehen am Wochenende um«, meinte van Appeldorn. »Ich werde mir Donnerstag und Freitag freinehmen.«

Er war beim Nachlassgericht nicht fündig geworden. Es gab keine aufschlussreichen Papiere, keine Testamente, erst recht keine Briefe oder andere private Unterlagen. Beim Grundbuchamt hatte er Kopien gemacht. »Für mich sieht es so aus, als hätte von Bahlow die meisten Häuser sehr günstig gekriegt, aber ich bin kein Fachmann. Ackermann kennt sich da vermutlich besser aus. Hoffentlich taucht der irgendwann noch mal auf ...«

Toppe hatte mit den Pächtern, Jelineks Vorgängern, telefoniert. »Die sind stinksauer auf von Bahlow. Ich besuche sie morgen und höre mir ihre Geschichte an. Hast du den Totenschein?«

»Klar«, nickte van Appeldorn. »Helene Opitz ist an Herzversagen gestorben.«

»Ach was?« Toppe war auf einmal hellwach.

»Ja, ich weiß schon, die Standardformel. Deshalb hab ich ja auch den Arzt aufgesucht, der die Todesursache festgestellt hat. War ihr Hausarzt. Die Opitz hätte ein bisschen Bluthochdruck gehabt in den letzten Jahren, aber sonst ... Er sah das unter dem Motto: So etwas kann immer passieren. Sie hätte tot im Bett gelegen, ganz unauffällig. Kein Grund für Polizei. Ziemliche Oberpflaume, wenn du mich fragst.«

»Fein«, sagte Toppe leise. »Dann werden wir sie exhumieren lassen.«

»Bist du sicher?«

»Natürlich bin ich nicht sicher!«, polterte Toppe los, aber da platzte Ackermann herein. »Hab ich da grad wat von Leichenfleddern gehört?« Es war ein seltsam angeschlagener Ackermann. »Wat macht ihr denn in die Bude hier? Ich hab euch schon gesucht.«

Astrid stand auf, drückte ihm ihren eigenen Kaffeebecher in die Hand und stellte ihn damit erst einmal ruhig.

»Wie willst du die Exhumierung begründen?«

»Helene Opitz stirbt im Alter von 59 Jahren.« Toppe sah zum Fenster hinaus in die Dunkelheit. »Jung für einen Tod ohne Vorerkrankung. An Herztod stirbt letztendlich jeder, auch wenn vorher zum Beispiel Gift im Spiel war. Helene Opitz bewohnte ein paar Zimmer in einem Gebäude, das mittlerweile Waldemar von Bahlow gehört, ihr Altenteil. Sie muss von Bahlow im Weg gewesen sein, denn ...« Er drehte sich zu ihnen herum. »Überlegt doch mal! Die Frau stirbt im Juni und im Juli schon fängt von Bahlow mit dem Hotelbau an. Das heißt doch, die Baupläne waren längst fertig und beim Bauamt eingereicht. Vielleicht sogar schon genehmigt. So fix geht so was nämlich nicht.«

»Okay«, gab van Appeldorn zu. »Also exhumieren wir sie. Wie schnell kriegen wir das hin?«

»Wenn wir morgen früh gleich mit der Chefin sprechen, könnte es übermorgen klappen«, sagte Astrid und nahm Ackermann ihre Tasse wieder weg. Er hatte sie sowieso nur zwischen den Händen gedreht.

»Leichen fleddern, dacht ich doch, dat ich dat gehört hatte ...« Er klang todmüde und ließ sich zu einem langen Seufzer herab, als er merkte, dass sogar van Appeldorn beunruhigt war. »Gott, wat soll ich euch sagen ...« Dann sprang er auf einmal auf. »Freddy!«, brüllte er und warf Arme und Beine in die Luft. »Freddy, dat isset! Der alte Leichenfledderer!«

Van Appeldorn stützte das Kinn in die Hand und schloss langsam die Augen.

Ackermann fuchtelte immer noch wild herum. »Der Alfred Sommer, Mensch, den hatt' ich die ganze Zeit im Kopp. Arbeitet als Handlanger, oder wie dat heißt, inne Pathologie. Und dat is' so einer, den wir brauchen, der würd mich sogar nachts hintenrum ... Aber ich will nix gesacht haben. 'n echter Kumpel, von wegen Fünfe krumm un' Fünfe grade. Keine Frage! Ja, dat wollen wer doch ma' sehen, da wollen wer doch ma' gucken von wegen Geheimarchiv un' keiner weiß, wo der Schlüssel is'. Wo is' dat Telefon?«

28

Cox meldete sich den ganzen Dienstag über nicht, die Mailbox blieb leer.

»Pädagogisch höchst ungeschickt«, meinte Astrid. »Erst gibt er uns mehrere großartige Einführungen und dann lässt er die Übungsphase aus. Er könnte doch wenigstens mailen, dass er gut angekommen ist.«

Toppe beantragte die Exhumierung von Helene Opitz' Leichnam. Die Chefin zuckte nicht mit der Wimper, sie kümmerte sich sogar selbst um den Staatsanwalt und den Chemiker, die bei einem solchen Ereignis dabei sein mussten.

Nachdem er alle Telefonate erledigt hatte, setzte Toppe den Termin auf morgen, Mittwoch, um 15 Uhr fest. Dann fuhr er nach Nettetal-Kaldenkirchen und besuchte von Bahlows frühere Pächter. Wegen des dichten Verkehrs auf der Autobahn verspätete er sich um eine halbe Stunde, etwas, das er hasste.

Die Pächter hielten von Bahlow für ein ausgemachtes Schwein. Vor fünfzehn Jahren hatte er händeringend jemanden für seinen Besitz an der Waldstraße gesucht und ihnen fast die Füße geküsst, als sie den Betrieb übernommen hatten. Per Handschlag hatte man besiegelt, dass die regelmäßig anstehende Verlängerung des Pachtvertrages für beide Seiten eine Pro-forma-Angelegenheit sein würde. So war es dann auch zunächst gewesen. Was von Bahlow ihnen allerdings verschwiegen hatte, war, dass er den Pachtzins konstant kräftig zu erhöhen gedachte. Als sie einmal in einem finanziellen Engpass gesteckt hatten, hatte er ihnen unverzüglich eine Räumungsklage geschickt, sie aber im letzten Moment wieder zurückgezogen.

»Der hat uns schikaniert, wo er konnte. Jeden Monat machte er einen Kontrollgang, schritt wie ein Großgrundbesitzer seine Morgen ab und überzeugte sich davon, dass wir alles im Schuss hatten. Eigentlich hätten wir froh sein müssen, dass er letztes Jahr aus heiterem Himmel den Vertrag nicht mehr verlängern wollte.«

Aber die Leute hatten keine andere Existenzgrundlage gehabt und natürlich gekämpft, zumindest um Fristverlängerung gebeten, aber von Bahlow war knallhart geblieben.

Es hatte damit geendet, dass die Pächter für ein paar Monate bei Verwandten hatten unterschlüpfen müssen, denn so schnell fand man keinen neuen Betrieb. Inzwischen standen sie wieder auf eigenen Füßen und konnten sich einen Anwalt leisten. Sie würden gegen von Bahlow klagen, denn der hatte sich geweigert, ihnen eine Entschädigung zu zahlen für Saatgut, Jungpflanzen, die schon in den Treibhäusern wuchsen, und für das, was auf den Feldern erntereif war.

»Im letzten Jahr schon hat er den Vertrag nicht mehr verlängert. Dann muss er da schon gewusst haben, dass er Jelineks umsiedeln wollte.« Toppe grübelte auf der Rückfahrt düster vor sich hin und landete in einem Stau, der so lange dauerte, dass er auch noch die letzten angenehmeren Gedanken verlor.

Van Appeldorn und Astrid waren beide den ganzen Tag unterwegs gewesen und warteten schon auf ihn. Sie hatten ebenfalls Merkwürdiges erfahren: Waldemar von Bahlow hatte bei all seinen Haus- und Grundstückskäufen immer bar bezahlt. Ob es sich um 70.000, 120.000 oder sogar einmal 186.000 Mark gehandelt hatte, immer hatte er das Geld in einem Koffer mitgebracht und bar auf die Hand gezahlt.

Sie saßen noch eine Weile zusammen und versuchten,

Ordnung in ihre Gedanken zu bringen, aber es kam wenig dabei heraus.

Von Ackermann hörten sie nichts.

Am Mittwochmorgen war endlich eine Nachricht von Cox da. Er hatte sie in der letzten Nacht abgeschickt:

Opitz' Kösliner Existenz bewiesen. Kein Waisenhaus mehr (ausgebombt, nicht wieder aufgebaut), dafür Geburtsurkunde und Taufschein. Mit Dolmetscher auf dem Weg zu einem Priester, der Konstantin von Bahlow gekannt haben soll. Später dazu mehr. Menschen sehr gastfreundlich, Wodka höchstprozentig, deshalb (Kombination: Gastfreundschaft-Wodka) erst jetzt Meldung; Essen reichhaltig – es gibt hier kein Alka-Seltzer!! An Ackermann: bisher nur nach Alkoholgenuss leckere Frauen gesehen. Hotel spottet jeder Beschreibung. Hatte keine Gelegenheit mehr, Reiseführer umzutauschen. P. C.

Exhumierungen waren niemals angenehm, aber wenn man, wie die beiden lieben Kollegen, Schuster und Schumacher, vergessen hatte, den Friedhof abzusperren, wurde es schlimm.

Toppe sah das traurige, mahnende Gesicht des Pastors. Etliche andere Leute hatten sich eingefunden und alle drückten sie ihre Missbilligung aus. Sensationsgier entdeckte er nur bei den Arbeitern der benachbarten Baustelle. Die fanden es viel prickelnder, auf dem Kirchhof zu stehen und zu glotzen, als die zweite Betondecke zu gießen und das Holz für den Dachstuhl auf Maß zu sägen.

Es ging schnell heute, die Totengräber waren fix, sie hatten den Sarg schon herausgehoben. Der Chemiker sprang ins Grab, um seine Bodenproben zu nehmen. Van Gemmern fuhr in seine Handschuhe und beugte sich hinab, um den Sarg zu öffnen. Der Leichnam musste vor Ort in Augenschein genommen und in den Transportsarg umgebettet werden.

»Stopp!«, rief Toppe. Er wusste, was sie erwartete. Drei bis vier Monate nach dem Tod, das war der schlimmste Zeitpunkt für eine Exhumierung. Der Leichnam würde durch die Gase im Körperinnern aufgetrieben sein, besonders am Unterleib, am Hals, im Gesicht, die Augäpfel würden herausquellen. Die Haut würde grün verfärbt sein, vielleicht auch schon bräunlich schwarz und sich in großen Fetzen ablösen. Schimmelpilze würden das Gesicht und die Hände mit dichtem Pelz überziehen und am allerschlimmsten war der bestialische Gestank, wenn der Sarg geöffnet wurde.

»Bitte gehen Sie jetzt. Verlassen Sie den Friedhof.«

Keiner rührte sich, keiner sah ihn auch nur an, alle starrten auf den Sarg.

Toppe packte den Pastor fest beim Arm. »Sorgen Sie mit dafür, dass die Leute verschwinden. Was jetzt kommt, will keiner wirklich sehen, glauben Sie mir.«

Gemeinsam mit den beiden nachlässigen grünen Kollegen redeten sie auf die Leute ein, drängten sie zurück. Die Reihen lösten sich nur zögernd auf und man sammelte sich auf der Straße, immer noch gespannt.

Toppe ging entschlossen hinüber zum Grab. Er nickte kurz und van Gemmern setzte sich die Nasenklammer auf. Dann öffneten sie gemeinsam den Sargdeckel. Die beiden Bestatter warteten schon. Toppe hielt sich ein Taschentuch vor Nase und Mund und tat seine Pflicht: Er nahm die Leiche in Augenschein – für den Bruchteil einer Sekunde. Als sie das, was einmal Helene Opitz gewesen war, umbetteten, raunte die Menge an der Straße und irgendjemand schrie.

Toppe wischte sich die kalten Schweißperlen von der Oberlippe. Hoffentlich war es das wert …

Im Präsidium erwartete ihn eine neue E-Mail von Cox:

Betrifft: Konstantin von Bahlow. Priester und alle alten Leute, zu denen er mich mitgenommen hat, heute noch

Angst und Schrecken. Von Bahlow anscheinend nur wenige Monate in Köslin stationiert, dennoch sich blutiges Denkmal gesetzt. Erschießungen von Kriegsgefangenen (hier sagen sie: »so genannte« Kriegsgefangene) an der Tagesordnung. Auch sonst Brutalität belegt: Hinrichtung eines Jungen, der Huhn gestohlen hatte; »Verräter« mit Zunge an Schuppenwand genagelt etc. (ausführliche Gesprächsprotokolle folgen). Fazit: Konstantin von Bahlow ist ein Kriegsverbrecher der ersten Güte. Gibt Zentralstelle für solche in Berlin. Möglicherweise auf Rückweg besuchen u. mehr Belege sammeln? Fahre heute noch weiter nach Prenzlau. Hoffentlich Hotel besser! Erbitte E-Mail, wenn neue Anweisungen oder Wendung. P. C.

Toppe legte sich aufs Bett und verschränkte die Hände im Nacken. Er war heilfroh, dass Katharina schon beim Abendbrot fast eingeschlafen war und sich widerspruchslos hatte hinlegen lassen. Ihm war übel.

Er schloss die Augen und dämmerte tatsächlich ein.

Als Astrid ihn weckte, fühlte er sich steif und fremd.

»Komm, ich habe Zwiebelkuchen gebacken und Wein kalt gestellt.«

»Wann hast du das denn gemacht?«, fragte er, Watte im Mund.

»Du hast zwei Stunden tief geschlafen.«

Unbeholfen stand Toppe auf. »Ich habe das Gefühl, als wären es höchstens fünf Minuten gewesen. Schläft Katharina?«

»Wie ein Stein. Walter ist unbezahlbar. Der hält sie den ganzen Tag auf Trab, trotzdem ist sie nie überdreht. Er hat auch eine Frau aufgetan, die dreimal in der Woche zum Putzen und Bügeln kommen will, aber das müssen wir noch mit Gabi abstimmen.«

»Heißt das, wir kriegen tatsächlich mal freie Wochenenden?«

Toppe schnitt vier große Stücke vom duftenden Zwiebelkuchen ab und legte sie auf ihre Teller. Seine Lebensgeister reckten die Köpfe und fingen an, lustig herumzukribbeln.

Astrid öffnete die Weinflasche. »Und Ackermann hat angerufen.«

Toppes Lebensgeister stolperten übereinander.

»Keine Panik, war privat.« Astrid lächelte und goss den Wein in die Gläser. »Er hat nur gebrüllt: Mach die Kiste an! Mach die Kiste an! Henry ist auf West 3!«

»Und?«

»Ich hab eingeschaltet, aber nur noch die letzten Sätze und den Abspann mitgekriegt. Also habe ich Ackermann wieder angerufen. Nach der Wissenschaftsshow werden Henry und Gabi jetzt anscheinend durch alle Magazine gereicht.«

»Gabi?«

»Gabi auch, ja. Und sie haben wohl ein Angebot von einer Filmgesellschaft in Hollywood.«

»Was?«

»Das war jetzt nur Ackermann, bitte. Gabi ist noch nicht zu Hause. Wer weiß, was der sich da zusammengeschustert hat. Und bevor du fragst, er wühlt immer noch im Archiv rum, aber fündig geworden ist er noch nicht.«

»Gut.« Und das meinte Toppe wirklich so. Er schloss genüsslich die Augen und biss in sein warmes Kuchenstück. »Absolut köstlich! Dann sind wir beide also morgen ganz allein. Peter unterwegs in der kalten Heimat, Norbert zieht um und Ackermann ist unter staubigen Papierbergen begraben … Nur du und ich. Wann hatten wir das zum letzten Mal?«

29

Ihr Arbeitstag zu zweit begann mit einem Paukenschlag – Peter Cox hatte kurz nach Mitternacht eine Nachricht aus Prenzlau geschickt:

Waldemar von Bahlow liegt hier tot und begraben auf dem Friedhof; laut Grabstein gestorben im Juni 1944. Habe noch mit keinem Zeitzeugen gesprochen, aber einen guten Hinweis. Mache mich gleich morgen früh auf den Weg. Hotel geringfügig besser, froh, dass Heizdecke mitgenommen. P. C.

»Dann müssen wir wohl oder übel Herrn Waldemar von Bahlow in Nierswalde noch einmal unsere Aufwartung machen«, sagte Astrid und fing an, ihr Haar zu flechten. Das tat sie immer, wenn ein Termin anstand, bei dem sie distanziert und besonders professionell wirken wollte.

Bevor sie den Zopf fertig hatte, kam die nächste E-Mail:

Ia Zeitzeugin gefunden: ehemalige Köchin auf Rittergut Bahlow (heute 74 Jahre alt). Waldemar ist definitiv tot!!! Ausführliche Mail folgt in wenigen Stunden (inkl. aller Gesprächsprotokolle aus Koszalin) P.C.

Sie warteten vor von Bahlows Tür, sein Arzt war gerade bei ihm. Die Schwiegertochter lief geschäftig hin und her und traktierte sie zwischendurch mit bösen Blicken.

Schließlich kam der Arzt heraus. Er war jung und reichlich gelackt. »Ich höre, Sie sind von der Kripo? Wenn Sie unbedingt mit Herrn von Bahlow sprechen müssen, bitte. Aber ich habe ihm gerade eine Spritze gegeben. Er wird schläfrig sein.«

Von Bahlows Körper mochte angeschlagen sein, aber sein Geist funktionierte offensichtlich noch sehr gut. Er sah ihnen hochmütig entgegen. »Was kann ich heute für Sie tun, meine Herren? Oh, Verzeihung, meine Dame!«

Toppe hielt sich nicht mit Floskeln auf. »Waldemar von Bahlow ist tot. Er ist im Juni 1944 in Prenzlau begraben worden.«

Die Schwiegertochter gab einen fassungslosen Laut von sich und von Bahlow machte einen vergeblichen Versuch, sich aufzusetzen. »Wer?«

»Sie haben mich schon verstanden, Waldemar von Bahlow, Sie sind tot.«

»O Herr!« Der alte Mann legte den Kopf in den Nacken und lachte lautlos mit offenem Mund. »Ich bin hier! Ich lebe! Noch lebe ich! Was also wollen Sie von mir?« Seine Sprache verwusch sich langsam.

Astrid ging neben dem Kopfende des Bettes in die Hocke. »Wie kann Waldemar von Bahlow in Prenzlau begraben sein, wenn Sie hier liegen? Wie kann das sein? Erklären Sie uns das. Sagen Sie uns, wer Sie wirklich sind.«

Er drehte ihr das Gesicht zu. »Absurd«, nuschelte er. »Beweisen Sie mir diesen skandalösen Unsinn.« Das Sprechen machte ihm inzwischen Mühe und seine Schwiegertochter hielt es nicht mehr aus. »Lassen Sie ihn endlich zufrieden! Ein Grab in Brandenburg! Großer Gott, Sie müssten doch selbst wissen, wie das damals war. Wer weiß, wer da alles unter welchem Namen begraben worden ist? Es ging doch alles drunter und drüber. Ein Menschenleben zählte doch nichts damals, gar nichts. Kriegswirren! Vater hat so oft davon erzählt, wie man alles zurückgelassen hat, geflüchtet ist, froh war, wenn man sein nacktes Leben retten konnte.«

»Ja«, sagte Astrid und trat vom Bett zurück. »Es ist schon in Ordnung.«

Von Bahlow war eingeschlafen.

Gegen den Kotflügel von Toppes Wagen gelehnt, stand Ackermann und summte vor sich hin. Was er hier mache? Sich das Dorf anschauen! Schließlich sei er der Einzige, der sich hier noch nicht umgeguckt habe, und das ginge so nicht. Außerdem müsse er mal raus aus dem Archiv, sonst riskiere er eine Staublunge. Er habe sehen wollen, wie der Kaiser von Nierswalde so residierte, und dabei Toppes Auto entdeckt. »Gibbet wat Neues?«

Er hörte sich den ›Paukenschlag‹ gespannt an und reagierte für seine Verhältnisse moderat. »Boah! Dat wird ja immer besser! Den kriegen wer noch bei de Hammelbeine, glaubt et mir. Ich hab dat im Urin.«

Eigentlich war er auf dem Weg zur Baustelle, wo gerade der Dachstuhl montiert wurde.

»Ich wollt ma' 'n bisken mit de Arbeiters plaudern, von wegen Vandalen un' so. Un' dann will ich auch noch diesen Menschenfreund kennen lernen, ihr wisst schon, den Billiganwalt.« Er kniff ihnen in bewährter Manier ein Auge und schickte sich an zu gehen. »Volles Programm heut bis inne Nacht«, meinte er noch. Seine Frau würde ihn abends hier treffen und dann wollten sie in von Bahlows Restaurant »lecker essen gehen«.

»Die Mutti immer schön bei Laune halten, dat is meine Devise. Die macht schon genug mit bei unsern Job.«

»Was gibt es, Arend?«

Der Diensthabende an der Wache hatte Toppe einen Zettel zugeschoben: *Pathologie zurückrufen*.

»Helmut? Das ging aber schnell! Ich bin in einer etwas dummen Lage mit der Dame, die ihr mir gestern geschickt habt. An der rechten Innenhand habe ich zwei Stellen gefunden, die mir sehr nach Strommarken aussehen.«

»Ein Stromschlag!« Toppes Herz klopfte laut. »Durch was?«

»Könnte sich um ein Kabel gehandelt haben. Und ich sage bewusst ›könnte‹, denn genau da liegt das Problem. Du weißt, in welchem Zustand der Leichnam ist. Ich kann nur eine Vermutung äußern, aber ich kann mich nicht hundertprozentig festlegen. Es tut mir wirklich Leid, Helmut.«

»Das heißt, vor Gericht würde dein Gutachten nicht durchkommen.«

»Mit Sicherheit nicht.«

Toppe fluchte. »Dank dir trotzdem«, besann er sich. »Eine andere Frage: Wenn ich dir eine Waffe bringe, könntet ihr feststellen, ob es diejenige ist, mit der Opitz getötet wurde?«

»Schwierig … aber wenn ich die dazu passende Munition hätte, die gleiche, die bei Opitz benutzt worden ist, dann wäre es vielleicht möglich.«

Astrid hatte den PC eingeschaltet und saß kopfschüttelnd davor.

»Peter hat noch nichts Neues geschickt, nur die Gesprächsprotokolle aus Koszalin. Die musst du mal lesen. Mein Gott, war dieser Konstantin ein Schwein! Da wird einem ganz schlecht.«

Toppe beugte sich über ihre Schulter und überflog den Text. »Lass uns nach Hause fahren.«

»Es ist doch noch nicht mal ein Uhr! Was ist denn?«

»Ich muss hier raus.«

Zu Hause war niemand, alles ausgestorben.

Während Astrid Kakao kochte und Brote strich, brütete Toppe vor sich hin. Eine tolle Wohngemeinschaft war das! Im Grunde lief es doch wieder auf die alte Geschichte hinaus: Papa – Mama – Kind und Tagesvater. Großartig!

Gabi lieferte nur noch Gastauftritte, brachte manchmal Henry mit, aber ihr Zuhause war das hier offenbar nicht mehr. Und Oliver kriegte man auch nur zu Gesicht, wenn er seine dreckige Wäsche brachte oder den Kühlschrank plünderte, ansonsten hielt er sich bei seiner ziemlich dummen Freundin Stefanie auf. Christian lebte in Köln mit Clara zusammen, die genauso verquer war wie sein Sohn. Die dümpelten da vor sich hin, studierten mal dies, mal das, jobbten irgendwo. Trotzdem erwartete der junge Mann ganz selbstverständlich den monatlichen Scheck von seinen Eltern. In der Regel ließ er sich nur zu Weihnachten blicken, schlug sich dann drei Tage lang den Bauch voll und verschwand wieder.

Den größten Teil der Zeit stand das halbe Haus leer und verschlang jeden Monat Unsummen. Der so heißherzig angelegte Gemüsegarten verwilderte, die beiden Schafe und die Hühner waren nur noch lästig.

Man sollte den Tatsachen ins Auge sehen und endlich Nägel mit Köpfen machen: den Hof verkaufen, dann konnte jeder seiner Wege gehen. Aber bei der Vorstellung, wieder mit Wohnzimmer, Schlafzimmer, Kinderzimmer anzufangen, wurde Toppe ganz flau.

Halb Kleve hatte sich damals das Maul zerrissen über ihre WG. Der Hauptkommissar hatte zwei Frauen! Ja, für eine kurze, völlig verrückte Zeit, eine ganz kurze Zeit.

Wie Jelinek Astrid heute in seiner Fantasie ausgezogen hatte und ihr Lächeln dann. Er war doch tatsächlich eifersüchtig, immer noch. Blöde, völlig schwachsinnig! Als er sich, wider alle Vernunft, auf eine Beziehung zu Astrid eingelassen hatte, war er immer davon ausgegangen, dass es nicht von Dauer sein würde, nicht mit dem Altersunterschied. Und er hatte sich vorgenommen, schnell und leise zu verschwinden, für immer, wenn sie genug von ihm hatte. Aber dann war Katharina gekommen und hatte sein Hintertürchen zugeknallt.

Astrid stellte den Teller mit den Broten auf den Tisch und reichte ihm den Kakaobecher. »Sag's!«

»Ach, es ist wegen unserem Haus hier, diese so genannte Wohngemeinschaft!«

Sie hörte ihm schweigend zu. »Stimmt, hier läuft was ziemlich schief«, meinte sie dann. »Du hast schon Recht, wir könnten natürlich alles verkaufen, aber es gibt auch eine andere Möglichkeit, denke ich. Streich Christian endlich seinen monatlichen Scheck. Was glaubst du, wie schnell der dann in die Gänge kommt. Und dann schmeiß ihn endgültig raus. Das wird dem nur gut tun. Dann wären zwei Zimmer frei, die sowieso nur leer stehen. Henry könnte fest hier einziehen und vielleicht auch Stefanie.«

Sie musste lachen, als sie sein Gesicht sah. »Na gut, Stefanie nicht. Aber dann muss Oliver sich entscheiden, wo er leben will. Der kann auch nicht nur schmarotzen. Wir müssen uns einfach neu sortieren.«

»Und wenn die alle gar nicht wollen. Wenn Gabi viel lieber zu Henry ziehen würde?«

»Dann soll sie es sagen. Ihr gehört ein Drittel vom Hof. Das könnte auch jemand anders kaufen. Aber ich kann mir nicht vorstellen, dass Gabi ihr Reich aufgeben möchte.«

»Na ja, wahrscheinlich nicht …«

»Bestimmt nicht. Helmut, wir drei als Kleinfamilie in einem Reihenhäuschen, das würde nie gut gehen. Meinst du, das weiß ich nicht? Also lass uns die Sache anpacken. Lass uns ein WG-Treffen machen, gleich am Samstag, falls wir Christian erwischen.«

»Nein«, erwiderte er. »So sehr drängt das nun auch nicht. Ich will erst den Fall vom Tisch haben.«

Am nächsten Morgen war eine neue E-Mail von Cox da:

Die Köchin ist bereit, das Folgende unter Eid auszusagen: Als sie Anfang Juni 1944 (an das genaue Datum erinnert sie sich nicht) zur Arbeit auf dem Gut der von Bahlows erschien, fand sie alle Türen offen, das Innere verwüstet. In der Bibliothek lag Waldemar von Bahlow neben dem geöffneten Tresor, getötet durch einen Genickschuss. Später wurde auf dem Innenhof der tote Melker gefunden. Ihm war viermal in den Rücken geschossen worden. Das Verbrechen wurde nie aufgeklärt; man hat anscheinend nicht einmal den Versuch gemacht. Es muss Chaos gewesen sein: Flüchtende, durchziehende Truppen, Plünderer zuhauf, viele Tote, herumirrende Kinder, zurückgelassene alte Menschen.

Zum Tresor: Seit Mitte des letzten Jahrhunderts hat die Familie von Bahlow ihr Vermögen in Edelsteinen angelegt, die im Tresor der Bibliothek aufbewahrt wurden: Diamanten, Smaragde und Rubine. Die Köchin erinnert sich, dass von Bahlow besonders stolz auf seine »gelben Diamanten« war (was immer das sein soll) und auf einige Brillanten, die damals angeblich schon über 150 Jahre alt waren.

Der Tresor war nicht aufgebrochen, W. v. Bahlows

Schlüsselbund steckte noch im Schloss!!! Erbitte weitere Anweisungen. Suche derweil nach anderen Zeitzeugen.
P. C.

Toppe und Astrid dachten so ziemlich das Gleiche: Hatte Konstantin von Bahlow seinen Bruder getötet, sich dessen Papiere genommen, die Edelsteine in die Tasche gesteckt, seine Uniform verschwinden lassen und sich in den Strom der Flüchtlinge eingereiht?

Diamanten! Das konnte die Antwort auf die Frage sein, wie von Bahlow an sein Geld gekommen war. Er hatte immer bar bezahlt. Also musste er die Steine verkauft haben.

Sie hatten beide dieselbe Idee, Astrid sprach sie aus: »Jocelyne.«

Jocelyne war Wim Lowenstijns Freundin, Diamantenhändlerin und -expertin in Antwerpen.

»Ich rufe Wim an.« Astrid tippte die Nummer ein.

»Grüß dich, Wim, hier ist Astrid …« Sie lachte. »Nein, ich habe Helmut nicht endlich verlassen. Ja … Nein, deine Briefmarkensammlung will ich immer noch nicht sehen …« Nach einer Weile kam sie tatsächlich dazu, ihm zu erklären, worum es ging. »Viel Konkretes haben wir nicht. Warte mal … Ja, Rubine, Smaragde und Diamanten … Nach 1945, genau. Besonders waren wohl ›gelbe Diamanten‹ und Brillanten, die zu der Zeit schon über 150 Jahre alt gewesen sein sollen … Ja, richtig. Hast du's? … Prima! Bringt wahrscheinlich nichts, aber … Meinst du? Na, das wär was … Ja, ja, okay. Dank dir! … Ja, ja, natürlich bist du der Erste, der es erfährt, wenn ich ihn verlasse … Ja, auch die Briefmarkensammlung, du Verrückter! Tschüs. … Ja, Ciaoiii!«

Sie legte auf. »O Mann, jetzt ist der auch schon dieser Ciaoiii-Fraktion beigetreten!«

»Und er flirtet dich immer noch an.«

»Klar, sonst würde ich mir auch ernsthafte Sorgen machen. Also pass auf, er hat zwar keine genaue Ahnung, aber er meint, besondere Steine wären in Fachkreisen bekannt, ganz egal, wie lange es her sei, dass sie auf den Markt gekommen sind. Zumal diese Steine oft etliche Male den Besitzer wechseln und immer mal wieder auftauchen. Wim fährt heute sowieso nach Antwerpen und kann Jocelyne drauf ansetzen.«

»So langsam kreisen wir ihn ein«, meinte Toppe ungewohnt zuversichtlich.

»Wen?«, kam es von der Tür. Es war van Appeldorn, der beim Baumarkt um die Ecke Schrauben und Dübel hatte besorgen müssen und neugierig gewesen war, wie die Dinge inzwischen standen.

Er hörte zu und legte die Stirn in immer tiefere Falten. »Was ist, wenn von Bahlow weiter leugnet? Wenn Ackermann nichts findet? Es wird uns wohl nichts anderes übrig bleiben, als Waldemar in Prenzlau auszugraben und die ganze Palette anzuleiern, Zahnstatus et cetera, und drüben dasselbe ›Unternehmen Sisyphos‹ zu starten wie Ackermann hier. Ich denke, Peter kann Hilfe gebrauchen. Ich könnte hinfahren. Aber bitte erst am Mittwoch. Montag ist Feiertag und Dienstag tritt Ulli ihre neue Stelle in Nierswalde an. Da wäre ich schon gern in der Nähe.«

Toppe nickte zustimmend, immer noch optimistisch.

Aber Astrid seufzte. »Mit viel Glück können wir beweisen, dass Waldemar von Bahlow tatsächlich Konstantin von Bahlow ist. Ein widerwärtiger, menschenverachtender Kriegsverbrecher. Dafür geht er dann für den kurzen Rest seines Lebens vielleicht noch in den Knast. Vielleicht können wir sogar noch beweisen, dass er seinen eigenen Bruder umgebracht hat. Auch fein. Aber wie, um Himmels willen, wollen wir ihm nachweisen, dass er Jakob Opitz getötet hat? Und womöglich auch dessen Witwe?«

»Es gibt eine winzige Chance, wenn wir die Waffe finden«, antwortete Toppe.

»Dann lass uns doch suchen!«

»Zu früh. Oder zu spät, wie man's nimmt.«

Van Appeldorn war noch nicht ganz draußen, da kam Ackermann herein. Ein leiser, stillvergnügter, geheimnisvoller Ackermann. »Dürfte ich wohl Platz nehmen? Ja? Vielen herzlichen Dank auch.« Er setzte sich geziert auf den Besucherstuhl und schlug graziös die Beine übereinander. Der fehlende Schnürsenkel an seinem linken Turnschuh und die heruntergerutschten Socken störten das Gesamtbild allerdings ein bisschen.

»Nun, was soll ich sagen? Den ersten Vandalen hätten wir am Kanthaken.« Dann sprang er auf und tobte durchs Büro. »Habt er 't geschnallt? Habt er 't kapiert? Ich hab den links überholt, ich hab den dingfest gemacht!«

»Wen denn?« Toppe erholte sich langsam von dem seltsamen Auftritt.

»Na, diesen Richard, diesen alten Westentaschencasanova!«, brüllte Ackermann.

»Richard von Bahlow?«

»Genau! Endlich angekommen! Wo van Gemmern mir verklickert hat, er hätt so schöne Fingerspuren, da hab ich mir gesagt, Jupp, wenn de schon im Dorf bis', guckste, dat de 'n paar Fingerabdrücke kriegs'. Ganz unauffällig, versteht sich.«

So langsam wurde Ackermann wieder ruhiger. Er schob die Brille hoch und strahlte sie an. »War bloß 'n Schuss in 't Blaue – aber, wat sach ich? Volltreffer! Wie ich mit der Mutti beim Essen sitz' – war übr'ens echt gut –, denk ich mir, warum nich'? Könnt doch sein … Also lass ich mir den Chef annen Tisch kommen, mach so ganz auf große Welt, von wegen, ich wär vonne Bullizei un' wollt doch ma' persönlich, von wegen, wat dat für 'n klasse Laden is' un' so. Tja, wat sach ich? Rechnung aufgegangen! Die Bierkes hat er uns dann persönlich serviert. Weiß ja, wat sich gehört, der Mann. Außer auf Baustellen, hä, hä, aber dat nur am Rande. Un' wat macht Ackermann? Nimmt 'n Taschentüchsken, kippt sich dat Bier innen Rachen un' packt schön vorsichtig dat Glas ein. Bringt et dann heute – immer noch schön vorsichtig – nach van Gemmern hin, un' wat sacht der mir grad? Na?«

»Ich will nicht mehr«, jammerte Astrid. »Als hätten wir nicht schon genug Chaos. Ich weiß, ich bin die Jüngste hier, aber so langsam schwirrt mir der Kopf.«

»Dann nehme ich Ackermann mit«, beschloss Toppe. »Du kannst dich ja an die Berichte setzen. Wir sind ganz schön im Verzug.«

Ackermann fühlte sich geehrt. »Erzählen Se mir unterwechs 'n bisken mehr über diesen alten Schwerenöter, Chef? Un' am besten wäret wohl, wenn ich ers' ma' meine große Klappe halt, wa?«

Es war erst elf Uhr und an der Rezeption trafen sie nur Mechthild von Bahlow an. »Mein Mann schläft noch. So haben wir das eingeteilt. Richard bleibt bis zum Schluss im Restaurant, dafür übernehme ich dann die Frühschicht im Hotel. Aber ich kann ihn gerne wecken.«

Es dauerte lange, bis von Bahlow, umgeben von einer Wolke morgenfrischen Aftershaves, auftauchte. »Meine Herren«, begann er, aber dann fiel sein Blick auf Ackermann und er kam aus dem Konzept.

»Wir sollten in den Frühstücksraum gehen«, bemerkte Toppe kühl.

»Ja, selbstverständlich, wie Sie wünschen. Mechthild? Kaffee bitte!«

Als seine Frau mit dem Tablett kam, war von Bahlow längst eingebrochen. »Ein Dumme-Jungen-Streich, mehr nicht.«

Mechthild knallte die Tassen auf den Tisch. »Bist du endlich aufgeflogen?«

»Sie haben davon gewusst?« Toppe sah zu ihr hoch.

»Gewusst? Gewusst! Denken Sie, ich kriege nicht mit, wenn mein Mann sich heimlich aus dem Bett schleicht? Ich brauchte nur zwei und zwei zusammenzuzählen.«

»Gut«, sagte Toppe und wandte sich wieder Richard zu, der jetzt so gar nichts Glattes, Gebügeltes mehr hatte. »Wer war noch mit dabei?«

»Keiner!«

Mechthild quietschte und von Bahlow erdolchte sie mit seinem Blick. »Meine Brüder«, gab er leise zu. »Max und Conny. Sonst keiner.«

»Und Ihr Vater wusste davon?«

»Nein!«

»Ha!« Wieder Mechthild. »Und wie der davon wusste! Allerdings erst hinterher. Ich hab nämlich mitgekriegt, wie du ihm das ganz stolz erzählt hast. Der kleine Prinz wollte Streichel von seinem Papa, weil er so brav gewesen war. Hat doch auch sonst immer die Drecksarbeit erledigt, das gute Kind. Aber diesmal hat der Alte dir eine geschallert und euch zurückgepfiffen. Die ganze Blase, die drei lieben Bubis. Und dieses Weihnachten könnt ihr euch die üblichen 10.000 von der Backe putzen, hat er auch noch gesagt. Ich stand direkt hinter der Tür.«

»Ja, denn …« Ackermann gähnte. »Wollen wer doch ma' sehen, dat wir die Chose in trockene Tücher kriegen. Ich würd sagen, rufen wer die grünen Kollegen, dat se die anderen Vandalen einsacken. Spart uns Arbeit für Doofe. Den Kandidat hier nehmen wer mit un' dann treffen wer uns alle auffe Wache für die Aussagen. Wat steht eigentlich auf so wat, Chef? Ich glaub, dat is' nich' zu knapp. Könnt sein, liebe Frau, Se müssten schon ma' Ausschau halten nach so 'n Übergangsprinz, der genauso schöne optische Kilometer in 't Geschäft bringt.«

30

Van Appeldorns Umzug, der eigentlich still und heimlich hatte vonstatten gehen sollen, wurde zu einem Großereignis.

Am Samstagmorgen um elf Uhr stand Ackermann auf der Matte, flankiert von zwei Töchtern, und krempelte demonstrativ die Ärmel hoch. »Wo steht dat Klavier? Obwohl, so viel Kultur hasse ja hoffentlich nich' auffer Pfanne.«

Auch Toppe war da und Anna hatte drei Freunde anrollen lassen, die stärksten von denen, die keine Widerworte gaben.

Es war eine ziemliche Plackerei, zwei Haushalte aufzulösen und neu zusammenzufügen, aber sie hatten alle so viel Spaß dabei, dass van Appeldorn immer mal wieder innehielt und sich fragte, in welchem Film er eigentlich war. Aber Ulli ließ ihm keine Chance, sie küsste innig jede Frage weg.

Die Küche war das größte Problem, da war so einiges auf Maß zu sägen und einzupassen.

»Alles weg hier«, rief Ackermann. »Kann 'n paar Stündkes dauern, aber ich mach dat schon. Her mit de Stichsäge! Un' ich will den Chef dabei. Dat is 'n Akkurater, so wat braucht man bei de Küchentechnik. Un' dann Tür zu und uns bloß noch in Ruh lassen. Klar? Un' dat mir hier keiner abhaut, bevor dat letzte Bild hängt! Sons' is' man nämlich nich' zu Hause, ich kenn dat. Keiner verlässt dat Anwesen, bevor wer nich' Spiegeleier gebraten un' verputzt haben. So isset Tradition. Ich hab extra 'ne Palette Eier gekauft.«

Gegen drei Uhr morgens war sogar das Porzellan schon in die Schränke geräumt, die Betten waren bezogen, jede Lampe leuchtete, die Bilder waren perfekt platziert und endlich neigte sich auch das Küchenprojekt dem Ende zu.

»Ich will meine Spiegeleier!« Ackermann kannte inzwischen weder Freund noch Feind. »Ulli, hol die Pfanne raus un' dat Jungvolk deckt den Tisch.«

Am Sonntagnachmittag rief Ulli Beckmann auf der Esperance an und bedankte sich noch einmal bei Toppe für seine Hilfe.

»Norbert meint, wir könnten uns bei euch ein paar Tipps holen für unsere Einweihungsparty. Wollt ihr nicht heute Abend vorbeikommen? Ich möchte auch endlich mal Astrid kennen lernen.«

»Wenn wir einen Babysitter finden, gern. Lust hätt ich schon.«

Und sie hatten Glück, Gabi und Henry kamen, um sich für ein paar Tage vor dem Medienrummel zu verkriechen und vor allem Henrys ständig bimmelndem Telefon zu entgehen. Natürlich würden sie bei Katharina bleiben und sich einen ruhigen, gemütlichen Abend machen.

»Danke! Wir nehmen Salz und Brot mit, ja?« Astrid flitzte in die Küche. »Gabi? Wo hast du dein Stutenrezept versteckt? Ist überhaupt noch Hefe da?«

»Warte, ich helfe dir!« Auch Gabi verschwand und die beiden Männer blieben ein bisschen ratlos in der Halle zurück.

»Komm doch mit zu mir«, meinte Toppe. »Wir machen den Kamin an und du erzählst mir, wie das so ist als Fernsehstar. Ich bin nämlich ziemlich neugierig.«

Als die vier später wieder zusammentrafen, hatten sie ein Problem ganz nebenbei gelöst: Henry würde mit Begeisterung in die WG einziehen, er hatte sich nur nie getraut, das Thema anzuschneiden, und wie sich herausstellte, hatte auch Gabi sich diese Lösung insgeheim schon lange gewünscht. »Wir können ja den Dachboden ausbauen. Das hatten wir doch sowieso immer mal vor.«

Toppe wusste, warum sie so eindringlich klang; sie würde sich schwer tun, Christian endgültig abzunabeln.

Ulli und Astrid verstanden sich auf Anhieb. Sie setzten sich nebeneinander aufs Sofa, und nach kurzer Zeit schon war Astrid im Schneidersitz und Ulli hatte die Beine untergeschlagen.

»Du musst eine Ecke jünger sein als ich«, meinte Astrid.

»Kann ich mir nicht vorstellen. Ich bin dreiunddreißig.«

»Immerhin, drei Jahre.«

»Bitte entschuldigt, wenn ich das Damenkränzchen störe, aber was wollt ihr trinken?«

Van Appeldorn wandte sich auch an Toppe. »Du weißt

ja, ich bin kein Weinfreak, aber wir hätten gutes Bier da – und Calvados.«

Toppe grinste. »Später, erst mal tut's ein Bier.«

»Bier ist okay«, antwortete auch Ulli. »Und wenn du schon stehst, schneid doch Astrids Brot auf. Es ist noch warm und es riecht so lecker. Und bring auch Butter mit, ja?«

Sie aßen und tranken und redeten.

»Ihr wohnt wirklich in einer WG?« Ulli rümpfte ein bisschen die Nase.

Toppe wunderte sich über ihr Gesicht. »Mehr oder weniger ...«

»Ulli hat ein ziemlich gespaltenes Verhältnis zu Wohngemeinschaften«, erklärte van Appeldorn.

»Das ginge dir bestimmt auch nicht anders, wenn du als Kind über zehn Jahre deines Lebens so verbracht hättest!«

»In WGs?«, fragte Astrid verblüfft und sehr neugierig. »Wo kommst du denn her?«

»Geboren bin ich in Berlin, aber meine Eltern waren noch sehr jung, achtzehn und neunzehn, und hatten gerade angefangen zu studieren. Deshalb war ich die ersten vier Jahre bei meiner Oma in Viersen. Aber dann haben meine Eltern mich wieder nach Berlin geholt, in ihre WG. So, und jetzt will ich noch was zu trinken!«

»Ja«, unterstützte Toppe sie. »Sagtest du vorhin nicht was von Calvados, Norbert?«

Van Appeldorn holte die Flasche und hielt auch Astrid ein Glas hin. »Ihr könnt doch ein Taxi nehmen und das Auto morgen abholen.«

»Okay, aber nur einen. Ich hasse es, wenn Katharina nachts oder frühmorgens wach wird und ich nicht ganz Herr meiner Sinne bin. Du hast tatsächlich in einer dieser ersten Kommunen gelebt?«, nahm sie dann den Faden wieder auf.

»Aber verschärft, mit jedem Klischee, das dir einfällt: kleine, nackte Kinder, freie Liebe, Dope, Razzien ...«

»Kinderladen«, schlug Astrid vor.

»Natürlich, Kinderladen! Was denkst du denn?« Ulli kicherte.

»Und lauter illustre Leute«, warf van Appeldorn ein. Er hatte sich bisher rausgehalten. Ulli vermied es normalerweise, über ihre Kindheit zu sprechen, aber heute wollte sie anscheinend unbedingt davon erzählen.

Sie trank ihren Schnaps in einem Zug. »O ja, verdammt illustre Leute! Im Kinderladen war ich zusammen mit den Zwillingen von Ulrike Meinhof. Um mich rum waren alle so was von antiautoritär, es war zum Kotzen! Am Anfang ging's noch, da war ich auch noch klein, aber dann stiegen meine Eltern in die Hausbesetzerszene ein und wir sind nur noch rumgezogen. Und immer war es scheißkalt. Ein bisschen später beschlossen sie, Sympathisanten zu werden. Ich weiß bis heute nicht genau, wer alles bei uns untergekrochen ist. Das war dann auch die Zeit, als meine Eltern auf harte Drogen umgestiegen sind.«

»Scheiße«, sagte Toppe. »Gib mir noch 'n Schnaps.«

»Und dann?«, fragte Astrid vorsichtig.

»Dann wurde es hart, wie man sich denken kann. Ist ja nichts Neues mehr heute. Um die Schule musste ich mich selbst kümmern, dass ich saubere Klamotten hatte, die mir passten, auch. Nichts zu essen zu haben war am schlimmsten. Ich habe ziemlich viel geklaut. Tja, und dann hatten meine Eltern irgendwann mal wieder einen größeren Deal gemacht. Das Geld lag auf dem Küchenschrank und die beiden waren total breit. Da hab ich mir ein paar Scheine eingesteckt, bin zum Bahnhof und dann zu meiner Oma nach Viersen. Ich war fünfzehn. Bei ihr bin ich geblieben, hab mein Abi gemacht und auch da gewohnt, als ich studiert habe. War ganz okay. Bin allerdings treudoof in allen Ferien mit einem großen Koffer voller Fressalien und ein paar hundert Mark von Oma nach Berlin und hab meine Eltern aus dem ärgsten Sumpf gezogen, dreimal im Jahr. Ein wirklich gutes

Kind, die Ulli! Och, Mensch!« Sie umarmte Astrid. »Jetzt guck doch nicht so traurig! Ich hab's ja überlebt. Und heute geht's mir gut, richtig gut sogar.«

»Leben deine Eltern noch?«

»Ja, die leben immer noch in so einer Bruchbude in Kreuzberg. Klassische Altjunkies, abgezockt und zäh. Aber jetzt reicht's. Jetzt will ich eure Geschichte hören. Ihr beide sollt ja seinerzeit ganz schön Furore gemacht haben im Städtchen.«

Toppe legte den Kopf schief. »Hm, na ja, so wild war es nun auch wieder nicht.«

»Ha!« Van Appeldorn lachte. »Spiel das jetzt nur nicht runter, du Bigamist!«

Sie saßen noch zusammen, als die Schnapsflasche längst leer war.

31

»Du brauchst einen Kleintransporter, das siehst du doch wohl ein.« Norbert van Appeldorn schleppte mit Ulli zusammen die ganzen Arbeitsmaterialien, die sie für ›ihre‹ Vorschulkinder angefertigt hatte, nach draußen. »Wann hast du das bloß alles gemacht?«

»Immer, wenn du auf Mörderfang warst. Halt mal!« Sie packte ihm noch einen Karton mit Sandpapierbuchstaben auf den ohnehin schon beachtlichen Stapel, den er ungeschickt balancierte, und schloss den Kofferraum auf. »Und das ist erst der Anfang.«

»Soll das heißen, du hast jetzt jeden Abend Bastelstunde?«, fragte van Appeldorn miesepetrig.

»Wir, mein Liebling, wir!« Aber dann lachte sie. »Nein, ich mache nur Quatsch. So schlimm wird's nicht werden. Mal am Wochenende vielleicht.«

Sie umarmten sich. »Drück mir die Daumen, ja?«

»Den ganzen Tag lang, versprochen. Wann bist du zu Hause?«

»Heute wird's wohl später als normalerweise. Ich muss ja erst mal alles einräumen und sortieren. Aber um fünf bin ich bestimmt zurück.«

Dann stieg sie ein, warf ihm noch eine Kusshand zu und fuhr ab.

Auch van Appeldorn machte sich auf den Weg zur Arbeit, obwohl er noch eine gute Stunde Zeit hatte, aber er wollte die Berichte lesen und sehen, ob sich übers Wochenende noch was getan hatte.

Als er die Bürotür aufschloss, klingelte das Telefon. Es war Lowenstijn.

»Bist du plötzlich unter die Frühaufsteher gegangen?«

»Ganz im Gegenteil!«, gab Lowenstijn mürrisch zurück. »Ich war noch gar nicht im Bett. Aber ich hab was für euch und dachte, ich bin mal liebenswürdig und geb's weiter, bevor ich mich hinlege.«

So unglaublich es klang, Jocelyne war von Bahlow tatsächlich auf die Spur gekommen, und zwar über die alten Brillanten, die die Köchin erwähnt hatte. »Im 18. Jahrhundert hat man Brillies stumpfrechteckig geschliffen«, berichtete Lowenstijn. »Frag mich bloß nicht, was das heißt, nennt sich jedenfalls Altschliff.«

Waldemar von Bahlow hatte die auffallenden und sehr kostbaren Steine in den fünfziger Jahren so nach und nach verkauft.

»Jocelyne ist aber noch auf etwas anderes gestoßen. Ich weiß nicht, ob ihr damit etwas anfangen könnt ...«

Wenig später kamen Toppe und Astrid.

»Ich glaube, wir haben was zu feiern!« Van Appeldorn erstattete gut gelaunt Bericht. »Und jetzt kommt noch ein kleines Bonbon: Bereits 1949 ist ein Brillant auf den Markt gekommen, der ziemlich sicher ursprünglich zu von Bahlows Sammlung gehört hat. Veräußert wurde der Stein von einem Dr. Heribert Bach.«

»Da schau einer an«, meinte Toppe angewidert. »Jetzt wissen wir auch, wie von Bahlow auf die Siedlerliste gekommen ist. Nazischergen unter sich.«

Dann passierte alles auf einmal.

Ackermann stürmte herein. »Ich habbet!« Seine Stimme überschlug sich kicksend. »Ich habbet!«

Gleichzeitig fing das Telefon wieder an zu klingeln, aber keiner achtete darauf. Sie scharten sich um das Papier, das Ackermann auf den Schreibtisch gepfeffert hatte.

Aber der brüllte ihnen schon das Ergebnis ins Ohr: »Waldemar von Bahlow, geboren 26.8.1917; Naevus-Entfernung am Handgelenk am 28. Oktober 1962. Tataaa!!! Sogar die Histologie is' dabei. War gutartig – hatter da nich' Schwein gehabt?«

Van Appeldorn klopfte Ackermann auf die Schulter. »Du weißt, ich sag's wirklich nicht gern, Jupp, aber du bist ein Genie.«

Toppe stand ganz ruhig da. »Jetzt haben wir ihn …«

»Geh doch ma' einer an dat verflixte Telefon«, haspelte Ackermann, immer noch kurzatmig.

Astrid erbarmte sich.

Toppe nahm das alles gar nicht wahr. »Das mit den Diamanten war schon nicht schlecht, aber hiermit können wir ihn endgültig festnageln. Was meinst du, Norbert? Lass uns mal überlegen, wie wir ihm das Ganze präsentieren.«

»Das ist nicht mehr nötig«, sagte Astrid mit steifen Lippen. »Von Bahlow ist tot.« Sie hielt den Hörer noch immer in der Hand. »Er hat sich gerade eben erschossen.«

Konstantin von Bahlow hatte die große Inszenierung gewählt und Toppe spürte eine wilde Wut in sich aufsteigen.

Der Mann lag ausgestreckt auf dem Bett, die Waffe noch in der erschlafften rechten Hand. Er trug einen guten dunklen Anzug, Schlips und Kragen, sogar eine goldene Uhrkette. Das Haar hatte er sorgfältig gekämmt, sich frisch rasiert. Der Blutfleck auf der Hemdbrust war nur klein. Konstantin von Bahlow hatte mitten ins Herz getroffen, daran zweifelte Toppe keinen Augenblick.

Ein leichter Brandgeruch lag in der Luft.

Auf dem Boden, flach auf der Seite, die Hündin, getötet durch einen Genickschuss.

Am Fußende des Bettes standen die drei Söhne mit gefalteten Händen. Am Freitag noch hatten sie so reumütig ihre Geständnisse abgelegt, jetzt waren sie voll feindseliger Selbstgerechtigkeit. Die Schwiegertochter, die neben dem Bett kniete und gebetet hatte, hob den Kopf und sprach es aus: »Sie haben ihn dazu getrieben!«

»Nein«, sagte Toppe beherrscht. »Das hat er ganz allein geschafft.«

»Wie können Sie es wagen ...«, hob Richard von Bahlow an, aber als van Appeldorn auf ihn zutrat, verstummte er.

»Halten Sie lieber den Mund. Ich bin davon überzeugt, dass Ihnen alles, was Sie jetzt sagen, später sehr Leid tun wird. Kommen Sie bitte mit mir hinaus. Ich muss Ihnen einige Fragen stellen.«

Astrid schüttelte ihre Beklommenheit ab. »Ich gehe zum Wagen und rufe van Gemmern und den Bestatter.«

»Gut«, sagte Toppe. »Und ich fange schon mal an. Wir kämmen hier alles durch, jedes noch so kleine Fitzelchen Papier wird auf Herz und Nieren geprüft.«

»Willst du nicht wenigstens warten, bis er abtransportiert ...«

»Nein!«

Aber sie fanden nichts, absolut nichts, das Waldemar von Bahlows weiße Weste hätte beschmutzen können.

»Das gibt es doch nicht!« Van Appeldorn zeigte echte Wut. »Der muss doch wenigstens Unterlagen über die Edelsteinverkäufe haben. Sonst hätte man ihm doch jederzeit wer weiß was gekonnt. Der muss sich doch abgesichert haben! Gerade so einer.«

Van Gemmern entdeckte die Antwort im kupfernen Papierkorb: eine große Menge völlig verbrannten Papiers, sorgfältig zu winzigen Ascheflöckchen zerstoßen. Unbrauchbar.

»Und wenn schon«, sagte Toppe. »Wir haben genug gegen ihn in der Hand.«

»Nicht wegen Opitz«, entgegnete Astrid.

»Wir haben die Waffe.«

Es war eine Walther P 38, 9 mm Parabellum, eine alte, gut gepflegte Wehrmachtswaffe.

Van Gemmern hatte keinerlei Zweifel an der Selbsttötung. Er packte die Waffe in einen Plastikbeutel und fuhr damit zu Bonhoeffer und Henry nach Emmerich.

Von Bahlows Kinder wollten von der Existenz der Pistole nichts gewusst haben.

Der Vater war heute, wie stets, schon vor sechs Uhr früh aufgestanden. Endlich hatte er den Rheumaschub überwunden gehabt, er war sogar zum Frühstück ins Haupthaus hinübergegangen, hatte danach die Hündin auf einen Spaziergang über die Felder mitgenommen und sich gegen halb neun mit der Tageszeitung wieder in seine Zimmer zurückgezogen. Etwa eine Viertelstunde später hatte die Schwiegertochter einen Knall gehört, nur Sekunden später einen zweiten. Da war ihr klar gewesen, dass es sich um Schüsse gehandelt hatte.

Um zwanzig vor eins machten sich Astrid, van Appeldorn und Toppe auf den Rückweg nach Kleve. Von Bahlows Söhnen hatten sie die Wahrheit über ihren Vater noch nicht gesagt.

Auf dem Parkplatz vor dem Hotel, gleich gegenüber der Vorschule, stand Ullis roter VW. Sie arbeitete noch. Trotz allem musste van Appeldorn innerlich lächeln, er freute sich auf heute Abend.

Charlotte Meinhard hatte sich ausgerechnet heute Morgen die Zeit genommen, die Berichte gründlich zu studieren. »Und jetzt ist der Mann tot? Was wollen Sie dann noch unternehmen? Nein, bitte«, blockte sie sofort wieder ab. »Keine Details! Ich gehe davon aus, dass Sie wissen, was Sie tun. Wie Sie ja neulich schon sagten, Herr Toppe, ich habe nur über Ihre Ergebnisse zu befinden. Eines liegt jedoch auf der Hand: Herr Cox kann seine

Dienstreise abbrechen, und zwar unverzüglich. Geben Sie mir bitte seine Nummer. Darum kümmere ich mich selbst.«

Toppe und Astrid lagen zusammengekuschelt im Bett und sahen sich im Fernsehen eine Schnulze mit Doris Day an – genau richtig, wenn man nicht denken wollte. Aber dann klingelte Toppes Handy.

»Welcher Blödmensch ruft mich um diese Zeit auf dem Scheißapparat an?«, teufelte Toppe und musste erst mal suchen.

»Ja!«, bellte er.

»Helmut? Norbert hier. Ich … Ulli ist weg!«

Toppe sank das Herz in den Bauch. »Wie meinst du das?«

»Sie ist nach der Arbeit nicht nach Hause gekommen.«

Toppe sah auf die Uhr – halb zwölf – und van Appeldorns Tonfall gefiel ihm auch nicht. »Komm, das muss doch nichts heißen …«

»Doch! Verdammt, Helmut, da ist was passiert, ich bin ganz sicher, Ulli ist was passiert!«

»Hast du denn schon …?«

»Ja, natürlich! Wofür hältst du mich? Die Kollegen, Krankenhäuser. Ich bin doch nicht doof! Ich habe sämtliche Freunde und Bekannte angerufen. Ich hab die Rektorin der Vorschule aus dem Bett geklingelt und alle neuen Kollegen und Kolleginnen auch. Nichts! Sie hat die Schule um Viertel nach vier höchst munter verlassen. Ich hab sogar dieses Arschloch Richard von Bahlow angerufen. Ihr Auto steht nicht mehr auf dem Parkplatz.«

»Ich komme, in Ordnung? Mach jetzt gar nichts mehr, okay? In zehn Minuten bin ich bei dir.«

32

»Runter mit dir, auf die Knie, runter!«

Ulli stolperte unter dem Tritt, knallte auf Beton, konnte sich nicht abfangen, die Arme auf dem Rücken zusammengebunden, konnte nicht schreien, nicht sehen, Pflasterstreifen rund um den Kopf, nur die Nase frei.

Sie spürte, wie etwas Kaltes, Hartes in ihren Nacken gedrückt wurde, dann, wie es ihr heiß die Schenkel herabrann.

Jemand schrie.

Van Appeldorn wollte sich nicht hinsetzen.

Noch nie hatte Toppe seinen Freund so erlebt. Er lief hin und her, fasste dies an und das, blicklos, ohne es wirklich wahrzunehmen.

Toppe schickte Anna in ihr Zimmer. »Ich weiß, du kannst nicht schlafen«, meinte er leise, »aber …«

»Ich versteh schon. Sie rufen mich doch, wenn was ist, ja?«

»Versprochen!«

Van Appeldorn sah ihn plötzlich hilflos an. »Was kann ich noch tun, Helmut?«

»Hast du ihre Eltern in Berlin angerufen?«

»Nein! Mit denen will sie nichts mehr zu tun haben. Du weißt das doch alles.«

»Trotzdem! Vielleicht ist denen was zugestoßen und Ulli ist Hals über Kopf …«

»Dann hätte sie sich längst gemeldet!«

»Ich rufe trotzdem bei den Eltern an. Hast du die Nummer?«

»Nein. Ulli hat sie bestimmt irgendwo …«

Toppe ließ ihm Zeit.

»Ich werde nicht anfangen, in ihren Sachen zu wühlen!«, brüllte van Appeldorn.

»Norbert …«

Van Appeldorn ließ sich auf einen Sessel fallen und schlug die Hände vors Gesicht. »Schon gut, ich weiß, ich weiß. Hätte ich längst tun müssen.«

»Ich mach's schon.« Toppe ging über den Flur zu Ullis Arbeitszimmer. Er versuchte, ruhig zu bleiben, aber es fiel ihm schwer, wenn er van Appeldorn im Wohnzimmer tigern hörte: von der Tür rüber zum Fenster, zurück am Schrank vorbei, wieder zur Tür, zum Fenster …

Auf den ersten Blick gaben Ullis Sachen keinen Hinweis auf ihr Verschwinden, aber er wusste selbst, dass er nicht wirklich sorgsam war und mit dem nötigen inneren Abstand suchte.

In einem Adressbuch fand er die Telefonnummer der Eltern. Sie mussten oft umgezogen sein, die Nummer hatte sich ständig geändert, war sechsmal durchgestrichen.

Toppe sprach mit dem Vater und es war eines der scheußlichsten Telefonate, das er je geführt hatte. Der Mann nahm es völlig ohne Erstaunen hin, dass die Kripo mitten in der Nacht anrief, weil seine Tochter verschwunden war. Kein Nachfragen, nicht die Spur von Sorge oder auch nur Anteilnahme. Sie hatten von Ulrike seit Wochen nichts gehört, fertig. Sonst noch was?

Er brüllte, sprang und trat ihr die Pistole mit einer solchen Wucht aus der Hand, dass sie quer durch den Raum flog und sechs Meter weiter gegen die Wand krachte.

Jaulend hielt sie sich den Unterarm. »Du Schwein! Was soll das? Ein Kader willst du sein, du mieses, kleines, feiges Stück Scheiße!«

»Halt deine Fotzenschnauze!«

Er packte die gefesselte Frau, zog sie hoch und schubste sie vor sich her.

»Du bist wahnsinnig!«

»Du sollst deine verdammte Fotzenfresse halten! Komm her und mach den Deckel auf!«

»Du willst sie in die Düngerkiste stecken?« Sie lachte

heiser. »Wie lange? Einen Tag, zwei, drei? Die ist nichts als eine scheinheilige Sau, du konterrevolutionäres Arschloch!«

Er holte aus, aber sie duckte sich und hatte auf einmal die Pistole wieder in der Hand. »Du willst mich schlagen? Überleg dir das noch mal.«

Da hob er die Gefesselte hoch, ließ sie hart in die Kiste fallen und knallte den Deckel zu. »Lass uns reden.«

33

Toppe hatte es nicht geschafft, van Appeldorn zu überreden, sich hinzulegen und wenigstens ein paar Stunden zu schlafen.

Schon um sieben Uhr waren beide im Präsidium, klebrig und unrasiert, und machten die Vermisstenmeldung. Dann rief Toppe zu Hause an. Auch Astrid hatte kaum ein Auge zugemacht. Sie würde frische Kleider mitbringen, Zahnbürsten und Rasierzeug.

Keiner fragte, wieso Peter Cox so schnell zurück war. Er verlor nicht ein Wort zu viel, setzte sich nur an den Computer. »Ullis Auto geht in die Fahndung. Ich brauch die Daten.«

Van Appeldorn leierte mechanisch das Kennzeichen herunter.

Cox öffnete die Datei. »Alles klar!«

Dann flippte Ackermann herein. »Freunde, Römer, Landsleute, wie stehen die Aktien? Sind doch bestimmt noch gestiegen oder lieg ich da falsch? Au wei, wat is' denn hier kaputt?«

Toppe sagte es ihm. Ackermann hörte auf zu hampeln und schüttelte ungläubig den Kopf. Dann ging er zu van Appeldorn hinüber und zog ihn wortlos in seine Arme.

Cox räusperte sich. »Und jetzt?«

Ackermann ließ van Appeldorn los. »Nach Nierswalde

fahren und die Leute ausquetschen, die die Ulli gesehen haben. Wat ihre letzten Schritte gewesen sind un' so. Scheiße! So hab ich dat nich' gemeint!« Er sah aus, als wollte er losheulen.

»Was ist mit Ullis Großmutter in Viersen?«, fragte Toppe.

»Die ist schon vor Jahren gestorben«, erwiderte van Appeldorn.

»Ja gut, aber da muss es doch noch Freunde geben, Bekannte. Ulli ist da zur Schule gegangen. Was ist mit Studienkollegen?«

»Es gibt ein Adressbuch«, fuhr er fort, als van Appeldorn nicht reagierte. »Astrid, würdest du das holen? Zweite Schublade von oben in Ullis Schreibtisch.«

Astrid ließ sich van Appeldorns Hausschlüssel geben und lief hinaus.

»Und dann machen wir uns auf die Socken«, meinte Cox bemüht. »Einzeln, das geht schneller.«

»Chef?« Ackermann tippte Toppe auf die Schulter. »Ich muss ma' mit Ihnen sprechen. Draußen!«

Toppe folgte ihm auf den Flur.

»Ich sach et nich' gern, aber wenn man ma' die übliche Frage stellt: Hatte die Ulli Feinde? Die Marion … Sie wissen schon, Norberts Ex … Un' noch wat, Chef, wir können den Norbert jetz' nich' alleine lassen. Der hängt total inne Preise, der steht doch neben sich. Einer muss den unter de Fittiche nehmen. Also wat? Sie oder ich?«

Er war eingenickt, aber als sie zur Tür robbte, schreckte er auf. »Du bleibst hier«, krächzte er und hob seine Waffe.

Sie schnellte herum, die Pistole im Anschlag. Dann lachte sie. »Wollen wir sehen, wer schneller ist?«

Er senkte müde die Hand. »Setz dich wieder hin!«

»Okay, okay, ich setz mich wieder hin.« Dann änderte sie ihren Ton. »Aber du sagst mir endlich, was du hier abziehst. Wir müssen die Alte abjaksen, das weißt du so gut wie ich. Es ist unsere einzige Chance.«

Er antwortete nicht.

»Du hast Babykacke in der Hose, ist es das? Okay, kein Problem. Ich bring das ohne dich. Also, lass mich das Ding endlich durchziehen!«

»Nein!«

Sie machte Schlitzaugen. »Was hast du vor? Willst du den Typen in den Soldatenarsch blasen? Du willst über die Kronscheiße absahnen, ist es das?«

»Nein!«

»Was dann, Jürgen?«

Er wurde ganz steif. »Sie bleibt in der Kiste und du rührst sie nicht an.«

»In Ordnung«, sagte sie auf einmal samtweich. »Du willst es auf die langsame Art. Du willst dir die Hände nicht dreckig machen, in Ordnung. Aber wehe!« Sie schrie wieder. »Wehe, wenn du der auch nur einen Tropfen Wasser gibst! Ich sehe dich! Ich beobachte dich! Immer! Und jetzt setz deinen Arsch in Bewegung und lass ihr Auto verschwinden!«

»Und wie stellst du dir das vor?«

»Nimm's auseinander, schick's durch den Schredder, ist mir scheißegal, wie. Hauptsache, es ist weg. Warst du doch mal groß drin, im Verschwindenlassen, oder ist das auch nur ein Märchen? Irgendwas musst du doch mal gebracht haben.«

Er spuckte, erst auf den Boden, dann in ihr Gesicht. »Du wirst mir helfen, Fotze. Vielleicht kannst du ja noch was lernen. Komm schon hoch, Superkader! Du glaubst doch nicht, dass ich dich auch nur eine Sekunde aus den Augen lasse.«

34

Sie hatten alles in Bewegung gesetzt, was der Fahndungsapparat hergab, aber es tat sich nichts.

Die Meinhard kam und fragte, hörte zu, ging wieder, war sanftmütig und verständnisvoll.

Van Appeldorn lehnte jede persönliche Hilfe ab; er wollte weder bei Toppe noch bei Ackermann übernachten – selbst Cox hatte unbeholfen eine Isomatte und einen Schlafsack in seiner Wohnung angeboten –, er müsste nach Hause und sich um Anna kümmern. Wer sich da um wen kümmerte, wussten sie nicht so genau, aber es milderte ihre Sorge.

Am Donnerstagmittag schrillte das Telefon und diesmal schaffte Toppe es als Erster.

»Guten Tag, hier ist Frau Senger. Herr Hauptkommissar?«

»Ja, Toppe! Frau Senger? Helfen Sie mir mal auf die Sprünge.«

»Ich bin die Pflegerin von Herrn Froriep. Er hat heute einen sehr guten Tag. Ich hatte doch versprochen, mich dann zu melden. Sie hatten doch gesagt, ich soll Sie dann anrufen …«

»O ja, natürlich. Das ist sehr nett, Frau Senger, vielen Dank.«

»Jaa … Kommen Sie denn jetzt, oder nicht? Ich muss ihn doch vorbereiten.«

»Ja, ja natürlich.« Toppe wand sich, aber ihm war klar, dass er fahren musste. »Wir könnten in ungefähr zwei Stunden bei Ihnen sein. Würde das passen?«

»Zwei Stunden? Kein Problem, ich lass ihn noch ein Schläfchen machen und dann wird er schon auf Sie warten.«

»Sie hat dich erkannt, du Idiot! Verstehst du das? Erkannt! Oder muss ich das buchstabieren?«

So langsam fing sie an zu nuscheln, ihm aber ging es noch gut. Er hatte die Knarre noch fest in der Hand. Über fünfzig Stunden ohne Schlaf, aber er war noch fit, total fit.

Und sie lamentierte weiter: »Selbst in dein Hirn muss doch reingehen, dass wir keine Zeit mehr haben. Wir können nicht warten, bis die krepiert, wir müssen weg! Scheiße! Du hast immer gewusst, dass es keine Beamtenlaufbahn mit Pensionsanspruch ist, du kleiner Wichser. Selbst du! Wir waren Profis und wir sind es immer noch. Also!«

Aber von ihm kam nichts.

»Lass uns das Ding jetzt durchziehen, okay? Und dann machen wir uns in aller Ruhe vom Acker. Haben wir doch hundertmal durchgespielt. Wir sind perfekt, wir sind Profis, Mann! Sieh das doch mal so: Wir sind vogelfrei. Also, komm her zu mir, Süßer, komm rüber zu mir.«

Da war er wieder ganz wach. »Wenn du die Knarre weglegst ...«

»Ich bin doch nicht blöd!«

»Dacht ich mir.«

»Du bist wahnsinnig!« Das leise Schleimen war verschwunden, wie weggepustet.

Er hob die Waffe ein wenig, winkte mit dem Lauf und hatte alle Mühe, die Schlafwelle niederzukämpfen, die über ihn kam.

»Okay«, sagte sie gefährlich ruhig. »Dann sind die Fronten klar. Ich geh den Weg. Ohne dich.«

»Das sehen wir dann.«

Trotz aller Müdigkeit fuhr Toppe heute lieber selbst.

Es fiel ihm nicht leicht, sich auf die Fragen zu besinnen, die er Robert Froriep stellen wollte, seine Gedanken schweiften immer wieder ab. Cox schien es nicht anders zu gehen. Sie waren schon lange auf der Autobahn, als er anfing zu reden: »Haben die Düsseldorfer Kollegen eigentlich versucht, Froriep davon in Kenntnis zu setzen, dass sein Ziehsohn ermordet wurde?«

»Schon, aber die hatten auch nicht mehr Erfolg als wir. Sie meinten, er hätte es nicht so recht verstanden.«

Dann schwiegen sie wieder, bis Toppes Handy zirpte. Er zog es aus der Tasche und gab es Cox. »Nimmst du das an?«

Während Cox lauschte, wurde seine Miene immer verbissener. »Ja, danke, verstanden!« Er drückte die Unterbrechungstaste. »Das war Astrid. Opitz ist nicht mit von Bahlows Pistole erschossen worden. Es war nicht die Tatwaffe.«

Toppe nickte resigniert, aber Cox gab sich damit nicht zufrieden. »Vielleicht hatte von Bahlow mehrere Pistolen. Er war schließlich Offizier.«

»Wir haben sein ganzes Haus auf den Kopf gestellt und jeden Winkel durchkämmt.«

»Na und? Dann hat er die Waffe eben gleich nach dem Mord verschwinden lassen!«

»Möglich«, gab Toppe zu, »aber was hilft uns das? War Astrid bei Marion?«

»Ja!« Cox klang zornig. »Die ist sauber.«

Robert Froriep saß wieder in seinem Sessel am Fenster, aber heute blickte er ihnen aus wachen, gütigen Augen entgegen. Er begrüßte sie, als sie sich vorstellten, redete klar und beantwortete die meisten Fragen wortgewandt, nur einige schien er gar nicht zu hören. Es dauerte eine Weile, bis Toppe das Muster dahinter erkannte: Froriep hatte sich in eine Welt eingesponnen, in der es keinen Platz für Unangenehmes, Verwirrendes oder gar Böses gab.

»Mein Sohn ist ein außergewöhnlicher Mensch gewesen, ein ganz wunderbarer Junge. Er hat uns nur Freude gemacht. Und Sie hätten ihn predigen hören sollen! So etwas kann man nicht lernen, so etwas kommt von innen heraus, aus einem reinen Herzen und einem klaren Geist.«

Manchmal schien er zu wissen, dass Jakob Opitz tot war, dann wieder sprach er von ihm in der Gegenwart.

Als Cox ihn zum dritten Mal damit konfrontieren wollte, dass Opitz ermordet worden war, und Froriep wieder nur ohne jede Regung in seinem Monolog fortfuhr, griff Frau Senger, die bisher nur still dabeigesessen hatte, ein: »Bitte tun Sie das nicht. Er hat Sie schon verstanden. Wenn er etwas dazu sagen möchte, wird er es tun. Bitte bringen Sie ihn nicht durcheinander.«

Auf andere Stichworte reagierte Froriep. »Aber ja, mein Sohn hatte Freunde. Er war ein Mensch, der selbstlos geben konnte, verstehen Sie? Viele Freunde und natürlich Max. Wie Brüder waren die beiden, mit einer ganz tiefen Verbundenheit.«

»Max?«, hakte Toppe behutsam nach und Froriep verstand.

»Max Piontek, ein Freund aus der Kinderzeit, aus Köslin. Sie stehen sich sehr nahe, geben sich gegenseitig Halt in allen Krisen des Lebens, und beide … daran tragen beide schwer …« Sein Blick wurde trübe, in seinen Mundwinkeln klebte bräunlich angetrockneter Speichel.

Toppe wusste nicht, ob er weiterbohren sollte. Führte dieses Gespräch überhaupt irgendwohin?

»Max Piontek lebt nicht in Nierswalde, nicht wahr?«, fragte Cox vorsichtig.

»Nein, nein, er lebt in …« Froriep hob die rechte Hand und legte sie zitternd an die Schläfe. »Er lebt in Köln, ja, in Köln lebt er heute. Dort haben sie sich auch wiedergetroffen, während des Studiums. Unser Jakob, der hat ihn gesucht, all die Jahre.«

»Die beiden kannten sich aus Köslin«, sagte Toppe.

»So ist es. Aus dem Waisenhaus, beides Waisen … wie Brüder … getrennt durch … durch den Krieg.« Der alte Mann hechelte und Frau Senger nahm das Wasserglas, das auf der Fensterbank stand, und hielt es ihm an die Lippen. Er schaute verwirrt, aber dann trank er, brav wie ein Kind.

»Max ist Mediziner«, fiel ihm plötzlich ein. »Er ist Professor, er ist ein guter Mensch. Und Jürgen, der ist auch für Jakob wie ein Sohn. Ein eigener ist ihm ja leider nicht beschieden.«

Froriep verzog das Gesicht. »Max' einziges Kind, der Jürgen. Ein schwieriger Junge, aber Jakob hat ihn jetzt unter die Fittiche genommen. Und ich höre, dass er sich prächtig entwickelt. Die alte Gärtnerei an der Danziger Straße, die soll er zu einem wahren Schmuckstück gemacht haben.« Er lachte leise. »Ich vermute, dass unser Jakob sein Teil dazu beigetragen hat, aber das würde er natürlich nicht zugeben. Er hat ein gesegnetes Gespür für junge Menschen.«

»Jürgen Piontek?«, wunderte sich Toppe und sah Cox an, aber der runzelte nur fragend die Stirn.

»Max, Jürgen … mein Sohn hat viele Freunde … Wenn man selbst bereit ist zu geben, dann …«

»Waldemar von Bahlow, ist das auch ein guter Freund Ihres Sohnes?«, fiel Cox dem alten Mann ins Wort.

»Ein angesehener Bürger …«

Cox verlor die Geduld. »Was war zwischen von Bahlow und Ihrem Sohn? Wir wissen, dass etwas vorgefallen ist!«

Robert Froriep sah an ihm vorbei.

»Was ist zwischen Ihrem Sohn und von Bahlow passiert, Herr Froriep? Was wissen Sie über Waldemar von Bahlow?«, drängte Cox, aber der Alte hörte ihn nicht.

»Lassen Sie ihn!« Frau Senger stand auf. »Sie machen ihm Angst.«

Aber Cox wollte nicht lockerlassen. »Herr Froriep, sagen Sie uns, was Sie wissen! Tun Sie es Ihrem Sohn zuliebe! Tun Sie es für Jakob!«

»Ja, Jakob ist unser Sohn und wir sind stolz auf ihn, das stimmt. Er ist ein guter Junge, immer hilfsbereit. Und wenn er predigt! So etwas kann man nicht lernen, so etwas kommt von innen heraus …«

»Das habe ich verbockt, ich Idiot!« Cox haderte mit sich selbst. »Ich bin wohl wirklich besser am PC aufgehoben. Wie Norbert schon sagt: Nomen est omen. Hörst du mir überhaupt zu?«

»Nein«, antwortete Toppe. »Du redest nämlich Quatsch. Da konnte man gar nichts verbocken.« Er schloss das Auto auf, stieg aber noch nicht ein. »Es gibt keinen Jürgen Piontek in Nierswalde. Jedenfalls heute nicht mehr.«

Cox stutzte. »Stimmt, du hast Recht, der Name ist uns

nicht untergekommen. Warte mal, was hat Froriep gesagt? Die alte Gärtnerei an der Danziger Straße?«

»Genau!« Toppe griff zum Telefon. »Da haben Jelineks gewohnt. Und die Geschichte von Opitz und seinem langjährigen besten Freund, die hab ich auch schon mal gehört.«

Er hatte Astrid am Apparat. »Wir sind hier fertig und fahren jetzt ab. Was Neues bei euch?«

»Nichts! Aber du hast was, das hör ich doch.«

»Ich bin mir nicht sicher, aber kannst du dich gleich mal an den Computer setzen und Olaf Jelinek überprüfen?«

»Jelinek?«

»Ja, und dann guckst du bitte mal, ob wir was über einen Jürgen Piontek haben.«

»Piontek, Jürgen, alles klar. Ich melde mich dann wieder.«

Als Toppe sich in den dichten Verkehr auf der Bundesstraße einfädelte, moserte Cox vor sich hin: »Wenn unser System nicht so vorsintflutlich wäre! Modellversuch, dass ich nicht lache! In Holland sind die weiter, sag ich dir. Da könnte ich die Überprüfung gleich hier im Auto über meinen Laptop machen.«

Das Handy summte, Toppe drückte auf den Knopf. »Ja?«

»Rote Armee Fraktion«, sagte Astrid.

»Wie bitte? Augenblick!« Toppe bog nach rechts in eine Wohnstraße ein und hielt am Bordstein. »Sag das noch mal!«

»Jürgen Piontek, geboren am 17.12.59 in Köln, Mitglied der RAF, seit 1979 untergetaucht. Helmut, das könnte Olaf Jelinek sein! Ich hab ein Foto hier. Piontek ist blond, ein bisschen dicker und er hat keinen Bart, aber die Augen, das sind dieselben Augen!«

»RAF?«

»Ja! Piontek war nur ein ziemlich kleines Licht, hat Wohnungen angemietet, Bomben gebastelt und Waffen besorgt. Aber das ist noch nicht alles! Er ist abgetaucht mit einer gewissen Marianne Brandmeier, geboren am 1.10.51 in Nottuln, Gärtnerin. Und die ist ein schweres Kaliber, war führend in der zweiten Nachfolgegeneration der RAF und beim Sturm auf die Deutsche Botschaft in Stockholm dabei, 25.4.1975. Und ich schwör dir, Helmut, nach dem Foto hier, das könnte gut Sonja Jelinek sein.«

Toppe rieb sich die Augen.

»Helmut?«

»Warte einen Moment, ich will das an Peter weiter geben.«

Dem wurde ganz heiß. »RAF!« Er riss sich den Hut vom Kopf. »Nazischergen! Ich werd verrückt! Was denn noch? Jelinek? Mann, das könnt's sein! Opitz ist dahinter gekommen!« Auch Cox' Gedanken fuhren Karussell. »Könnte doch sein, oder? Opitz hat den Jelinek auf einem Fahndungsfoto erkannt. Die hingen doch damals in jeder Post, in jeder Sparkasse. Nein, das ist ja Blödsinn! Der Opitz hat den ja schon als Kind gekannt, der wusste ja, dass der gar nicht Jelinek hieß. Mensch, der Opitz hat die ...«

»Helmut?«, kam es wieder aus dem Handy. »Soll ich was unternehmen?«

»Nein, warte noch. In einer knappen Stunde sind wir da. Ich melde mich gleich noch mal.«

Toppe wendete, bremste aber sofort wieder. »Ulli!«, rief er und holperte die Bordsteinkante hoch.

»Wo?« Cox sah sich verwirrt um.

Toppe ließ das Fenster herunter und machte den Motor aus. »Vielleicht sehe ich ja auch Gespenster«, murmelte er.

»Würde mich auch nicht mehr wundern«, grummelte Cox, sah ihn aber gespannt an.

»Hör zu«, Toppe bemühte sich, langsam zu sprechen. »Ulli Beckmann, sie ist in Berlin aufgewachsen. Ihre Eltern gehörten zur Sympathisantenszene, bei denen sind alle möglichen RAF-Leute untergetaucht, hat Ulli erzählt. Sie war noch ein Kind, na ja, fast schon jugendlich ... Was ist, wenn Ulli Piontek in Nierswalde getroffen hat, ihn oder diese Brandmeier? Was ist, wenn sie die wiedererkannt hat?«

»Dann ist Ulli tot. Genauso tot wie Opitz.« Cox' Kinn wurde ganz weiß. »Es passt alles zusammen. Auch die RAF hatte meist 9-mm-Pistolen, aus Überfällen auf Bundeswehrdepots, auch die RAF ... Verdammte Scheiße!«

Toppe drehte den Zündschlüssel und gab Gas. »Hier!« Er warf Cox das Handy in den Schoß. »Ruf noch mal an. Astrid hat Ullis Adressbuch da. Die Nummer der Eltern steht drin. Sie soll anrufen und nach Piontek und Brandmeier fragen. Ob sie mit denen zu tun hatten, ob Ulli sie kannte. Sag ihr, sie muss sich was einfallen lassen, die sind ausgebufft.«

Er fuhr durch Wittlaer in Richtung B 288, von da aus auf die A 57, das würde am schnellsten gehen. Wenn sie Glück hatten, kamen sie noch ganz knapp vor dem Berufsverkehr durch.

35

Sie fuhren gerade auf die Uerdinger Rheinbrücke, als Astrid sich wieder meldete.

»Jürgen Piontek ist bei Beckmanns ein und aus gegangen. Ulli hat ihn als Kind angeblich angebetet, weil er immer mit ihr gespielt hat. Später soll sie sogar in ihn verknallt gewesen sein.«

»Wo ist Norbert?«

»Mit Ackermann unterwegs zum Materborner Jugendheim.«

»Gut! Warte mal ...«

Der Verkehr wurde dichter, vor der Autobahnauffahrt hatte sich eine Schlange gebildet. Toppe schaltete die Warnblinkanlage ein, setzte das Blaulicht aufs Dach, hielt am Straßenrand an und stieß die Tür auf. »Fahrerwechsel! Jetzt kannst du zeigen, was du drauf hast, Peter.«

Das ließ sich Cox nicht zweimal sagen. Mit kreischenden Reifen überholte er die Autoschlange. Als er gnadenlos sofort auf die äußere linke Spur zog, schloss Toppe die Augen. »Okay, Astrid, stell mich zur Meinhard durch. Wir müssen das BKA einschalten.«

Innerhalb von Minuten stand die Chefin vor Astrids Schreibtisch. Sie war hochkonzentriert und verlor nicht ein Wort zu viel.

»Das SEK aus Essen ist unterwegs. Zeit ist wohl unser größtes Problem, deshalb habe ich die Wahrheit ein bisschen geschönt und aus unserer Vermutung eine tatsächliche Geiselnahme gemacht.«

Sie lief zur Wandkarte neben dem Fenster. »Ich muss denen noch den Treffpunkt durchgeben, nicht zu weit vom Objekt entfernt, aber dennoch nicht einsehbar. Sie kennen sich besser im Dorf aus als ich.«

Astrid hatte die Stelle schon markiert. »Ein Stück die Waldstraße hinunter, nach dem Knick hier, dichter Baumbestand, ausreichend Platz. Aber die sollen bloß die richtige Einfahrt nehmen! Dort steht ein Hinweisschild für die Außenstelle der Rheinischen Kliniken. Wenn sie falsch abbiegen, rollt die ganze Parade direkt an Jelineks Hof vorbei.«

»Ich geb's denen durch. Wo ist van Appeldorn?«

»Mit Ackermann bei einer Befragung in Materborn.«

»Ich will nicht, dass er irgendwas von der Sache erfährt, bis alles vorbei ist.«

»Wird er nicht. Ich habe gerade mit Ackermann telefoniert.«

Die Meinhard nickte anerkennend. »Na denn, bis das SEK eintrifft, sollen wir die Gegend im Umkreis von 800 m unauffällig absperren. Ich habe unsere Leute schon losgeschickt. Außerdem muss einer Pionteks Hof beobachten und ein zweiter die Nachbarhäuser evakuieren.«

»Wer? Sie und ich!«

»Sehen Sie hier sonst noch jemanden? Beobachten und evakuieren, mehr nicht, klar?«

»Helmut und Peter werden auch bald da sein«, meinte Astrid und fragte sich gleich, wen sie damit eigentlich beruhigen wollte. »Wer besorgt den Grundriss vom Gebäude und die Lagepläne?«

»Van Gemmern ist schon unterwegs.« Die Chefin sah auf die Uhr. »Wo ist die beste Stelle, von der aus man den Hof unauffällig beobachten kann? Sie waren doch schon mal da. Wie nah kommt man ran?«

»Nah genug«, antwortete Astrid. »Wenn man über den Friedhof läuft und dann durch das Wäldchen hier. Gleich neben den Treibhäusern verläuft ein Wall, der guten Sichtschutz bietet.«

Charlotte Meinhard folgte Astrids Zeigefinger auf der Karte und prägte sich die Örtlichkeiten ein. »Wie viele Häuser müssen wir evakuieren?«

»Der Hof ist zum Glück ziemlich abgelegen«, sagte Astrid. »Zwei, würde ich sagen, höchstens drei.«

»Das übernehme ich, einverstanden? Mich kennt man im Dorf nicht. Ich kann ganz normal über die Straße spazieren.«

»Einverstanden«, nickte Astrid. »Dann postiere ich mich hinter dem Wall.«

»Fein! Und wir bleiben die ganze Zeit in Funkkontakt.« Die Meinhard war schon in der Tür. »In zwei Minuten an meinem Wagen! Und rufen Sie Toppe noch mal an. Die beiden sollen vorläufig vom Hof wegbleiben, bis wir neue Anweisungen haben. Teilen Sie ihnen die Anfahrt zum Treffpunkt mit. Dort sollen sie warten. Hier haben Sie den Zettel mit der Telefonnummer und dem Namen des Einsatzleiters. Also, zwei Minuten!« Sie hob den Daumen, zwinkerte aufmunternd und lief los.

Astrid schnallte sich ihre Pistole um, ging zum Schrank, nahm Fernglas, Funkgerät und Handy und holte einmal tief Luft. Das Flattern in ihrem Magen hatte aufgehört.

Schon halb auf der Treppe bekam sie Toppe an den Apparat und gab ihm den Stand der Dinge und den Treffpunkt an der Waldstraße durch. »Das SEK will wissen, worauf sie sich einstellen müssen. Die brauchen nähere Angaben zum Gebäude, zu Jelineks und zu Ulli.« Sie gab ihm die Nummer durch. »Lass dich mit Hauptkommissar Zilinsky verbinden. Der hat die Einsatzleitung.«

Toppe antwortete nicht gleich.

»Helmut, bist du noch dran?«

»Ja, ich … Astrid, bitte sei vorsichtig! Versprich mir das, hörst du?«

»Ja, natürlich«, sagte sie und lief über den Parkplatz. »Ich liebe dich auch. Bis gleich.«

Die Chefin wartete schon am Auto. »Los?«

Astrid stieg ein und knallte die Wagentür zu. »Los!«

Sie nahmen den schnellsten Weg über den Ring. An der Kreuzung Emmericher Straße raste die Meinhard ungerührt an allen Autos vorbei mitten in den Gegenverkehr hinein, der gottlob auswich, und schoss dann über die rote Ampel. »Nervös?«

Astrid schüttelte den Kopf. »Nein, ich bin ganz ruhig. Ich habe bloß eine Scheißangst, dass der ganze Einsatz für Ulli zu spät kommt.«

»Was ist Ulli Beckmann eigentlich für eine Frau?«, wollte die Chefin wissen. »Hat sie gute Nerven?«

Sie waren kurz vor Uedem, als Toppe sein Gespräch mit dem SEK beendete.

»Verstehst du dich aufs Beten?«, fragte Cox. »Terroristen! Was glaubst du wohl, die werden bis an die Zähne bewaffnet sein. Die gehen doch über Leichen! Selbst wenn die keine Chance mehr haben, selbst wenn die wissen, dass sie ins Gras beißen, die mähen vorher noch so viele um, wie sie irgend können!«

»Hör auf!«, fuhr Toppe ihn an.

36

Er hatte die Tür fast aufgeschoben, als er hinter sich eine Bewegung wahrnahm. Sofort hielt er inne und wartete ergeben. Aber sie schlief.

Er rannte auf die Tenne hinaus, stolperte aber immer wieder. Ihm war schwindelig und kalter Schweiß rann ihm den Rücken hinab.

Die Kiste. Ulli hob den Kopf und sog panisch Luft durch die Nase ein.

Er riss ihr die Pflasterstreifen ab, dreimal musste er ansetzen.

»Jürgen ...« Sie war kaum zu verstehen, ihre Lippen waren aufgeplatzt und blutig, ihre Augen wie blind. Aber sie krallte ihre Finger in den Kistenrand und versuchte aufzustehen.

Es stank.

»Hau schon ab!« Er schlug ihr die Pistole ins Genick. »Hau ab, hau ab, hau ab!« Und dann zerrte er sie am Arm über den Kistenrand.

Sie fiel auf die Knie und krabbelte hilflos auf dem Boden herum.

Es dämmerte, als die beiden Frauen sich an der Kapelle trennten.

Auf dem Friedhof war keine Menschenseele und Astrid huschte zwischen den Gräbern hindurch zum Wäldchen. Hier war es schon so dunkel, dass sie stehen bleiben und warten musste, bis ihre Augen sich darauf eingestellt hatten. Dann lief sie geduckt weiter.

Als sie den Lichtschimmer sah, schlüpfte sie hinter eine alte Fichte.

Auf dem Hof war es ruhig und dunkel, nur ein Fenster an der Seite war erleuchtet, auch in den Gewächshäusern bewegte sich nichts.

Um den Wall zu erreichen, die einzige Stelle, von der aus sie beide Ausgänge beobachten konnte, musste sie gut zwanzig Meter freies Gelände überqueren. Vielleicht sollte sie warten, bis es noch dunkler geworden war? Keine Zeit. Das Blut rauschte in ihren Ohren und sie sah plötzlich Katharinas Gesicht vor sich.

Aber dann legte sie sich flach auf den Bauch und robbte los. Der Boden war feucht und modrig, Fichtennadeln bohrten sich in ihre Handballen. Sie versuchte, gleichmäßig zu atmen, langsam.

Als sie endlich sicher im Schutz des Walles angekommen war, schwitzte sie und ihr Herz hämmerte gegen die Rippen.

Irgendwo bellte ein Hund, ein paar Kinder krakeelten, aber auf dem Hof war es immer noch totenstill.

Astrid knöpfte ihre Jacke auf und schaltete das Funkgerät ein.

»Am Einsatzort«, sagte sie leise. »Alles ruhig, niemand zu sehen. Die Haustür und die Hintertür sind geschlossen, nur im Wohnzimmer brennt Licht.«

»Verstanden«, antwortete die Meinhard. »Ich bin in wenigen Minuten bei Ihnen.«

Der Wall war von kniehohem Unkraut überwuchert, der würzige Geruch kitzelte in der Nase. Astrid bog die Halme ein wenig auseinander, um bessere Sicht auf das Haus zu haben. Wie lange würde das SEK wohl noch brauchen, zwanzig Minuten, eine halbe Stunde? Besser, die beeilten sich, sonst war es stockfinster.

Sie entsicherte ihre Waffe und kniff die Augen zusammen – da war eine Bewegung an der Hintertür!

»Es kommt jemand durch die hintere Tür aus dem Haus in meine Richtung«, raunte sie ins Funkgerät. »Er … es ist Ulli! Sie kriecht auf allen vieren. Sie kann nicht laufen!«

»Bleiben Sie in Deckung!«, befahl die Meinhard barsch.

Astrid musste sich zwingen hinzuschauen, als jetzt Piontek hinter Ulli hergestolpert kam. Er packte sie, zerrte sie hoch und stieß sie vor sich her. Sie brach sofort wieder in die Knie.

Piontek erstarrte.

Hinter ihm stand Marianne Brandmeier und hielt ihm eine Pistole an den Kopf.

Jetzt schrie Ulli, kam auf die Füße und taumelte auf den Wald zu.

Astrid nahm den Schuss nicht wahr, sie sah nur, wie Pionteks Gesicht wegflog, bevor er nach vorn kippte.

Marianne Brandmeier streckte sich und rannte hinter Ulli her, ein paar Schritte nur, dann ging sie mit gespreizten Beinen in Position, hob die Pistole mit beiden Händen und zielte.

Astrid sprang auf. »Polizei! Werfen Sie die Waffe weg!«

Da war kein Erschrecken, nicht einmal ein Zucken; am ganzen Körper gespannt drehte die Frau sich mit der Pistole im Anschlag zu Astrid.

Da fiel der Schuss.

Marianne Brandmeier flog nach hinten, schlug mit dem Schädel auf und blieb auf dem Rücken liegen.

Langsam wandte sich Astrid um. Unmittelbar hinter ihr stand Charlotte Meinhard und ließ ihre Waffe sinken. Dann schüttelte sie sich, sprang über den Wall und trat gegen Brandmeiers Pistole, dass sie quer über den Hof schlitterte.

Ullis Wimmern übertönte Astrids dröhnenden Herzschlag. Sie kniete sich neben die zusammengekauerte Gestalt und strich ihr über den Rücken. »Ist gut, schsch, alles vorbei … Es kann nichts mehr passieren …«

Auf die Spuren von Leenders/Bay/Leenders...

führt Sie dieser neue Titel des „Trio Infernale". Sie erleben die Schauplätze und Ereignisse von sieben erfolgreichen Krimis, die am Niederrhein ihren Ursprung haben.

Touren-Karten mit den Tatorten der Romane laden zu „mörderischen" Ausflügen ein. Hinzu kommen Anekdoten und Geschichten vom Autorentrio.

Leenders/Bay/Leenders
Monika Agata-Linke

Mörderischer Niederrhein

Photographie Philip Lethen
152 Seiten mit 7 Radwanderkarten,
1 Übersichtskarte,
viele Farbfotos, gebunden
ISBN 3-87463-298-9, DM 29,80

In allen Buchhandlungen.
Mercator-Verlag, Duisburg

Krimis von Leenders/Bay/Leenders

Königsschießen
Der erste Krimi mit dem Klever K 1 ISBN 3-89425-029-1
»Das feucht-fröhliche Schützenfest in einem Dorf am Niederrhein endet jäh mit dem Mord am allseits beliebten Bäcker.« (Wiesbadener Kurier)

Belsazars Ende
Der zweite Krimi mit dem Klever K 1 ISBN 3-89425-037-2
Das tote Genie liebte schöne Lolitas, die Honoratioren lieben große Feste, und Astrid Steendijk liebt es spontan und intensiv.

Jenseits von Uedem
Der dritte Krimi mit dem Klever K 1 ISBN 3-89425-045-3
Ein toter Privatdetektiv, abgeschlachtete Zuchthengste und weitere rätselhafte Todesfälle führen Toppe bis weit hinter Uedem.

Feine Milde
Der vierte Krimi mit dem Klever K 1 ISBN 3-89425-057-7
Zwei tote Säuglinge in einem Kleinlaster und ein überfahrener Kripo-Mann.

Clara!
Der fünfte Krimi mit dem Klever K 1 ISBN 3-89425-071-2
Wasserleiche, religiöser Wahn und Toppes Wohngemeinschaft, - und alles dreht sich um Clara.

Eulenspiegel
Der sechste Krimi mit dem Klever K 1 ISBN 3-89425-210-3
Das K 1wird vernetzte Musterbehörde, und ein irrer Attentäter metzelt mit offensichtlich sexuellem Hintergrund.

Ackermann tanzt
Der siebte Krimi mit dem Klever K 1 ISBN 3-89425-225-1
Scheunenfeste, eine rätselhafte Ordnertruppe und Einbrüche, die der Polizei vorab gemeldet werden. Da muss Ackermann tanzen gehen ...

Die Schatten schlafen nur
Der achte Krimi mit dem Klever K 1 ISBN 3-89425-244-8
Nierswalde, die neue Heimat für Vertriebene, wird 50 Jahre später zum Alptraum für Aussiedler und Ermittler.

grafit

azleende.1000.cdr5

Internationale Kriminalromane

***Sandrone Dazieri:* Ein Gorilla zu viel**
Deutsche Erstausgabe, aus dem Italienischen von Barbara Neeb
ISBN 3-89425-503-X
Eigentlich sollte der ›Gorilla‹ dafür sorgen, dass die 17-jährige Tochter des Mailänder Industriellen und ihre Punkerfreunde nicht die Gartenparty der Familie stören. Aber das Mädchen verschwindet und wird am nächsten Tag ermordet aufgefunden. Die Ermittlungen führen in die Unterwelt Mailands.

***Kirsten Holst:* Du sollst nicht töten!**
Deutsche Erstausgabe, aus dem Dänischen von Paul Berf
ISBN 3-89425-501-3
Drei Morde an jungen Mädchen beunruhigen Jütland. Die Polizei tappt im Dunkeln. Dann wird auch noch der Pastor auf dem Friedhof erschlagen. Ein komplizierter Fall, den die dänische Queen of Crime den LeserInnen elegant präsentiert.

***Susan Kelly:* Tod im Steinkreis**
Deutsche Erstausgabe, aus dem Englischen von Inge Wehrmann
ISBN 3-89425-502-1
Roma und Hippies kommen zum Mittsommerjahrmarkt ins englische Hungerford. Als am alten Steinkreis ein 6-jähriges Mädchen mit gebrochenem Genick gefunden wird, muss Superintendent Gregory Summers gegen die Medien und den Mob kämpfen.

***Felix Thijssen:* Cleopatra**
Deutsche Erstausgabe, aus dem Niederländischen von Stefanie Schäfer
ISBN 3-89425-504-8
Amsterdam: Unter dem Tennisplatz eines ehemaligen Ministers wird ein Skelett gefunden. Privatdetektiv Max Winter dringt bei seinen Ermittlungen in die arrogante Welt der Mächtigen ein, die glauben, sich alles erlauben zu können, Mord inklusive. – *Ausgezeichnet als bester niederländischer Kriminalroman 1999!*

***Jacques Vettier:* In eigener Sache**
Deutsche Erstausgabe, aus dem Französischen von Christel Kauder
ISBN 3-89425-500-5
Carole Ménani, Untersuchungsrichterin in Nizza, würde zu gerne den schändlichen Überfall auf sie vergessen, aber ein Unbekannter verfolgt sie weiter. Sie stößt auf einen nicht aufgeklärten Mord, und eine Kette von rätselhaften Verbrechen begleitet ihre neuen Ermittlungen in dem alten Fall.

grafit